敏腕社長は箱庭うさぎを溺愛したい

杉原朱紀

目次

CONTENTS

敏腕社長は箱庭うさぎを溺愛したい

イラスト・猫乃森シマ

カバーデザイン＝久保宏夏(omochi design)
ブックデザイン＝まるか工房

敏腕社長は箱庭うさぎを溺愛したい

泣かないで。もう、大丈夫だから。

そう言ってくれた声は、困ったような色を帯び、それでいて優しさに満ちていた。ゆっくりと、毛並みを整えるように髪や耳を撫でてくれた大きな手の感触がひどく気持ちよくて、直前まで身体と心に満ちていた恐怖が、いつの間にか消えていることに気づく。

大丈夫だよ。

低く、優しい声。

それは、なによりも強く――深く、心に刻まれた。


「了解、お疲れ様。じゃあ、次の依頼先に行ってもらえるかな。場所は……――」

「はい、青柳サービスです」

受話器を手に話すスタッフ達の声を聞くともなしに聞きながら、鈴白真広はカタカタと軽快な音とともにキーボードを叩き続けた。

十畳ほどの、古ぼけたビルの一室。『青柳サービス』と刻まれた真鍮の看板がかかったそこは、いわゆる便利屋と呼ばれる業種の事務所だ。

スチール製の事務机を五つ向かい合わせに並べた事務スペースと、パーティションで区切った向こうにある応接スペースで構成されたさほど広くないそこには、『青柳サービス』の常駐事務スタッフの他、現場対応を行っている社員スタッフやアルバイトの臨時スタッフが入れ替わり立ち替わりしている。

ふと、物音がした気がして、ぴくりと耳が動く。キーボードを叩く指を止め、さっと入口を振り返るが、そこには誰の姿もなく再び前を向いた。

さらさらと柔らかな薄茶色の髪と、同色の瞳。その髪の一部であるかのように、頭の両側には同じ薄茶色の――兎(うさぎ)の耳がついている。頭頂よりやや下から、垂れ下がるようについている柔らかなそれは、肩にかかり鎖骨の辺りまで届いていた。

百六十センチちょうどの身長と筋肉がほとんどつかない華奢(きゃしゃ)な体軀(たいく)は、密かなコンプレックスでもある。小さい頃は、年を重ねれば自然と周囲の大人(おとな)達のように大きくなるのだと信じて疑わなかったが、実際はいつまで経っても小柄なままだった。また、色白の小作りな顔立ちの中にバランス良く収まっている大きな瞳には、いつもどこか自信なさげな――けれど穏やかな色が浮かんでおり、その性格をよく表していた。

Vネックの緩めのセーターとベージュのチノパン、フード付きパーカーを羽織った姿は、仕事中ではあるがほぼ普段着そのままだ。諸事情によりフード付きの上着が欠かせず、必然的にカジュアル寄りの服装になってしまうのだが、人前に出る仕事でもないため許してもらえている。

真広は、人間ではなく――兎の獣人(じゅうじん)だ。

獣人は、この世界で人間達に紛れてひっそりと暮らしている。

そもそも、ここと全く異なる世界に存在していた獣人が、どうしてこの世界に来られるようになったのか。それは真広も知らない。だが今現在、それなりの数の獣人達が本来の姿や能力を隠してこの人間の世界で暮らしていた。

真広は、こちらの世界で生まれた獣人である。両親は、駆け落ち同然で獣人の世界からこちらへと渡ってきたらしいが、実のところ、真広は二人のことをほとんど覚えていない。赤ん坊の頃に、大規模な交通事故に巻き込まれ二人とも亡くなったからだ。運良く車の隙間に入り込んだ真広だけが助け出され、両親の親友だったという人に引き取られて育てられた。

再び入口の方から音がした気がして、ぱっと振り返る。だがそこにはやはり誰の姿もなく、また違ったとほんの少し残念な気持ちで再び前を向いた。

「……――っ」

小さな笑い声が聞こえ、ディスプレイの向こう側に視線をやる。すると、正面の机に座っている事務スタッフの女性の口元が笑みの形になっていた。なにか面白いことでもあったのだろうか。そう思い首を傾げると、真広を見ながら、ごめんと笑いを嚙み殺した声で告げられた。

「真広君が、あんまりそわそわしてるから。来るの十五時の予定だから、もう三十分くらい後じゃないかな」

「……っ！　あ、いえ、そんな……っ！」

　かあああっと顔に血が上るのがわかり、あわあわと手を振る。すると、斜め前に座る年配の男性スタッフが苦笑とともに女性スタッフを窘めた。

「こら、真広君をからかわない。オーナーのお客さんの案内は真広君の仕事だから、気にしてくれてるだけだよ。ね？」

「あ、は、はい！」

　静かな助け船の声に慌てて頷くと、はあい、と女性スタッフが答える。

「ごめんね、真広君」

「いえ、そんな。僕の方こそ、気を散らさせてしまってすみません」

　女性スタッフが意地悪で言ったのではないというのは、ちゃんとわかっている。人見知りでコミュニケーションが苦手な自分に、いつも気安く接してくれる優しい人だ。

　慌ててかぶりを振った真広に、女性スタッフが、よし、と立ち上がる。

「折角だから、お茶請けのお菓子買ってくるね。ついでに休憩用の分も、いいですよね？」

　経理担当でもある男性スタッフの方を見てそう言うと、話を向けられた男性スタッフが仕方がないといったふうに頷いた。

「あまり遅くならないように。今日は和菓子の気分ですので、よろしくお願いします」

「えー。この間できたチーズケーキのお店覗いてみようと思ってたのに。ね、真広君も食べてみたいよね？」

「え!? あ、えと、僕は……」

突然話を振られどう答えていいかわからず慌てながら、ふと、朝食に食べたものを思い出した。

「あの、今日は朝がパンケーキだったので……、お茶請けにするなら、多分、和菓子の方がいいかも、です」

「あー、そっか。なら、今日は和菓子ね。あ、そういえばもう苺大福が出てるかも！」

そう言いながら、財布を持った女性スタッフが賑（にぎ）やかに事務所を出ていく。

「やれやれ。さて、仕事に戻ろうか」

「はい」

苦笑とともにそう促され、真広は笑って再びパソコンへと向かう。

真広は、一年ほど前から、この『青柳サービス』で平日の午後に事務アルバイトをしている。仕事内容は、主に紙資料の電子化、スタッフのスケジュールや報告書の入力作業だ。

数ヶ月後には二十歳（はたち）になる真広だが、諸般の事情により、幼い頃から人間の世界で上手（うま）く暮らしていくことができないでいた。

学校にも通うことができず、勉強や生きていく上で必要な知識は、全て家庭教師や養い親である人に教えてもらった。とある事件をきっかけに一人での外出を禁じられるようになったこともあり、長年家に引きこもって生活をしていたが、十八歳になった時に、このままじゃ駄目だとようやく奮起したのだ。

ちゃんと、自立した大人にならなければ、と。

養い親である人にはずっと面倒をかけてしまっていたが、それを責められたことはなく、むしろたくさん甘やかして大事に育ててもらった。だからこそ余計に申し訳ない気持ちがあったのだ。

とはいえ、全て自分で采配できるほどの器用さも力量もないことは自覚しているため、結局は養い親その人に相談せざるを得なかったのだが。

『働きたい、ねえ……』

ふむ、と、少しの間考え込む様子をみせた彼は、真広の決心に反対することはなく、ただ、そんなに急いで大人にならなくてもいいのに、と苦笑しただけだった。

そうして、少し心当たりを探してみるから、と言った数日後、この『青柳サービス』でのアルバイトを紹介してくれたのだ。

元々、この事務所は真広の養い親がオーナーをしており、所長とだけは面識があった。仕事に関する相談のため、真広が引き取られて暮らしている屋敷に、時折訪ねてくることがあったからだ。

事務所での仕事の多くは、この世界にやってきた獣人達を相手にしたもので、ここで働くスタッフ達も全員が獣人だ。そのため、人前に姿を出せない真広でも安心して働くことができている。

（どうやったら、見えなくできるのかなあ……）

隣に置いた手書きの文書を最後まで打ち終わったところで、キーボードを叩く指を止め、自分の兎耳をそっと撫でた。真広がこの世界に馴染むことができないでいる最大の原因が、これだ。

獣人としての力が弱すぎるのか、力の制御が下手すぎるのか、真広は昔からこの獣人の証である兎耳を上手く隠すことができないでいた。

とはいえ、それが獣人相手であれば隠す必要はない。同じ獣人である以上、見られても深刻な問題にはならないからだ。

問題は、相手が人間である場合だ。通常、獣人の身体的特徴は同じ獣人相手にしか見えないはずなのだが、時折、感受性の強い子供や気配に聡い人間には見えてしまうことがある。そして常に隠せずにいる真広の兎耳は、そんな人間相手に見えてしまう確率がかなり高いのだ。

その辺りは、真広の能力の問題か、この世界で生まれたゆえであるかはわからない。真広の養い親である人も、昔から手を尽くしてくれているが、どうにもならず今に至る。

ふわふわとした手触りの耳を撫でながら、ふっと溜息をつく。これさえなければ、真広はもっと早く独り立ちしていたかもしれない。万が一、なにかのきっかけで獣人の存在が公になってしまえば、真広個人だけではなく獣人全体の問題になってしまう。大恩ある人の立場を考えても、養い子である真広が問題を起こすわけにはいかず、引きこもったまま時間だけが過ぎていったのだ。

（人と話すのも苦手だし……。もっと頑張ろう）

せめて、憧れの人の前で顔を上げて立っていられるように。

よし、と心の中で拳を握ったところで、コンコンと軽いノック音が耳に届く。はっと我に返り入口を振り返ったところで、入口のドアが開きスーツ姿の男が姿をみせた。

「どうも、こんにちは」

「い、いらっしゃいませ！」

男の姿を視界に留めた瞬間、慌てて立ち上がった真広は、引き出しの中に入れておいたセキュリティカードを手に男のもとへと駆け寄った。

「こ、こんにちは、鳥海(とりかい)さん。ご案内します」

「こんにちは、真広君。悪いね」

「いえ、あの、とんでもないです」

にこりと笑った長身の男――鳥海彰孝(あきたか)が、真広を通すように入口のドアを大きく開き横に避(よ)けてくれる。頭一つ分以上背の高い男の横を、ぺこりと頭を下げて通り抜け事務所を出ると、背後でぱたりとドアが閉まる音がした。

どきどきと高鳴る胸を押さえながら、真広は事務所の傍にあるエレベーターへと向かう。俯いたまま上階へのボタンを押すと、かつんという音とともに綺麗な茶色い革靴が視界の端に入った。

顔を上げて、ちらりと隣を盗み見る。自分とは全く違う、長身としっかりとした体軀。余分な緩みも張りもない身体に合ったスーツを着こなしている姿は、すっと伸びた背筋と相俟って惚れ惚れとするほど綺麗だ。

やや目尻の下がった瞳は、優しく穏やかであるものの、同時に必要以上に人を踏み込ませないような色を帯びている。ざっと後ろに流した栗色の髪から幾筋かが前に零れ、それがぞくりとするような大人の色気を感じさせた。

（やっぱり、格好良い……）

ぼんやりと見つめていると、不意に鳥海の視線がこちらへ向き、ばちりと視線が合う。目を細めて微笑む鳥海に自然と頬が熱くなり、咄嗟に俯いた。

「あ……」

「アルバイト、頑張っているみたいだね」

思いがけず声をかけられ目を見開くと、おずおずと顔を上げる。一瞬、声が詰まったように出てこなかったが、急かさず待ってくれている気配に背中を押され、どうにか絞り出す。

「……はい。あの、ありがとうございます」

はにかみながら答えると、エレベーターの到着を知らせる軽やかな音が響き、目の前の扉が開いた。

「どうぞ」

鳥海を先に通し、後に続いてエレベーターに乗り込むと、階数ボタンの下にある銀色の小さな扉を開け、黒いカードリーダーに持っていたセキュリティカードをかざす。ピッという電子音の後に、その下にある最上階ボタンを押した。

このビルの最上階は、セキュリティカードを持っている者しか立ち入りができないようになっている。そしてそこは、このビル、及び『青柳サービス』のオーナーであり真広の養い親である人の仕事部屋であった。

「そういえば、施設にも行っているって聞いたけど」

静かな空間で続けて問われ、慌てて頷く。ここで顔を合わせるようになってから、こんなふうにたくさん話しかけられたことはなく、どきどきしながら口を開いた。

「はい。月に一回か二回、ちょっとしたお手伝いに……」

とはいえ、施設の職員の手伝いをするというよりは、子供達と一緒に遊んだり昼寝をしていることがほとんどだ。職員達は子供達の面倒を見てくれるだけで十分助かっていると言ってくれるが、あまり役立てているとは言えなかった。

情けない話だが嘘はつけず苦笑しながらそう言うと、目を細めた鳥海が「真広君は、子供達に好かれそうだからね」とフォローしてくれる。

「働くのは楽しい？」

「はい。みなさん優しくていい方ばかりですし。……できることがまだ少ないので、もっと頑張ってお役に立ちたいです」

静かな問いかけに、どうにか落ち着いて答えると、そう、と優しい声が返ってきた。

ちん、という軽い音とともにエレベーターが止まり扉が開くと、最上階のフロアに出る。そのまま一つだけある部屋の扉の前に向かうと、軽くノックして扉を開いた。

「鳥海様、いらっしゃいました」

「通して」

涼やかな声に、はい、と答え鳥海を部屋に通す。

「ありがとう。また後でね」

通りすがりにそう声をかけられ、ぺこりと頭を下げると、部屋の奥へ入っていく鳥海を見送る。そうして、音を立てないように扉を閉めるとお茶を準備するため部屋を後にした。

「ん？　後で……？」

再びエレベーターに乗り込み、先ほど鳥海にかけられた言葉に首を傾げると、お茶を持っていった時ってことかな、と一人納得した。鳥海がここに来るのは初めてではなく、真広が

『青柳サービス』でアルバイトを始めてから、案内とお茶出しは真広の仕事になっていたからだ。

「へへ、たくさん話しちゃった……」

綻ぶ顔をそのままに、自分の耳をそっと撫でた。昔、そこを撫でてもらった感触が蘇り心が温かくなる。

ずっと遠目に姿を見てばかりだったが、ここでアルバイトを始めてからは挨拶程度でも話ができるようになった。数ヶ月に一度のことではあるが、それは、真広の密かなご褒美ともいえる楽しみである。

（初めてこんなにいっぱい話せたし。今日は、いい日だな）

高鳴る鼓動と浮き立つ気持ちを抑えきれず、軽い足取りで事務所に戻りながら、真広は何年経っても色褪せない大切な思い出を脳裏に蘇らせていた。

それは、十年以上前の一際寒い冬の日だった。

前日から降り続いた雪が辺り一面を真っ白に染め上げ、六歳だった真広はその景色に大喜びで屋敷の外に飛び出した。

屋敷を出る前に着せてもらったのは、セーターと厚手だが柔らかい生地の綿ズボン、温かなフード付きコートだ。足下は、滑り止めのついたショートブーツで、雪の上でも滑らずに歩くことができた。

晴れた空を見上げ大きく息を吸い込むと、きんと冷えた空気が肺の中に満ちる。全身を巡る酸素が綺麗なものに入れ替わるようで、真広は小さな身体で両腕をいっぱいに広げ深呼吸を繰り返した。

「真広様、滑って転ばないように気をつけてくださいね。敷地の外に出られる時は、お声がけください」

「はーい！」

買い物から戻ってきたらしい屋敷で働く使用人の女性が、数センチ積もった雪の上でざくざくと音を立てて足踏みしている真広に微笑ましげに声をかけてくる。それに、いつもより大きな声で返事をし、真っ白な雪の上に自分の足跡がつくのを楽しみながら走った。

真広は両親の顔を知らず、物心ついた頃には両親の友人だという獣人の男に引き取られ育てられていた。都心の高級住宅街に大きな屋敷を構えるその人は、獣人達の相談役と言われているそうだ。

実のところ、養い親であるその人がどういった人で、どういった仕事をしているかなど詳しいことは知らない。それでも真広にとって、とても優しい父親代わりといえる人だった。

色々な事情があり、あまり人前に出られないのだという。それは、人間相手でも獣人相手でも同じなのだそうだ。まだ幼い真広に詳しいことは話してくれなかったけれど、病気などではなく、ただ仕事の都合上仕方がないのだということだった。

それでも、全く外に出ないわけでも、人と会わないわけでもない。サングラスをかけたりして顔は隠しているものの、真広を連れて車で遠出してくれたり、時々だが屋敷を獣人が訪ねてくることもある。

「わっ！」

白い息を吐きながら広い敷地内を走っていると、屋敷の正門へと続く石畳の上でずるりと足が滑る。すてんと尻餅をついて転んでしまい、恥ずかしさから、えへへ、と誰にともなく誤魔化すように笑い立ち上がった。

「あ、いけない」

転んだ際にコートのフードが脱げかけてしまい、急いでぽすんと目深に被(かぶ)り直す。それは、真広の頭にある兎の垂れ耳を隠すためのもので、外では絶対にフードや帽子を脱いではいけないと言われている。ちなみに、養い親である人が似合うよと言いながら楽しげに着せてくれたそのコートのフードにも、なぜか作り物の兎耳がついていた。

「よし」

雪にまみれたズボンを小さな手で払い、再び雪の上を跳びはねるように歩いていく。そして、正門の脇、通る人がおらず厚く雪が積もっている場所でしゃがみ込む。

「ゆっきだるまー、ゆっきだるまー」

いささか外れたリズムで歌いながら、雪を丸め、一抱えある雪玉を作る。そうして同じものを二つ作ると、片方の雪玉にもう一つを重ねて置いた。

「……なんか、ちがう？」

雪玉を重ねて置いたそれは、頭の中でイメージしていた雪だるまと違っており、ことりと首を傾げる。

「んー……、あ！」

少し考えた後、真っ白な雪玉になにもないのが寂しいのだとわかる。ぽんと手を打つと、きょろきょろと周囲を見渡した。

「あ、ねこさん！」

ふと、屋敷を囲む塀の上に白猫が座っているのを見つけ、両手を伸ばす。すると、にゃー、と小さく鳴いた猫が、すとんと塀の上からこちら側に飛び降りてきた。そのまま、真広の方に寄ってくると、身体を擦(こす)り付けるようにして足下をくるくると回る。

「ふふ、かわいい」

その場にしゃがむと、猫は真広の匂いを嗅ぎ始める。そんな猫の背中を手袋を嵌(は)めた手で撫でていると、なにかの音を聞きつけたのか、猫の耳がぴくりと動く。そのまま動きを止めじっと門の外を見つめた猫が、するりと真広の手から抜け出し門の外へと飛び出していった。

「あ！」

同時に、車のエンジン音が耳に届き、目を見開く。住宅街のためあまり多くはないが、それでも車は通る。門の外に出た猫は、右に向かって走り去っていき、すでに姿が見えない。

なんとなく不安が募り、そっと門の外へ顔を出した。

「ねこさん？」

呟きながら見渡すと、少し離れた場所で猫が子猫を咥えている姿が見える。子猫を連れてこちらに歩いてくる姿にほっとし、思わず門を出て駆け寄った。

「ねこさ……、……――っ⁉」

だが、その直後、大きな掌に口を塞がれ容赦のない強い力で身体が引き上げられる。

「んーっ！」

なにが起こったかわからず、咄嗟にじたばたと手足を振るが、身体を拘束する腕はびくともしない。次いで、頭上から低く抑えた忌々しげな男の声が聞こえてきた。

「大人しくしろ、このガキ！」

口を押さえる手に力が込められ、痛みとともに息ができなくなる。くぐもった声を上げながら逃げ出そうと暴れるが、男の脇に抱えられたまますぐ傍に停められた車へと連れて行かれてしまう。

（やだ……っ）

あそこに入ったら、戻れなくなってしまう。そんな恐怖に突き動かされ、全力で男の腕から抜けだそうとする。だが、身体を押さえる腕の力がますます強くなり、痛みと恐怖で視界が涙で滲(にじ)んだ。

「んー！　んんーっ！」

助けて。声にならない声でそう叫び暴れるが、開かれたスライドドアから車内へ放り込まれそうになり、ぎゅっと強く目を閉じた。

だが、その直後。

「っ！　うわ、なんだこの烏(からす)！」

「やばい！　急げ、逃げるぞ！」

ピーッという笛のような鋭い音とともに、鳥の羽音とカアカアという鳴き声、そして男達の焦った声が入り交じる。

「その子を離せ！」

「くっそ、なんだお前！」

「……っ！」

怒声となにかがぶつかるような音が耳に届いた直後、突如身体に回った腕が離れふわりと身体が浮く。落ちる。咄嗟にそう思い身構えたが痛みは訪れず、軽い衝撃とともに代わりに誰かに抱き上げられた感触がした。今までとは違う、優しく身体を支えてくれる腕と温かな体温に、思わず助けを求めるように縋りつく。そのまま、自分を抱き上げてくれた人が動く気配とともに、屋敷の方から自分の名を呼ぶ声が聞こえてきた。

「真広様！」

「お前達！　そこでなにをしている！」

「くそ！　離せ‼」

屋敷の警備員達と、男達の怒声。ばたばたと複数の足音と大きな声が入り交じり、混乱と恐怖からぎゅっと身体を縮める。

「あそこに！　あの男もです！」

だがその瞬間、耳元で低く鋭い男の声がし、反射的にびくりと震える。すると、そんな真広に気づいたのか、背中が優しい手つきで撫でられた。

「驚かせたかな。ごめん、もう怖くないよ」

先ほどとは違う、優しい声。宥めるような手の感触に、ゆるゆると身体から力を抜く。そうして、ゆっくりと瞼を開き見上げると、そこには見知らぬ青年の顔があった。精悍で彫りの深い顔立ちの中で、やや目尻の下がった瞳が優しく細められており、間近に見たその表情にどっと安堵に襲われた。

「……――っ」

胸の奥が痛くなり、喉が詰まる。堪えようとして失敗し、うぐ、という声が零れ落ちた。同時に、瞳に溜まっていた涙がぽろりと頬を滑り落ちる。そんな真広の背中を撫でながら、青年が騒動の中心から離れ屋敷の方へと向かった。

ぼろぼろと頬を濡らす涙をそのままに、青年の服を摑みぎゅっとしがみつくと、ふっと笑う気配がした。兎の耳ごと髪が撫でられ、その優しい感触が嬉しくて、すり、と軽く頭を擦り寄せる。

「……泣かないで。もう、大丈夫だから」

「……い、あり、ひ、ぐっ……」

ごめんなさい。ありがとうございます。そう答えようとしたそれは、だが嗚咽に紛れ言葉にならない。どうにか伝えようと必死に声を出そうとするが、うー、という唸り声が零れるばかりだった。

「大丈夫だよ」

そして、そんな真広を落ち着かせるため、何度もかけてくれる青年の優しく労るような声が、じんわりと胸に染みこんでいくのだった。

「おかえり、真広君。お茶菓子の準備できてるよ」

事務所に戻ると、買い物から戻ってきていた女性スタッフが手を振ってくれる。

「ありがとうございます。じゃあ、僕、お茶を淹れてきますね」

にこりと笑って告げると、カチャリと事務所の奥にある所長室から、所長である男――青柳が顔を出した。作業着を着たひょろりとした姿と目の下に隈を作った顔は、徹夜明けらしく、いつも以上にくたびれている。

「所長、お疲れ様です」

「やっと出てきた。終わったんですか？」

男性スタッフと女性スタッフが順番に声をかけると、まだだよー、と情けない声を上げて青柳ががっくりと肩を落とす。そのまま、真広に向けて指を三本立ててみせた。

「真広君。お茶は、三人分でよろしく」

「はい。所長の分ですか？」

首を傾げると、「いや」と答えた青柳が続ける。

「君の分。オーナー達が、君にも話があるんだって。今、連絡があった。今日のこっちの作業は終わりにして、話が終わったら上がっていいよ」

「は、はい。わかりました」

「うん。お疲れ様。頑張ってねー」

「あ！　所長、お茶かコーヒー淹れますけど、飲まれますか？」

手を振って再び所長室に籠もろうとする青柳の背中に声をかけると、へらりと笑った青柳が「ありがとうー」と間延びした声を上げた。

「じゃあ、コーヒー頼んでいいかな。濃いめの牛乳多めでお願いします」

「はい」

頷いて給湯室に向かうと、客用の湯呑(ゆの)みにお茶を淹れるのと一緒に、青柳とスタッフ達にそれぞれコーヒーやお茶を淹れる。先にスタッフ達と青柳にカップを配ると、大きめのお盆に三人分の湯呑みとお茶菓子を載せた。

「真広君、エレベーターの前まで行くの手伝うよ」

お盆を持って給湯室を出てきた真広に、女性スタッフが声をかけてくれる。お盆を持ち両手が塞がっている真広のために事務所のドアを開けてくれると、そのままエレベーターまでついてきてくれる。

「はい、お盆貸して」

「すみません、ありがとうございます」

エレベーターのセキュリティを解除し最上階のボタンを押し終わるまで、身体を挟み扉を開いたままお盆を持ってくれた女性スタッフに頭を下げて礼を言うと、お盆を受け取る。そのまま後ろに下がって手を振りながら真広を見送ってくれた女性スタッフに会釈をすると、再びエレベーターで最上階へと向かった。

幼い頃、雪の日に誘拐されそうになった真広を助けてくれた青年が鳥海という名前だと聞いたのは、あの日の夜だった。

あの後すぐ、屋敷に入り養い親である人に迎えられると、緊張の糸が切れ気を失うように眠ってしまったのだ。目が覚めたのは日が落ちた後で、青年はとっくに屋敷を後にしており、きちんとお礼が言えなかったどころか名前も聞くことができなかったとひどく落ち込んだ。そんな真広を見かねて、養い親である人が教えてくれたのだ。

獣人の世界から来てまだ間もないその青年とは、直接人と会うことがない養い親が、珍しく顔を合わせることになっていたそうだ。

(色々と、面白そうな子だからね。身元もしっかりしているし、会っても問題なさそうなタイプのようだから)

とはいえ、その日は、真広の誘拐騒ぎで面会どころではなくなり日を改めることになったという。お仕事の邪魔をしてごめんなさい。しょんぼりと肩を落とした真広を、養い親は抱き締めながら、真広が謝ることはなにもないと言ってくれた。

(悪いのは、真広を連れ去ろうとした連中だ。あの子にも、改めて礼をしないとな)

それがあの青年のことだとわかった瞬間、真広は自分でも驚くほどの必死さで自分もきちんとお礼を言いたいと告げた。それまで、世話になっている心苦しさから主張らしい主張をしたことがなかったため、随分と驚かれたが、約束通り次に青年が屋敷を訪れた際には真広を呼んでくれてお礼を言うことができた。

以降、時折遠目に見かけたり、挨拶をする程度しかできなかったが、真広にとってあの頃の思い出は絶対に忘れることができないものだった。

やがて部屋の前まで辿り着いたところで、不意にカチャリと音がして入口の扉が開いた。驚きに目を見張っていると、扉を開けてくれた鳥海が微笑む。その表情は、つい先ほどまで思い出していた昔の鳥海のものと変わらず、真広は無意識のうちに緊張していた身体から力を抜いた。

「ありがとう、真広君。重かっただろう」

そう言いながら、鳥海がお盆をひょいと取り上げる。

「あ！」

ぼうっと鳥海を見つめていた真広が我に返った時には、すでに鳥海は踵を返しており、慌てて追いかけ奥に向かう。そのまま応接スペースになっている部屋に入ると、中央に置かれたソファに真広の養い親――清宮灯が不機嫌な顔で腰を下ろしていた。真広を引き取ってくれた頃から全く変わらないその姿は、灯を知っている人達からよく年齢不詳と言われているが、その言葉通り何年経っても若々しく綺麗なままだ。榛色の髪と同色の瞳、そして透き通るような白い肌と精巧な人形のように整った顔立ちは、完璧ともいえる美貌である。

襟元が緩められたワンピースカラーの白いシャツから覗く肌は染み一つなく、身体のラインに沿った黒のスキニーパンツと、少し緩めの赤みを抑えた品の良いボルドーのカーディガンが華やかな雰囲気によく似合っている。

不機嫌な表情を和らげて真広を見た灯が、ソファの背もたれに預けていたほっそりとした体躯を少し横にずらして座り直すと、ぽんぽんと自分の隣の座面を叩く。

「真広、お疲れ様。こっちにおいで」

「はい。あの……、ありがとうございました」

ソファテーブルの上にお盆を置いてくれた鳥海に俯きがちに頭を下げると、どういたしまして、と穏やかな声がした。三人分のお茶とお茶菓子をそれぞれの前に置くと、お盆を横に避けて灯の隣に腰を下ろす。

「灯さん。僕にも話があるって聞いたんですけど」

隣に座る灯と、向かい側に腰を下ろした鳥海に視線を向けながら告げると、真広が淹れたお茶を美味(おい)しそうに飲みながら、うん、と灯が答えた。

「真広にね、少し仕事を手伝ってもらいたいんだそうだ。もちろん、気が乗らなければ断っていいからね」

むしろ断るように。そんな雰囲気を感じ取り、きょとんとしながら灯と鳥海を交互に見遣(みや)る。そして、もう一度灯の言葉を頭の中で繰り返し、え、と呟く。

「仕事って……、あの……」

灯の口ぶりと状況から、それが灯の仕事ではなく鳥海のものであることを少し遅れて理解する。同時に、急な話に対する混乱と、自分にできることがあるのかという戸惑い、そして鳥海と会える機会が増えるかもしれないという期待が一気に胸に湧き上がった。

やりたい、と。咄嗟に口をついて出そうになった言葉を、こくりと飲み込む。そして、ちらりと隣に座る灯を横目で見遣った。

いつの頃からか、灯は鳥海に不機嫌な様子で対するようになっていた。決して嫌っていたりするわけではない、とは思う。怒っていたり相手と深く関わり合いになりたくない場合、灯は全ての感情を隠すため愛想がよくなるのだ。逆に、感情を表に出している分、鳥海のことは信頼しているのだと思う。多分。

けれど、灯からはあまり賛成しているような雰囲気は感じられず、真広はどうしていいのか悩む。鳥海の手助けができるのならぜひやりたいとは思うが、それで灯に迷惑をかけてしまうのは本意ではない。

「あの、僕……」

けれど、折角訪れた鳥海と接する機会をふいにしてしまうこともできず、俯いて言葉を探す。すると、正面から静かな声がかけられた。

「真広君」

「は、はい」

顔を上げると、優しい表情の鳥海と目が合う。たったそれだけのことで鼓動が速くなり、息苦しさを感じた。

「今度、小規模だけれど新しい事業を始めることになってね。そのテスト運用のために、協力して欲しいことがあるんだ。君がよければ、手伝ってもらえないかな」

「……僕に、できることがあるんでしょうか?」

獣人としての姿を隠すことができず屋敷の中で匿われるように暮らしていたため、自分が世間知らずだということも、秀でた才能がないことも自覚している。

一方、鳥海はこちらの世界に来た頃からその才を灯に高く評価されており、今では実業家として手腕を振るっている。そんな鳥海から手伝って欲しいと言われても、なにができるのかわからなかった。

「なければ、こうして声はかけないよ」

にこりと笑った鳥海に、熱くなりそうな頬を隠すためにそっと俯く。

「……灯さん」

もし、できればやってみたい。そんな気持ちを込めて灯の方を見遣ると、面白くなさそうな表情で灯がお茶を口に運んでいた。

（やっぱり、灯さんは反対なのかな。それに、アルバイトもあるし……）

鳥海から声をかけられたことで浮かれていたが、屋敷の中に籠もっていた頃と違い、今は事務所でアルバイトをさせてもらっている身だ。いなくても問題はないだろうが、自分からやりたいと言って頼んだのだから新しい仕事があるからと放り出すようなことはできない。

それに、日数や時間によっては施設の手伝いも難しくなるかもしれない。どちらもきちんとやると、働き始める時に灯と約束したのだ。

一年前ならば、一も二もなく頷いていたのに。残念な気持ちを隠しきれないまま、肩を落として頭を下げた。

「すみません。……事務所のアルバイトと施設のお手伝いは、僕が自分で灯さんにお願いしてやらせてもらうことになったので。僕がいなくても困らないとは思いますが、もしそちらに影響が出るのなら、今ここで決めることはできないです」

俯いたまま膝(ひざ)の上で握った手を見つめていると、横から灯の手が伸びてくる。幼い頃からずっと変わらない褒めてくれる時の手つきで頭を撫でられ、そっと顔を上げて灯を見た。こちらを見た灯の目が楽しげに細められ、上機嫌なのがわかる。

(やっぱり、断れってことだったのかな)

そう思いちらりと鳥海を見ると、優しい表情は変わっていないけれど、先ほどまでとは少し違う雰囲気でこちらを見ていた。よくわからないが、なにかを確認されているようで落ち着かない感じがするのは、気のせいだろうか。

「……折角、声をかけてくださったのに、お役に立てなくてすみません」

常々、鳥海には昔の恩を返したいと思っていたのだ。その好機ではあったが、タイミングが悪かった。そう思いながらぺこりと再び頭を下げると、「ああ、ちょっと待って」と鳥海が謝罪を制した。

「つまり、今やっている仕事に影響が出ない、もしくは調整がつけばやってもいいってことかな？」

「え？　あ、はい……」

「鳥海君？　私は、真広を休みもなく働かせる気はないよ？」

にこりと笑った灯の声で、部屋の中の圧が高まった気がした。灯の機嫌が一気に下降したことにおろおろとしながら二人を見比べていると、鳥海が肩を竦めた。

「私だって、未成年の子供をそこまでこき使う気はありませんよ。現状、様子を見ながら月に二、三度程度から始める予定です。前もって日程さえ決めておけば、当面のアルバイトへの影響も最低限で済むでしょう。それから先は、真広君の希望も聞いて追々決めていけばいいのでは？」

「……――」

むすっとした灯が、けれどそれ以上反論しないことに目を見開く。じっと灯を見ているとちらりとこちらを見た灯が渋々といった様子で口を開いた。

「……きちんと話を聞いて、真広が決めなさい。私やその男の都合は考えなくてもいい」

「……っ、はい！　あ……っ」

自分でも驚くほど大きな声が出てしまい、思わず片手で口を塞ぐ。恥ずかしさから俯き、すみません、と小さく呟くとぽんぽんと灯が軽く頭を叩いてくれた。

「じゃあ、詳しい話をしようか」

そう言った鳥海の声に促され、真広は顔を上げて背筋を伸ばした。そんなにかしこまらなくてもいいよ、と苦笑した鳥海が先を続ける。

「さっきも言った新しく始める事業というのが、施設にいる獣人の子供達への弁当配達でね。その作業の補助をお願いしたいんだ」

「お弁当、ですか？」

ことりと首を傾げた真広に、そう、と鳥海が目を細めた。

鳥海が、現在、ホテルや都心の一等地などに出店している高級レストランの運営会社を経営しているということは知っている。

だが、料理を扱うという共通点はあれど、高級レストランと獣人の子供達がいる施設への弁当配達という全く方向性が違う仕事内容に、イメージが摑めないでいた。

「レストランのお料理を配達するんですか？」

食べに行ったことはないが、ネットや雑誌などで調べたことがあるので、鳥海が関わる店がどのような雰囲気かはなんとなく知っている。だから余計に、弁当という言葉がしっくり

こなかったのだ。

　雰囲気やサービスを含めた上質な空間で、上質な料理を味わう。写真や記事などを見た限り、そんな印象だった。

「いや、今やっている店とは全く別口だね。将来的な展開も見据えた試みではあるけど、今はまだ試験段階だ」

　そうして鳥海が話してくれたのは、慈善事業といっても差し支えないものだった。

　この世界にやって来る獣人達のほとんどは、きちんと条件を満たし正規の手続きを踏んで訪れる。だがごくわずかに、事件やなんらかのトラブルによってこちらに流れ着いてしまう者もおり、それが幼い子供だった場合、命に関わることが多い。

　こちらの世界では、獣人の世界とは根本的な在り方自体が異なるせいか、獣人の力を十全に使うことが難しい。ごくわずかな例外を除き、ほとんどの者が能力に強制的な制限を受けてしまうため、場合によってはコントロールに影響が出てしまうのだそうだ。

　力をコントロールするには、それに見合った力が必要なのだという。元々力が弱い者や外見に獣人の特徴が現れない者であれば日常生活を送る上で支障が出るほどの影響はないが、潜在的な力が強い者ほど影響は大きい……らしい。

　真広にはよくわからないが、この辺りは、全て灯から教えてもらったことだ。

　この世界でかかる制限は、特殊な道具を用いて能力そのものを封じてしまう『封じ』とは違い、一種の圧力のようなもので蓋をされ力を解放できなくなってしまう、というのが正しいそうだ。

力が減るわけではないのに、自由に使える力が少なくなる――力の出口だけが大幅に塞がれてしまう状態になる。そうすると、本来持っている力に見合うだけの力でコントロールができず、下手をすれば身の内で力が暴走してしまう可能性もあるのだという。

とはいえ、大人の獣人であれば、最低限の力でコントロールする術を無意識のうちに身につけているため、さほど問題は起こらない。

だが獣人の子供は、そもそもの力の制御が甘いため、下手をすれば自身の力によって命を落とすこともあるらしい。

親の保護下にあれば、獣人の世界に戻すなり、この世界で獣人の相談役である灯を頼り適切な対応をとることができる。だが、事故やトラブルでこちらに来てしまった子供達は、右も左もわからない状態で放り出されてしまうため、そういった手段すらとれない。

灯は、そんな路頭に迷った獣人の子供達を保護し獣人の世界に戻す――もしくはこちらで独り立ちできるよう育てるために、獣人の子供達専門の保護施設をいくつか運営していた。

真広が手伝いに行っているのもそんな施設の中の一つで、獣人の世界に戻れない――もしくは戻すには不都合があると灯が判断し、こちらの世界で暮らすことになった子供達がいる場所だった。

管理の都合上、施設の数はそう多くない。目の届かない場所を作ってしまうと、そこが犯罪の温床になってしまう可能性もある。そう言って、灯は自身が目を配れる範囲にのみ施設を限っており、遠方から子供達が連れてこられる場合が多々あった。

獣人がこちらへ到った際の出現場所は限られているそうで、そういった子供達を見つけ施設へ連れてくる役割の多くを、『青柳サービス』のスタッフが担っているのだ。

親の庇護下にない子供は、特殊な事情がない限りは獣人の世界に戻す。そのため、施設は獣人の子供達の養育の場というより、一時保護の場の意味合いが強いのだ。

それでも、獣人の世界に戻すためには、種々の手続きと準備が必要になる。その間はこちらの世界に留(とど)まらなければならず、結果、力を暴走させてしまう子供が出てしまうらしい。

灯の仕事の一つに、獣人の力を封じるための『封じ』を作るというものがあることは知っている。その『封じ』は、獣人の世界でのそれと同様、力を完全に封じてしまうものだ。強すぎる力により、こちらの世界で制御が困難な者、なにかしらの罪を犯し獣人の世界に戻される者達に与えられる、と聞いている。

一部の、潜在的な力が強い子供達には灯が『封じ』を与え、力が暴走しないよう抑え込んでいるが、そうすると制御が身につかず、特にこちらで暮らすことが決まっている子供には不都合が多くなってしまう。

鳥海の弁当配達は、そんな子供達の力の制御に関わるもの、らしい。

「そのお弁当を食べたら、力が制御できるようになるんですか……？」

驚きながらそう問えば、そうだね、と鳥海が微笑む。自分が知らないだけで、そんな便利な食べ物がこの世界にあったのだろうか。もしくは、鳥海が見つけたのだろうか。

真広も、力の制御ができず苦しむ子供の姿を見たことがある。あんなふうに苦しまなくてよくなるのなら、それは素晴らしいことだ。

「まあ、絶対に、とは言わないけれどね。どの程度効果がでるかは個人差もあるだろうからやってみないとわからない。けど、そう悪いようにはならないはずだよ」

「そうなんですね……。でも、凄いです」

感嘆の溜息をつき、真広は心からそう告げる。

子供達のために、そんなふうに動くことができることが。仕事とは言っているが、ざっと聞いた限りでも採算を度外視している。尊敬の眼差しで鳥海を見つめていると、隣に座る灯が不機嫌そうな声で呟いた。

「真広、騙されるな。この男は、利にならないと判断したことには指一本動かさない。現時点で利益が出なくても、先々で回収するプランも絶対に立てている。子供達のことを考えた親切心からじゃないことだけは、断言しておく」

「……あ、はい」

ぴしりとした灯の声に、条件反射で背筋を伸ばす。これは、真広になにかを教えてくれる時の声だ。不機嫌そうだけれど、昔から聞いているそれを間違いはしなかった。

灯は、昔から真広に、物事は色々な視点から見るようにと教えてくれている。真広は素直すぎるから、心配になるね。度々そう苦笑されるのも変わらないけれど。

「否定はしないが、子供達相手にあくどいことをするつもりはないよ。ないところから搾り取るより、取れるところから取る方が簡単だからね」

肩を竦めた鳥海が、それで、と真広に改めて視線を向けてくる。

「真広君に手伝って欲しいのは、弁当の配達と、施設での補助……というか、子供達と一緒に弁当を食べて彼らの警戒を解いて欲しい」

「……それでいいんですか?」

それは、手伝いというよりもただ食事をしに行くだけではないだろうか。そう思い首を傾げた真広に、それが一番重要なんだよ、と鳥海が穏やかに続けた。

「幾ら効果のあるものでも、食べる者が警戒していては正しく効果として得られない。それに、折角配達するのなら、美味しく食べてもらいたいだろう?」

「はい、それは」

頷いた真広に、鳥海も軽く頷く。

「残念ながら、私はあまり子供に好かれない。同行する者は、まあ……懐く者もいるだろうが、大人しい種族の場合は怖がる可能性の方が高い。だから、子供達の世話に慣れていて警戒されにくい君に手伝って欲しいんだ」

鳥海の、自分は子供に好かれないという言葉に、そうだろうかと心の中で首を傾げた。とても頼りになる、優しい人だ。子供達も、絶対に懐くと思うのに。そんなふうに考えていると、灯が補足するように言葉を足した。

「一緒に行くのは、隼斗だ。真広も知っているだろう？」

「はい。斎槻さんも、灯さんの紹介で……？」

二人を見遣ると、鳥海が「いや」と短く答える。

「あいつは、青柳の方だね」

その言葉に納得し、頷く。先ほどから名前が出ている男——斎槻隼斗は、『青柳サービス』にスタッフ登録している一人だ。八年ほど前にこちらの世界に来たそうで、当初から、珍しく灯が直接会って対応している。屋敷の方に来たことはないが、真広が知る限り、灯が直接会うのは鳥海以降初めての相手だった。

そのおかげで色々と灯から話は聞いているが、実のところ真広は隼斗のことが苦手だった。いや……苦手というよりは、怖くて近づけない、という方が正しい。

隼斗が真広に対してなにかした、というわけではない。単に、狼の獣人である隼斗の気配に、本能的な恐怖を感じてしまっているだけのことだ。むしろ、隼斗は大学に通いつつ仕事もきちんとこなしている、真面目な人だと聞いている。

基本的に隼斗は外回りの仕事ばかりのため、真広がいる時間帯にこの事務所へ来ることは滅多にない。そのため、真広がここに来るようになってから顔を合わせたのは、すれ違い程度の数回と、灯との面会予定が入っておりこの部屋に案内した時くらいだ。当然ながら話す機会もなく、真広の苦手意識が拭えないままでいるというだけのことだった。

「……もしかして、真広君は隼斗が苦手かな？」

「え⁉」

たった今考えていたことを鳥海に指摘され、そんなに顔に出てしまっていたのかと、思わず頬に手をやる。そんな真広の反応に、くっと軽く笑った鳥海が、大丈夫だよと続けた。

「別に、顔に出てたわけじゃない。真広君も、種族的にあいつに近づくのは怖いだろうと思っただけだ」

「……あの。苦手、というわけではないんです。灯さんからお話は聞いていますけど、僕は、斎槻さんと直接お話ししたことはないので」

「あれが真広君になにかをすることはないから、そこは安心していいよ。まあ、わざわざ近づかなくてもいいけど」

その言葉に、あれ、と真広は首を傾げた。鳥海の優しげな笑みは変わらないのに、なんとなく雰囲気が変わった気がしたのだ。

（……灯さん、みたいな？）

そう思い、すとんと納得する。そう、鳥海を前にした灯のようだ、というのが一番しっくりくる。ちらりと灯を横目で見ると、真広と視線を合わせた灯が肩を竦めた。

「話せば、あの子は真広を気に入ると思うよ。誰かさんは近づけたくないみたいだけどね。そこの誰かより、あの子の方がよほど安心して真広を任せられる」

そう言った灯が、それより、と目を眇めて鳥海を見遣る。真広の肩を抱き、ぐい、と引き寄せるといつもよりも冷たい声で告げた。

「真広を関わらせるのなら、この身に危険が及ばないよう細心の注意を払ってもらう。それができないのなら、この話は全て白紙に戻す」

「灯さん、それは……」

自分のことなどで、鳥海に迷惑をかけたくない。だが、慌てて灯を止めようとした真広の声を遮ったのは、鳥海だった。

「わかっていますよ。それより、今回、そちらの護衛は最低限にしていただきます。悪目立ちして無用なトラブルを招いたら、元も子もない」

「……原則、護衛には隼斗をつける。手が足りない時のみ、私のところから人を出す。それなら問題ないだろう」

「了解です。それで、真広君。どうかな」

二人だけの会話から唐突に話を戻され、びくりと肩が震える。肩に回されていた灯の手が離れていき、再び元の通りに座り直すと俯きながら言葉を探した。

「あの、その……」

やってみたい。その言葉が、喉元まで出かかっている。鳥海はああ言っていたが、きっと自分にできることは、そう多くはないはずだ。それでも、こうして声をかけてくれたことが嬉しく、気持ちとしてはすぐにでもやりたいと言いたかった。

けれど同時に、自分が外に出れば周囲に迷惑をかけてしまう自覚もあるため、灯の目の届かないところに行くことへの躊躇(ためら)いもあった。

いつかは、克服しなければならない問題だ。けれどいまだ自分の力で人間の姿になれない以上、真広にできるのは周囲の手を必要以上に煩わせないようにすることくらいだ。

「真広君」

ふと、静かな鳥海の声が耳に届く。引き寄せられるように顔を上げると、真(ま)っ直(す)ぐな瞳が真広を見据えていた。気持ちを見透かされそうなそれに、わずかに顎(あご)を引くと、鳥海が続けた。

「私は、昔のことを含め君の事情を少しは知っているし、対応も考えた上で頼んでいる。だから、ひとまず周りのことは置いておいて君がどうしたいかを教えて欲しい」

「あ……」

真広の問題も、周囲に対する遠慮も、なにもかもわかっていると言われ、ふっと身体から力が抜ける。そうして、一度視線を落とすと、再び鳥海を見つめて素直な気持ちで答えを出した。

「お手伝い、したいです」

はっきりとそう告げると、隣から仕方がないと言うような溜息が聞こえてくる。反対されるだろうかとちらりと横目で見ると、灯が「大丈夫だよ」と苦笑した。

「真広が決めていいって言っただろう？　真広の安全のために口は出すけど、反対はしないよ。……やると決めたのなら、きちんと頑張りなさい」

そう言って、ぽんぽんと軽く頭を叩かれる。それにふわりと微笑み、はい、と頷いた。

「よし。じゃあ、真広君、これからよろしく。後で、現状決まっているアルバイトの日にちと時間帯を教えておいてくれるかな。これ、連絡先ね」

そう言って、スーツの内ポケットから名刺入れを取り出した鳥海が、名刺を差し出してくる。会社名に、代表取締役社長という肩書きと名前、代表の電話番号やメールアドレスが書かれたそれを受け取り、皺（しわ）にならないよう大切に胸の前で抱き締める。

「……っ、ありがとうございます！　よろしくお願いします」

言いながら頭を下げると、そんなに気負わなくてもいいよ、と鳥海が笑う。

「今回の仕事は、そう堅苦しいものじゃないから。隼斗はともかく弁当を作る藤野（ふじの）さんは、真広君と同じこちらで生まれ育った人だから、わりと気安いと思うよ」

「あ……。もしかして、前に斎槻さんと一緒にここに来た方、ですか？」

ふ、と。さほど前ではない記憶を辿り、灯を見る。案内だけだったし、隼斗の後ろにいたためはっきり顔は見ていないが、自分より年上の綺麗な人だったという印象がある。

「そう。藤野柊也君。いい子だから、頼りにしていいよ。半分だけ獣人の血を引いていて、ずっと人間として暮らしていたせいで力の制御ができずに困っていたから、真広も話しやすいと思うし」

最近になって突然獣人の力が現れてしまい、五感の制御もできず灯を頼ってきたのだという。基本的に、灯のところに来る客については、詳しいことを全く聞いていないので、そんな人がいたのだと驚いた。

すると、灯の説明に続けるように、鳥海が口を開いた。

「今回の件を手伝ってもらうことになったからきちんと話すけど、その藤野さんの能力が、少し特殊でね。この世界で、他の獣人の力を増幅、安定させることができるんだ」

「……――」

なんでも、その人が作った料理を食べると、獣人の世界にいる時ほどではないけれど、多かれ少なかれ自身で扱える力が増すという。とはいえ、それは料理を食べた後の一時的なものであり、継続的なものではないらしい。また、個人差もあるのと、なにより料理に対する警戒心が強すぎると効果が全く現れないのだそうだ。

（すごい……。そんな人がいるんだ）

目を見開きながら聞いていると、鳥海が説明を続ける。

「力の制御ができている獣人が食べたら、この世界で常にある圧力のようなものが軽減されて、多少、身体が楽になる程度の感覚だけど、まだ制御が未熟な子供には大きな手助けになる……というのが、私と、そこの清宮さんの共通見解だ」

「圧力……」

実のところ、真広にはその圧力というものの感覚がよくわからずにいる。灯によれば、そもそも真広の獣人としての力が強くないのと、生まれた時からこの世界にいるため感覚の違いがわからないのだろうという。

『もしかしたら、この世界で生まれた獣人には違った特性が備わっている可能性もあるけど、今のところ明確な報告はないね』

昔から定期的に、健康診断として、獣人専門の医者を交えて色々と質問されているが、真広に関しては獣人の姿を隠せないこと以外に特に変わった能力などはなかった。

「子供達に藤野さんの料理を食べてもらって、効果が出ている間に、力の制御を身につける訓練をする。そうして徐々に制御を身につけていけば、施設を出ても自由に暮らせるようになるからね」

灯が作っている『封じ』は、この世界で力が暴走する危険を防ぐため、日常生活に必要ない——過剰な力そのものを封じてしまうことを目的としている。そのため、強い力には有用だが、逆に弱い力になると効果が薄いのだという。

一度、真広も灯の作った『封じ』をつけてみたことがあるが、獣人としての姿が変わることはなかった。結局のところ、今持っている力を正しく制御しないと、姿は変わらないということだった。

（みんな、ちゃんと教えてくれてるのにな。なんでできないんだろ……）

幼い頃からずっと、灯や屋敷で働く獣人達が制御のコツのようなものを教えてくれているのだが、その通りにやってみても一向に上達しないのだ。多分、力の制御が下手過ぎるのだろう。全く結果を出せない真広を、周囲は責めることなく、のんびり頑張ればいいんですよと笑いながら励ましてくれる。

「それで、折角だから、真広君も子供達と一緒に力の制御の訓練をしてみたらどうかと思ったんだ」

「……え？」

「真広君には、『封じ』より、藤野さんの料理の方が効果がありそうだからね。やってみなければわからないけれど、もしかしたら、姿を変えられるかも……」

「希望的観測を真広に伝えるのはやめておいてくれないかな」

鳥海の声を遮るように灯が口を挟むが、真広の脳裏には、たった今耳に入った鳥海の言葉がぐるぐると駆け巡っていた。姿を変えられる。そうすれば、みんなに——灯に迷惑をかけなくても済む。どきどきする鼓動を抑えるように、胸の辺りのセーターを強く握りしめた。

「僕、頑張ってみたいです。可能性があるなら、やりたいです」

やや前のめりになって言うと、鳥海が優しく目を細める。

「いい答えだ。……清宮さん、本人の了承も得られたので、問題ありませんね?」

途中から灯に向けられた言葉に、灯が肩を竦める。

「君達が、真広の安全に気を配ること。それから、真広」

「はい」

「リスクを減らすために、藤野君の店、そして施設の敷地内から出る時は、必ず誰かと一緒に行動すること。送り迎えは今まで通り誰かにさせるから、きちんと待つこと。それが条件だ。守れなかったら、すぐに辞めさせるからそのつもりで」

「わかりました」

昔、誘拐されそうになってから、真広は屋敷の敷地外に一人で出ることを強く禁じられている。それ以前は、幼いこともあって大人の付き添いは必要だったが、門の前など屋敷の近くであれば普通に出られていた。だが、今はそれも駄目だと言われている。

どちらにせよ、兎耳が隠せていない以上、一人で外に出ても灯に迷惑をかけてしまう。それに、学校に通っていなければ友達もおらず、また一人遊びが得意な性格だったため、屋敷に引きこもって暮らす日々を苦痛だと思ったことはなかった。

それでも、いつか独り立ちしなければならないという気持ちは、年々大きくなっていた。

だからこそ、少しでも可能性があるなら挑戦してみたかった。

「じゃあ、これからよろしく。真広君」

そう言って差し出された、鳥海の手。それをどきりとしながら見つめ、真広もまた恐る恐る手を差し出した。

真広の手を包んでしまうのではないかというほどの、大きな掌。温かなその体温に、真広は高鳴る鼓動とともに幼い日に感じた深い安堵を思い出しながら、よろしくお願いします、と頭を下げた。

駅から少し離れた、住宅街へと続く場所にある小さな定食屋。『ふじの』という看板がかけられたその店の前で、真広は緊張からこくりと息を呑んだ。
春の気配が強くなった平日の十二時、定休日だというその日、屋敷まで迎えに来てくれた鳥海に連れられ真広はこの定食屋を訪れた。
細身のジーンズに、白いシャツと緩めのセーターを合わせ、フード付きのパーカーを羽織った姿は、いつもと変わらない。ちなみに、フードが脱げないよう目深に被っているため、俯き加減になると周囲から顔が見えないようになっていた。

今日は一緒に仕事をする人達との顔合わせと聞いていたため、もう少しきちんとした格好の方がいいかと思ったが、小さな定食屋だから普段着の方が浮かないという灯の言葉を受けていつも通りとなった。真広の服は、どれも灯や屋敷で働く人達が選んで買ってきてくれているため、似合っているかはわからないが全て大切に着ている。普段着とはいっても、着古して傷んでいたりするわけではないので、失礼にはならないだろう。

無意識のうちに肩に力が入り、斜めがけの鞄の紐を強く握ると、隣に立つスリーピースの背広姿の男――鳥海の大きな掌にぽんと軽く背中を叩かれた。びくりと身体を震わせると、苦笑交じりの声が落ちてくる。

「そんなに緊張しなくても大丈夫だよ。こういうところに来るのは初めて？」

「はい！　えっと、はい。外でご飯を食べることも、滅多にないので」

出掛けたとしても、灯は必ず個室を取ってくれる。真広が人目を気にせず食べられるように配慮してくれているのだ。

実は、こういう店に入ることにひそかに憧れていたのだ。初対面の人と会うことに緊張しているのは確かだが、同時に、わくわくして浮かれているのもあった。

「じゃあ、入ろうか。先に入って」

そう言って、手を伸ばした鳥海が引き戸を開けてくれる。背中に手を添えられ、背後を守られながら促され店に足を踏み入れると、カウンターの中——厨房に立った男がこちらを振り返った。

「いらっしゃいませ」

にこりと笑って迎えられ、真広は一瞬遅れ慌てて深々と頭を下げた。

「あの、えと、お……、お邪魔します！」

「こんにちは、柊也君。休みの日に悪いね」

「いえ。こちらも、その方が慌てなくていいので。……どうぞ、お茶淹れますから座ってください」

鳥海と真広に順番に視線を向け、男がカウンター席を示す。どうすればいいのか迷い、ちらりと隣に立つ鳥海を見上げると、座ろうかと促された。

店の奥、厨房に立つ男と向かい合って話せる位置の席を示され、座面の高い椅子に腰を下ろすと、入口側の隣の席に鳥海が座った。すっと横合いから影が差し、鳥海が座ったのと反対側を見ると、そこに見知った顔の男——斎槻隼斗の姿があり、身体がぴきりと硬直した。

ちらりと真広を見下ろした隼斗が、少し身を屈めて椅子の横——足下になにかを置く。つられるように視線をやった先で、荷物入れの籐籠を置いてくれたのだとわかったが、驚きに喉が詰まり声が出せなかった。

「鞄、重いだろ。これに入れときな」

「……っ」

硬直したままこくこくと頷くと、ぎこちない動きで斜めにかけた鞄を外す。そうして籐籠の中に鞄を入れ終わると、身体を起こし隼斗を見上げた。

「あ、りがとう、ございます……」

出せたのは、周囲の音にかき消されそうなほどの小さな声だったが、隼斗にはきちんと聞こえていたらしい。いや、とぶっきらぼうに呟き、隼斗は店の奥にある厨房へと続くスイングドアの方へ戻っていった。

隼斗の姿が見えなくなり、ふっと身体から力を抜くと、目の前にことりと湯呑みが置かれた。前を向くと、カウンターの中から、シンプルな薄いブルーのシャツに細身のジーンズというラフな格好をした男が鳥海の前にも同じように湯呑みを置いているところだった。

「ありがとう。さて、じゃあ紹介しようか。この子が、この間話した、鈴白真広君。真広君、こちらがこの店の店長で弁当を作ってくれる藤野柊也君」

一区切りしたところで、鳥海がそれぞれを紹介してくれる。それに合わせて、真広は再びカウンターの中の男——藤野柊也に頭を下げた。

「鈴白真広です。よろしくお願いします」

「藤野柊也です。こちらこそよろしくお願いします。俺も、真広君って呼んでいいかな?」

「は、はい！」

「俺のことも柊也でいいよ」

そう言って微笑んだ柊也の穏やかな雰囲気に、緊張に強張っていた肩から力が抜ける。優しそうな人だ。そう思いながら、心の中で胸を撫で下ろした。

「真広君は、清宮さんのところの子でね。事情があってあまり外に出られなかったから、知らないことがあったら色々教えてあげてくれるかな。『青柳』でアルバイトしたり、施設で子供達の世話をしたりしているから、今回の仕事に関しては問題ないと思うよ」

鳥海からそう説明され、真広はなんとなく恥ずかしくなりフードを被ったまま俯く。とても良く言ってもらっているが、自分がかなりの世間知らずだという自覚はある。あまり手間をかけさせないように頑張ろうと心の中で拳を握りつつ、柊也に向かって再び頭を下げた。

「頑張ります。あの……、できることがあればなんでもやります」

「うん。獣人の子に慣れてる人がいてくれるのは、心強いよ。俺は、子供と接する機会がほとんどなかったし、もう一人は……隼斗君、そっちはいいから君もおいでよ」

厨房の奥――カウンター席から見えない場所にいるらしい隼斗に、柊也が声をかける。すると、カウンターの中に隼斗が姿をみせた。

「俺はいいですって。事務所で会ってて知ってますし」

「顔と名前を知ってるだけだって言ってただろ。ほら、自己紹介」

こら、と叱るように言われ、渋々といった様子で隼斗が柊也の隣に立つ。

「……あー。知ってると思うけど、斎槻隼斗だ」

「は、はい。鈴白真広、です。よ、よろしく、お願いします」

眦の鋭い、切れ長の瞳と視線が合い、あわあわとしながら挨拶する。先ほどよりはきちんと喋れたことにほっとしていると、隣でやれやれと鳥海が溜息をついた。

「そこの狼小僧。施設に行くまでに、その気配をもう少し抑えろ」

「……わかってますよ」

ふてくされたように呟いた隼斗が、真広に視線を向ける。真っ直ぐな視線に反射的に硬直するが、悪意がないのはわかるため、視線を逸らさず見返した。

「怖がらせて悪いな」

「い、いえ！　僕こそ……、すみません」

屋敷でも、狼や豹といった種族の人達が働いている。幼い頃から見知っているせいかその人達のことを怖いと思ったことはないので、自分でもどうして隼斗に対してこれほど恐怖心を抱いてしまうのかわからないのだ。とはいえ、先ほどからの気遣いや真っ直ぐな視線に、以前よりも苦手意識が薄れているのも事実だった。

「真広君が謝る必要はないよ。そこの坊主の気配の消し方が甘いだけだから。清宮の屋敷にも、種族が狼の獣人はいるだろう？」

鳥海のフォローの言葉にこくりと頷くと、鳥海が先ほど考えていた違いを教えてくれた。

清宮の屋敷で雇われているのは、一定以上の力があり、かつその力を完璧に制御している獣人ばかりなのだそうだ。そのため、それぞれの種族特有の気配の抑え方をきちんと心得ているのだという。

「あそこで真広君を怖がらせるような獣人は、屋敷に入る前に弾(はじ)かれているだろうからね」

「そうだったんですね……」

初めて知った事実に驚いていると、へえ、と柊也も驚いたような表情で聞いていた。

「俺は、その気配とかが全然わからないんだけど、真広君は隼斗君が怖い？　のかな」

「……す、みません。あの、大丈夫です。斎槻さんがどうってわけじゃないですし、しばらくしたら、慣れると思うので」

「本能的なものだから、無理をしても仕方がないよ。……まあ、当面の護衛役が隼斗になるから、慣れてもらわないといけないのは確かだけど」

「は、い……」

淡々と告げる鳥海に、呆(あき)れられてしまっただろうかと膝の上で拳を握り俯く。すると、カウンターの中で、あれ、と柊也が首を傾げた。

「でも、前に連れてきた兎の子達には懐かれてたみたいだけど」

「あっちの世界にいた子供なら、近くにいた大人の種族によっては、慣れている場合もありますからね。それに今は……」

言いながら隼斗が、じろりと鳥海を睨む。俯いた真広には見えていないが、対する鳥海もまた、面白がるような表情で隼斗を見ていた。

「えーっと、聞いていいのかな。真広君の種族って……」

柊也に問われ、顔を上げて鳥海を見る。問題ないと言うように頷いた鳥海の姿に、真広は目深に被っていたフードを脱いだ。

「わ……」

「兎、です。……耳が、隠せなくて。だからあんまり外にも出られないんです」

小さく声を上げた柊也に、真広は眉を下げて答える。自分で力の制御ができず、人間にこの姿が見えてしまう可能性が高いため、迷惑をかけることがあるかもしれない。そう伝えると、柊也は気遣わしげな表情となった。

「そっか。それじゃあ大変だね」

「種族的な本能が備わってるくらいなら、柊也さんの料理を食べて訓練すればいけるんじゃないですか？」

柊也の隣であっさりと言う隼斗に、柊也が首を傾げる。

「そうかな」

「施設の子供達と同じ要領でいけると思いますけど……。だから、この人も連れてきたんでしょう?」

　隼斗が鳥海を指すのに合わせ、隣に座る鳥海を見ると、にこりと笑みが返される。本当に消せるのだろうか。期待に胸を膨らませていると、じゃあ、と言いながらぱんと手を合わせた柊也が続けた。

「ものは試しってことで。とりあえず、お昼ご飯食べようか」


　ふわりと漂ってくる揚げ物特有の音と香りに、真広のお腹がぐうと小さな音を立てる。

　あの後、嫌いなものや食べられないものはないかと聞かれ、なんでも食べられると答えると、柊也は嬉しそうによかったと言いながらエプロンをつけて料理を始めた。

　鳥海からお昼は食べないようにしておいて、と言われていたが、まさかここで昼食を食べる流れになるとは思わず、真広はいいのかなと柊也と鳥海を交互に見つめた。

　すると、自分達の昼食のついでだから遠慮しなくていいよと柊也に言われ、ありがたくいただくことにしたのだ。

「ああ、やっぱり『青柳』のスケジュール管理変えたの、お前か」

「はい。所長が変えて良いよっておっしゃってくださって。え、でも、やっぱり……?」

「いや。去年辺りに、ソフト変えただろう?　古参で昔のに慣れてたやつは覚えるのに多少手間取ってたみたいだが、スマホにも対応したし使いやすくなって助かった」

「そうですか？　ならよかったです」

隣に座る隼斗の言葉に、ほっと胸を撫で下ろす。柊也が料理を始めると、当然のように隼斗が手伝おうとしていたが、四人分だし手伝いはいらないから真広君と少し話しておいでと厨房を追い出されていた。

そして鳥海とは反対側の一つ空けた席に座った隼斗が、共通の話題である事務所のことについて話を向けてくれたのだ。

「ここ最近、ソフトはともかくセキュリティ関係まで手が出せるほど詳しいやつがいなかったから、所長も助かるって言ってた。俺も、大学で使ってるから多少触れはするが、新しいものや専門的なことはほとんど知らないしな」

淡々と話す隼斗の気配は、店に入った頃よりも随分薄れている。恐らく、意識的に抑えてくれているのだろう。真広も、言葉を交わすうちに、さほど身構えずにいられるようになっていた。

「パソコンは、昔から使っていたので。人に教えてもらったりはしていますけど、ほとんど独学なので、詳しいっていうわけじゃないんです」

一人で屋敷に引きこもっている間、色々なジャンルの本を読んだり灯が買ってくれたパソコンを触っていることがほとんどだった。清宮の屋敷にいる獣人で、パソコンに一番詳しい人に色々と教えてもらっているうちに、素人仕事ではあるが簡単なソフトくらいなら作れるようにはなった。

「それでも、セキュリティなんかは、知識がなきゃお手上げだろう」

「お屋敷にいる、パソコンに詳しい人が、いつも色々教えてくれるんです」

お屋敷の人は、みんな物知りなんです。そう説明すると、反対側の隣に座った鳥海がぼそりと呟いた。

「ちなみに、真広君が言ってるその『パソコンに詳しい人』って、清宮のネットワーク関係のセキュリティ責任者だから」

「ガチか……」

「ガチだね。まあ、あのレベルがこの子の常識だと思っておいてくれ」

「……了解」

「……――？　あの、なにか問題があったでしょうか？」

二人で交わされる言葉の意味がわからず、溜息をついた隼斗と鳥海を慌てて交互に見遣ると、なんにもないよと鳥海が苦笑する。

「それより、真広君には、今回の仕事で使う状態記録ソフトにも意見をもらえると助かるかな。うちで作ったものだから、改良点はすぐに反映できるしね」

「状態、記録？」

「そう。弁当を食べた子供達の、健康状態や能力情報を記録しておくソフトだよ。協力してもらう施設には、定期的に獣人の医師を派遣することになっていてね。その時の検診と、訓練の時の情報を記録してもらうように手配してる」

「そんなことまでするんですね……」

感嘆とともに呟くと、データが一番大切だから、と鳥海が続けた。

「試験運用の間は、協力してくれる施設に無償で弁当や人材諸々を提供する代わりに、データを取らせてもらうことになっているんだ。初めての試みだから、不測の事態で子供達に万が一のことがあったら困るしね」

細心の注意を払った上で、実績を積み重ねていくことが大切だ。そう告げた鳥海に、真広も頷いた。

「仕事の話はそのくらいにして、お昼、できましたよ」

不意に、カウンターの中から柊也に声をかけられ、振り返る。両手に大皿を持っている姿に、手伝おうとカウンター席の椅子から下りると、それより先に隼斗が立ち上がりカウンターの中へ入っていった。

「あの、お手伝いします」

声をかけると、柊也がにこりと笑う。

「ありがとう。けど、今日はお客様だし気にしなくていいよ。今度、仕事が始まったら遠慮なくお願いするから」

そう言いながら、てきぱきと大皿をカウンターに並べていくのを見て、確かに自分の出番はなさそうだと頷いた。

「はい。じゃあ、すみません」

再び椅子に座り直すと、お盆にご飯や味噌汁を載せた隼斗が厨房から出てくる。それぞれの前に慣れた様子で並べていくのを見ていると、あっという間に食事の準備が整った。

目の前に並べられたのは、千切り野菜とおおぶりの牡蠣フライが盛りつけられた大皿、小鉢に菜の花のからし和え、ご飯と味噌汁、漬物という定食だった。

「美味しそう……」

思わず呟くと、カウンターの中から出てきて隼斗の隣に座った柊也が嬉しそうに微笑む。

「ありがとう。口に合うといいけど。朝、買い物に行ったら良い牡蠣を見つけたから、昼は絶対牡蠣フライにしようと思ってたんだ」

一応、他の魚の準備もしてたけど真広君が牡蠣苦手じゃなくてよかった。そう告げた柊也に、真広は何度も頷いた。

「牡蠣フライ、大好きです」

「よかった。じゃあ、温かいうちに食べようか」

そう言って柊也が箸を取ったのを機に、それぞれ食事を始める。真広も「いただきます」

と手を合わせ、早速牡蠣フライに箸を伸ばした。

脇に添えられた小皿に、自家製のタルタルソースとかぼす醤油(しょうゆ)が用意されており、好きな方をつけて食べられるようになっている。

まずは、とタルタルソースをつけて口に運ぶ。軽く歯を当てると、薄い衣がさくっと音を立てる。次いで、まだ熱々の肉厚な牡蠣をゆっくり嚙むと、濃厚な牡蠣のエキスとともに旨(うま)みが口の中に一気に広がった。衣につけたタルタルソースの柔らかな甘みとほのかな酸味が、牡蠣の味を一層引き立てている。

「……――っ」

はふはふと熱を冷ましながら、だがあっという間に一つ食べ終わってしまい、真広は感動に目を見開き柊也の方を向いた。

「すごく美味しいです！」

「あはは、よかった。おかわりもあるから、たくさん食べて」

楽しそうに柊也からそう言われ、自分のテンションがいつになく上がってしまっていたことに気づき、急に恥ずかしくなってしまう。すみません、と赤くなりながら再び食事に戻ると、野菜に箸を伸ばして新鮮なそれを味わった。

色鮮やかで適度に歯ごたえのある菜の花も、ぴりっと辛みのきいた辛子醤油がよく合っている。この時季特有の食材を使った料理は、あまり外に出ることのない真広にとって、最も季節を感じられるものだった。

急いで食べてしまうのが勿体なく、ゆっくりと味わっていると、ふと隣の隼斗がいつの間にか皿を空にしているのに気づく。内心慌てながらその向こうを見ると、柊也もまだ残ってはいるがもう少しで食べ終わりそうだった。ちらりと反対側の隣を見ると、鳥海も柊也と同じくらいのペースで食べており、真広の皿だけがまだ半分ほど残っていた。

(みんな、食べるの早いんだ……)

元々、食べるのが早くないため、灯と一緒に食事をしていても灯の方が先に食べ終わってしまうのだ。残すのは論外だし、待たせるのも申し訳ない。そう思いながらペースを上げていると、箸を置いた鳥海が小さく声をかけてきた。

「慌てなくていいから、ゆっくり食べなさい」

落ち着いた声に驚き、ぴたりと箸を止め鳥海を見る。気づかれているとは思わず、だが咀嚼している最中のため口を開くこともできず、失礼だとは思いつつこくりと頷いた。

ほんの少し速度を上げたまま、けれどきちんと味わって食べていると、先に食べ終わった柊也が席を立つ。全員の湯呑みを引くと、カウンターの中に入りお茶を淹れ替えてくれる。

「柊也君、野江はどうかな。うまくやっていけそうかい?」

「はい。手伝いに来てもらうには、もったいないくらいです。それに、隼斗君と気が合うみたいで二人で色々アイディアを出してくれてるので、すごく助かってます」

鳥海の言葉に、お茶を出しながら柊也がにこりと笑う。それに、鳥海も目を細めて優しく微笑む。同じように優しくはあるけれど自分に向けられるのとは雰囲気の違うその表情に、何気なく二人を見ていた真広はどきりとした。

（あれ……）

いつも、鳥海を見て感じる胸の高鳴りとは違う。よくわからない――不安のようなものが混じったそれに、わずかに箸を止めた。

「ならよかった。野江も、ここの手伝いは楽しいみたいだからね。やりがいがあると言っていたから、問題がないならこのまま続けさせよう」

なにかあれば、気にせず言ってくれていいから。そう言った鳥海に、柊也がありがとうございますと微笑む。

野江、というのは、鳥海の店から手伝いに来ている人だろう。この間、事務所で仕事の説明を聞いていた時に、もう一人手伝いの男性がいることは教えてもらっていた。

「しばらくは、現状のままできる範囲でやるつもりだから、あまり無理はしないように。店が最優先で構わないよ」

「はい。その予定でゆとりを持って日程も組んでもらっていますし、仕入れの方も色々融通してもらってますから、俺の方は全く問題ないです。青柳さんにお願いして、ペースが掴めるまで、週に二、三日は隼斗君に店のアルバイトを頼めることになったので」

淡々と交わされる、穏やかなやりとり。真広も、会話だけ聞いていたらなにも感じなかっただろう。けれど、視界に入る鳥海の表情に、真広の心は徐々に沈んでいった。

（鳥海さん、柊也さんみたいな人が好きなのかな。そうだよね、綺麗な人だし……）

自分みたいな、子供とは違う。そう考え、ますます落ち込んでしまう。

そう、鳥海が自分に向けてくるのは、昔と変わらぬ表情。幼い自分を見ていた、あの頃のものと同じなのだ。だが、柊也に向けているのはもっと違う——対等な大人としての好意が籠もったものだった。

その好意が、どういった種類のものかはわからない。けれど、それが仕事相手や親しい友人に対するものとは違うということだけは、気づいてしまった。

鳥海と親しいわけでもない。言葉を交わしたことなど、挨拶を含めなかったら片手で数えられるほどだ。けれど、それでも。真広はその姿を遠目で見かける度に、鳥海のことをずっと見ていた。ささいな表情の変化すら見落とさないように。

だからだろうか。こうして近くで見ていると、表情の違いが、気配とともになんとなく感じ取れた。

「そこの小僧が頼りにならなかったら、店の営業時間にもスタッフを回すからいつでも声をかけて。こちらの都合で負担を増やしてしまっているからね」

「いえ、そこまでは……」

「余計なお世話です。ここの手伝いは俺がきっちりやるんで」

鳥海の申し出に慌てて柊也が手を振ると、お茶を飲みながら隼斗がぼそりと呟く。

「おや、学生には学生の本分があるだろう?」

「それこそ、ご心配なく。本分の方もきっちりこなしてるので」

自分を挟んで交わされる、どことなく不穏な空気の会話に、真広は食事を続けながらそっと身体を縮めた。ご飯は変わらず美味しいのだが、鳥海が柊也に向ける表情を見た時から食欲は若干失せてしまっていた。とはいえ、折角作ってもらったものなのだからちゃんと味わって食べなければ失礼だと、一生懸命に箸を進めた。

「隼斗君、真広君が落ち着いて食べられないよ。……鳥海さんも」

苦笑しながら二人にそう言った柊也が、こちらを見て「ごめんね」と謝ってくれる。

「い、いいえ! あの、食べるのが遅くてすみません……」

「大丈夫だよ。作った身としては、自分のペースで美味しく食べてくれるのが嬉しいから」

のんびりとそう言って笑い、柊也もカウンターの中で立ったままお茶を飲む。そんな言葉を交わすうちに、直前の不穏な空気は霧散しており、真広を挟んで座る二人もゆっくりと食後のお茶を味わっていた。

ようやく食事を終えた真広が、箸を置いてごちそうさまでした、と手を合わせる。すると、先ほどまでとは違い落ち着いた様子で青柳の仕事に関する話をしていた鳥海と隼斗、そして柊也が、話を終えてこちらを見た。

「ごちそうさまでした。美味しかったです」

柊也に向けて頭を下げると、お粗末様でした、と優しい声が返ってくる。湯呑みを手に取り、少し温(ぬる)くなったお茶を飲んでいると、「淹れ替えようか？」と声をかけてくれた。

「いえ、大丈夫です」

それにかぶりを振ると、横合いから空いた皿を隼斗が片付けてくれる。全員分のをまとめて下げているのは、真広が慌てないよう食べ終わるまで待っていてくれたからだ。

そうして一息つくと、片付けを終えた隼斗が声をかけてくる。

「なにか、変わった感じはするか？」

「……――」

そう言われ、じっと自分の掌を見つめる。だが実のところ、柊也のご飯を食べてもなにも変わった感覚はなかったのだ。

「……ごめんなさい、わからないです」

結局、正直に言うしかなくてしょんぼりと肩を落とす。すると、隣に座る鳥海が励ますようにぽんぽんと軽く背を叩いてくれた。

「まだ落ち込む段階じゃないよ」

「はい……」

鳥海の言葉に頷くと、隼斗が続けて声をかけてくる。

「じゃあ、ちょっと立ってみて。……柊也さんも、こっちに来てもらえますか？」

「ん、了解」

隼斗の言葉に、カウンターの中にいた柊也が厨房を通り客席側へ出てくる。その間に椅子から下りると、隼斗から柊也と向かい合って立つよう指示された。

「柊也さん」

「ん？　……えーっと、うん。やってみる」

柊也の耳元でなにかを告げた隼斗に、柊也が一瞬難しそうな顔をして、だがすぐに軽く頷いた。そうして柊也がこちらを見ると、掌を上にして両手を差し出してきた。

「手、貸して？」

「え？　は、はい」

促され、差し出された両手に、そっと自分の両手を乗せる。すると、柊也の細い手に軽く握られ、すっと柊也が目を閉じた。

直後、掌にビリッとした痛みが走る。同時に、身体の中をなにかが通り抜けるような——ざわりとした感覚が全身に走った。

「……——やっ!!」

反射的に声を上げ後退ろうとするが、ぎゅっと手を握られ止められる。だが、勢いのついた身体は止まらず、柊也を引っ張りながら後ろに倒れそうになってしまう。

「っと」

その瞬間、後ろに傾いた身体を温かな掌に支えられ、ほっと安堵する。危なげなく真広の身体を支えてくれたのはこちらを向いて座っていた鳥海で、真広が体勢を立て直すまで支えてくれていた。

「あ、ありがとうございます」

「大丈夫？」

「はい。柊也さんも、引っ張ってしまってすみません」

鳥海に礼を言い、手を離した柊也にも頭を下げた。

「俺は平気。それより、こっちこそ驚かせてごめんね。身体、大丈夫？」

「はい……。でも、なんか……」

さっきの衝撃と感覚は、一体なんだったのか。そう思いながら自分の掌を見つめていると、柊也の背後に立って様子を見ていた隼斗が口を開いた。

「柊也さんに、お前の力を少し強めてもらったんだ。今度は、違和感がわかっただろう？」

「えっと……。手がビリッとしたら、身体中がざわっとして……」

説明しようにも、自分の中に表現できる語彙がなく、どうにも幼い子供のような表現になってしまう。そうして話しながら、再びあの感覚が蘇り、ふるりと身体が震えた。

気持ちが悪かったわけではない。ただ、初めての感覚は自分の中で収まりが悪く、落ち着かない気分になってしまう。

「今のが、お前の中にある獣人の力だ。本来の力がどの程度のものかはわからないが、少なくとも、柊也さんが刺激すれば出せる程度にはあるってことだな」

「……じゃあ」

「日常生活に困らないよう姿を変えるくらいなら、できる可能性が高いってことだ」

「……っ！」

驚きに目を見張っていると、目の前でなにかを考え込むようにしていた柊也が、もう一度
——今度は右手だけを差し出してくる。

「真広君、もう一回、手貸してもらえる？」

「え？」

「いや、なんとなく……今なら、いけそうな気がするんだよね」

そう言われ、どきどきしながら左手を差し出して、先ほどと同じように柊也の手の上に乗せる。すると、ちょっと触らせてもらっていいかな、と柊也が空いた左手で真広の右耳——兎耳に軽く触れた。

そうして柊也が目を閉じるのに合わせて目を閉じると、今度は柊也から触れられた部分がじんわりと温かくなったような気がした。なにが起こっているのかはわからないが、先ほど

のような痛みや感覚は襲ってこず、わずかに強張っていた身体から力を抜く。

するとと、その瞬間、ふっと身体が軽くなった気がした。

「あ……」

その呟きは、誰のものだったか。ゆっくりと目を開くと、耳から手を離した柊也が微笑んでいるのが見えた。

「うん、上手くいったみたいだ」

「え？」

まさか、と思い頭に触れると、そこにあるはずの耳がなかった。俯くと、いつも視界に入っていた、髪と同じ色の垂れ耳の先がない。

ぺたぺたと何度も頭を触り、いつもと感触が違うことに茫然(ぼうぜん)とする。

「え、え？」

「消えてる……？」

「隠してるだけだけどね。ご飯食べたばっかりで俺の力も影響しやすかったみたいだから、ちょとだけ弄(いじ)らせてもらった。ごめんね、勝手に」

苦笑しながらそう謝った柊也に、ふるふるふるとかぶりを振った。

「……隠して、くださったんですか？」

茫然としたままそう呟くと、柊也は「それは違うよ」とにこりと笑った。

「俺がやったのは、真広君の中にある力を少し弄っただけ。練習すれば、ちゃんと自分でできるようになると思う」

「……本当に？」

「うん」

その言葉を聞き、胸の奥から熱い塊が込み上げてくる。ふわりと視界が滲み涙が零れそうになるのをぐっと堪えると、俯いた。

「……――よかった」

今まで、何度やってもできなかったのだ。そのせいで、灯や屋敷の人達にたくさん迷惑をかけてしまった。もし自分で耳を隠せるようになったら、少なくとも外に出る度に手間をかけさせることはなくなる。

手立てが見つかったことへの安堵。嬉しさ。そんな感情で胸がいっぱいになり、けれどここで泣いてしまってはみんなに心配をかけてしまうと唇を噛んだ。

（泣いちゃだめ……）

そう心の中で繰り返し静かにゆっくりと息を吐いて気持ちを落ち着かせると、頭から手を離して顔を上げた。

「ありがとうございます、柊也さん」

「どういたしまして。今日のところは、多分すぐに戻っちゃうだろうけど、これから一緒に頑張ろう」

「はい！」

笑顔で頷くと、柊也がいい子だねと頭を撫でてくれる。その優しい感触と表情に、ほわりと顔が綻ぶ。

「えへへ」

柊也と顔を見合わせにこにこと笑い合っていると、柊也の背後で隼斗が呆れたような表情をしているのが視界に入った。柊也に撫でられつつもわずかに首を傾げると、溜息をついた隼斗が柊也の肩に手を置いた。

「柊也さん……。なんとなく、なにを考えてるかはわかるけど……、駄目だよ」

「え！　駄目かな……。真広君くらいの年頃だったらまだ許してもらえるかなあって」

「……やっぱり」

そんな会話をしながら、さわさわと真広の髪——兎耳がある辺りを撫で、柊也がいささか名残惜しそうに手を離す。

「今度、耳がある時に撫でさせてもらっていい？　嫌かな？」

「へ？　あ、はい。それは別に……、全然大丈夫ですけど」

「そう？　ありがとう」

柊也の意図がよくわからないまま、けれど別段嫌なわけではなく頷くと、嬉しそうに柊也が微笑む。

「柊也さん……」

はあ、と片手で顔を覆った隼斗と柊也を見ていると、隣からくすくすと笑う声がする。見ると、こちらを向いて座っていた鳥海が告げた。

「よかったね。問題が一つ解決しそうで」

「はい！　ありがとうございます、鳥海さん」

「私はなにもしていないよ」

その言葉に、真広は勢いよくかぶりを振ると、拳を握りしめ必死に気持ちを伝える。

「鳥海さんが声をかけてくださったから、ここに来ることができたんです！　だから、だから、あの……っ」

そのまま言葉が詰まってしまった真広に、ふっと微笑んだ鳥海が、だがすぐに笑みを苦笑に変えた。

「ああ、戻ったかな」

「え？　あ、鏡見るの忘れてた……」

その言葉に、思わず頭を触ると、慣れた感触がそこにある。驚きすぎて兎耳のない自分の姿を確かめ損ねてしまった。しょんぼり肩を落とすと、周囲から笑い声が上がった。

「急に何回もやると身体に影響が出るかもしれないから、少しずつやろう」

励ますような柊也の声に、はい、と頷くと、鳥海が「さて」と立ち上がった。

「ひとまずの成果も出たし、今日のところはこれでお暇しようか。柊也君、真広君は必ず隼人か清宮の屋敷の人間、もしくは私が送り迎えをするから、一人で外に出さないようにだけ頼んでおいていいかな。清宮との約束でね」

「はい。その辺りは、少しだけ隼斗君から聞いています」

「……あの、ご迷惑をおかけしてすみません。耳が隠せるようになったら、もっと違うと思うので」

現状、そこまでしてもらわなくてもいいと言うことはできず、大人しく鳥海の隣で頭を下げる。だが、柊也は「大丈夫だよ」と軽く笑い、隼斗は肩を竦めるだけで特に気にしているふうではなかった。

「基本的に一緒に行動してもらうから仕事に支障が出るわけじゃないし、表情を聞いた上で手伝いをお願いしてるんだから、気にすることじゃないよ。真広君と一緒なら、子供達も安心して食べてくれるだろうし」

幾ら作っても、美味しく食べてくれないと意味がないのだと。そう告げた柊也に、真広は「頑張ります」と頷いた。

柊也と隼斗に挨拶をし、来た時と同様にフードを目深に被ると、鳥海に促され店を出る。そのまま歩いて数分の場所にある駐車場に向かい、鳥海の車——黒のセダンに乗り込むと、シートベルトを締めたことでずれかけたフードを被り直した。

準備ができたことを見届けたように、車が動き始める。運転の邪魔をしないよう静かに座っていると、不意に、鳥海が呟いた。

「上手くやっていけそうかな」

「はい。柊也さんも、斎槻さんも、良い人達でしたし。お料理も、すごく美味しかったです」

「そう。ならよかった」

「……鳥海さんの、おかげです」

フードの端を摑んでそっと引き下ろし、赤くなっているだろう顔を隠して呟く。みんなが一緒にいる場所だとまだいいのだが、二人だけになるとドキドキして胸が苦しくなる。

鳥海の傍にいると、嬉しいのに、苦しい。もっと一緒にいたいと思うのに、逃げ出したくなってしまう。そんな矛盾した気持ちを抱えながら、同時に、鳥海が柊也に向けていた表情も思い出してしまい目を伏せた。

(僕が、勝手に好きなだけなんだから……)

たとえ鳥海が誰を想っていても、それはどうしようもないことだ。それに、自分の鳥海に対する気持ちは変わらない。

「本当に、ありがとうございます」

心を込めてそう呟くと、隣からわずかに苦笑する気配が伝わってくる。

「随分と買ってもらっているようだけど、そんなふうに言われるほど、本当に私はなにもしていないよ」

先ほどの言葉を繰り返す鳥海に、それは違うのだとかぶりを振る。

鳥海は、真広の心の支えだった。幼い頃に助けてもらった、あの時からずっと。

単なる顔見知り――と言えるほどの交流もない子供にそんなことを言われても困るだろうと、さすがにそれは言葉にしなかった。けれど、真広が本当に困っている時に助けてくれたのは、いつも――鳥海だったのだ。

「……ずっと、不安だったんです。いつまで、灯さんに迷惑をかけてしまうんだろうって」

鳥海への感謝の言葉の代わりにそう呟いた真広は、そっと、フードの上から自分の耳を撫でた。

「少しずつでも自立しようと思って働かせてもらってましたけど、やっぱり、人前に出られないから逆に手間をかけさせてしまうことも多くて。だから、自分で耳が隠せるようになるかもしれないってことがわかって、すごく嬉しいです」

そしてそれを可能にする出会いに導いてくれたのは、鳥海だ。どうして今回のことで真広のことを思い出してくれたのかはわからない。けれど、そのおかげで真広にとっての長年の憂いが解決するかもしれないのだ。

「……大きくなったね」

「え？」

どこか感慨深そうなその声に思わず鳥海の方を見ると、前を向いたままの鳥海が口元に笑みを浮かべていた。

「いや、時間が経つのは早いなと思って。もう、十九歳だったかな」

「はい」

「そうか。小さい頃を知っているから、つい昔のように接してしまっていたけれど、今の君には失礼だったね。申し訳ない」

「いえ、そんなことはないです！」

鳥海の態度が嫌だと思ったことなど、一度もない。それに、実際問題、屋敷に引きこもって暮らしてきた真広は、自分が同年代の人達より精神的に成長できていないだろうという自覚がある。だから周囲も、必要以上に自分のことを心配するのだ。

「……――も、いいんだよ」

「え？」

なにかを呟いた鳥海の声は、だが、近づいてきた救急車のサイレンの音にかき消された。

周囲の様子を見ながら鳥海が車を路肩に寄せていくと、隣を白い車体が通り過ぎていく。

沈黙の落ちた車内の中で、遠ざかっていく救急車を見つめながら、真広はそっと目を伏せる。聞きそびれてしまった言葉をもう一度尋ねたかったが、なんとなく、運転中の鳥海に自分から声をかけることは躊躇われた。

結局、途切れた会話が再び始まることはないまま、車は静かに清宮の屋敷へと辿り着いたのだった。

◇◇◇

都心の駅から徒歩十分ほどの場所にあるオフィスビル。その上層階三フロアを、鳥海が代表取締役社長を務める『株式会社クレーエ』がオフィスとして使用していた。

下の二フロアが従業員用の執務室と会議室、一番上のフロアが役員用の執務室と応接室、及びいくつかの部署の執務室となっている。

機能性重視のオフィスは、さほど装飾もない簡素なものだ。鳥海の執務室も、執務机や書棚、応接用のソファやテーブルがあるくらいの、ごくシンプルな様相となっている。机などは仕事のしやすさを考えてそれなりに大きなものだが、別段こだわりはないため、手配も全て秘書である男に一任した。ちなみに、他の役員の執務室も似たり寄ったりなのだが、全員、基本的に外に出ていることが多いせいもあるだろう。

この会社は、レストランやカフェの運営を主としているが、他にも雑貨やお茶、酒類の販売など、多岐に亘(わた)って展開している。また、関連会社では、店舗経営のコンサルティングも行っており、会社の規模としてはさほど大きくないが、鳥海がこちらの世界に来て数年後に立ち上げて以降、着々と業績を伸ばしている。

会社の設立当初に立ち上げたレストランは、席数を抑え個室を作り、価格帯を上げて高級ホテルから徒歩圏内に店舗を置いた。食事の質とゆったりとした時間を過ごせることにこだわり、顧客単価を上げたのだ。これに関しては、鳥海の人脈ありきの話で、現状こちらの世界に来ている獣人でそれなりの地位にいる者達が安心して使える店をという要望から始めたものだった。

ただし、富裕層しか手が出ない店だけでは先々の展望はないため、同時に多少価格を抑えたカフェレストランを作ったのだ。こちらに関しては『少し良い店で、落ち着いてお茶や食事をしたい』中流層向けという設定のもと、少人数で静かに過ごせることを重視し、カウンター席などを設け一人でも入りやすい雰囲気を作った。

当初から、飲食店の店舗数を一定以上増やすことは考えておらず、経営が軌道に乗り利益が出始めた頃から、別業種も含めて検討することで手を広げてきた。

鳥海自身にとって、会社の規模を大きくすること自体が目的ではなく、いかに楽しめるかが重要なのだ。ハイリスク、ハイリターン。失敗すれば、全てを失う可能性もある。その境界線を見極める時が、鳥海にとって最も楽しい瞬間だった。

「……最後に、担当部署の方からオンライン販売についての提言が上がってきています。明後日の十時から一時間でよろしいですか？」

「ああ。オンライン販売の様子はどうだ？　この間の報告では、状況次第では数を大幅に増やしたいと言っていたが」

「想定より利用者が多いようです。現状は、毎日数量限定として販売していますが、その方針に関する提案かと」

執務机でパソコンに向かい急ぎのメールを返しながら、鳥海は机を挟んで正面に立つスーツ姿の男——百瀬(ももせ)にちらりと視線を向けた。

「工場の話か」

「十中八九、そうでしょうね。場所の候補は幾つかありますが、どうしますか？」

「問題は、人員と技術力だな」

「今後の見通しも含めて、規模の上限を決めておかなければ、品質の方にしわ寄せが行きかねませんから」

「現状の把握と今後の予想、対応方法を確認してからか。利益が出る範囲での数量限定の方針は変更しないつもりだが、相応の策は必要だな。人員は……、ああ、今進めている買収があるだろう。あそこで使える者がいないか探してみてくれ。経験より人柄と将来性重視でな」

「承知しました」

見た目の静かな雰囲気そのままに、百瀬は持っているタブレット端末を操作しつつ淡々とスケジュールを確認していく。各部署からの報告や進捗など全て頭の中に入っているのだろうが、万が一のためと、随時変更を反映するためだ。

「それから、今期末までに設備投資も検討しておいてくれ。決算予想を確認したが、前期より利益が出そうだからな。どの部署にするかは任せる」

「はい。各部署からの要望は、現在集めているところです。現状、最も有力なのはネットワーク関連の設備と人材確保かとは思っています」

「妥当だな。当面、店舗を増やすつもりはない。各自、新しい提案を集めてそちらに注力してくれ」

「わかりました」

頷いた百瀬が、では、とタブレットを操作しながら続ける。同時に、メールを送り終えた鳥海は、手を止めて軽く椅子の背もたれに背を預けると百瀬の方を見た。

「施設関連の進捗です。仕入れの手配と、配達に関する準備は完了しました。施設の子供達に対する検診も手配済みです。獣人の医師に関しては、こちらで依頼した者と清宮からの紹介の者、二名で交代で当たることとなります」

「あちらから呼び寄せたって?」

「ええ。以前こちらに住んでいた者ですので、対応に問題はないだろうとのことです」

そう報告をする百瀬もまた、獣人だ。種族は、狐。あちらの世界にいる頃からの友人で、鳥海がこちらに来た数年後にやってきた。

まさかこの男がこちらに来るとは思わず最初は驚いたのだが、信用できる男であることに間違いはなく、また能力に関しても文句のつけどころがないため、鳥海がこの会社を興す際に誘ったのだ。

長身白皙、またどちらかといえば細身で、一見、優しげな風貌であることから、性格を知らない者には舐められる場合もある。だがその実、性格は鳥海よりも容赦がなく冷徹なため、自社の人間からは最も恐れられている存在であった。優しさ詐欺、とは誰が言い始めたあだ名だったか。見た目と中身のギャップがひどい、ということらしい。

(大概、俺よりも図太いしな……)

誰になにを言われても、それを上手く利用して自分に有利にことを運ぶ。その冷静さは、鳥海もひそかに見習いたいと思う部分だった。

「状況が安定するまでは、最低限、週に一度は検診ができるのが理想だな」

「交代制ですので、それも可能かと。報酬については……」

「任せる。見合った額を出せばいい」

「承知しました」

施設に住む獣人の子供達に、定食屋『ふじの』の店主——藤野柊也が作った料理を食べさせてみることを思いついたのは、柊也が隼斗と出会い、その能力を目覚めさせてすぐのことだった。

元々、あの『ふじの』に立ち寄ったのはほんの偶然だった。予定されていた仕事が一つキャンセルとなり、中途半端に時間が余ってしまった時、どこかで昼食を食べようと思ったのが始まりだった。

鳥海自身は、特に高級志向というわけでもなく、食事に関しては値段に関係なく自分の好みに合い美味しければそれでいいという感覚の持ち主だ。仕事上、会食などでそれなりに値が張るものを食べ慣れてはいるが、仕事が絡まず普段食べるものとしてそういったものばかりを選んでいるわけではない。

最悪、食事をする時間がなければ、栄養補助食品が続いてもさほど問題はなかった。

そうして、散歩がてらたまには新しい店を開拓してみるかという気持ちで、近くに車を停めて歩いていた時のことだ。

ふと、人が入っていく姿を見かけて目を引かれたのが、あの店だったのだ。

見た目は、古ぼけた小さな定食屋。特別秀でた部分もなさそうな、昔ながらの地元密着型の店。それが第一印象だった。外から中の様子を窺うことはできず、ともすれば常連以外は尻込みしてしまいそうな雰囲気。

それでも入ってみようと思ったのは、店の前に置かれたメニューボードだ。高級料亭を思わせる綺麗な文字で書かれた、三種類しかないメニューに、なんとなく目を引かれた。

（まさか、あんな副次的効果があるとは思わなかったが）

店に入ってからは、驚かされてばかりだった。料理を出している店主が思った以上に若かったことが一つ。容姿や雰囲気も好ましいもので、また、一人で店を切り盛りする手際も悪くない。なにより、料理が美味しかったことが一番の収穫だった。

そして、あの料理を一口食べた時の衝撃。この世界に来て初めて感じた身体の軽さ。あの驚きは、自分の人生の中でも五本の指に入るほどだ。

「それにしても、話には聞いていましたが、実際に食べると驚きますね」

鳥海の心を読んだようにそう告げた百瀬に、鳥海は「そうだろう」とにやりと笑う。滅多に本心から表情を動かすことがない百瀬が、ほんのわずか目を見開いた時は、柊也に拍手を送りたいくらいだった。

柊也の料理は、抑えつけられた獣人の力をわずかに活性化させる。それは、この世界で自動的に働く抑止力に慣れていればいるほど、顕著に実感できるものだった。

「こちらにいる獣人にとっては、画期的だろうな。……無論、あちらでの利用価値も高い」

低く呟いた鳥海に、百瀬も異論はないと頷く。

この世界に住む獣人達にとって、能力にかかった枷（かせ）は、大なり小なり息苦しさを感じさせるものだ。時間が経てば慣れるため普段はさほど意識していないものの、鳥海や百瀬のように仕事で度々あちらの世界に戻ることがある者にとって、その差は歴然だった。

それゆえに、獣人の能力を活性化させ安定させることができる柊也の力は、こちらの世界ではもちろん、あちらの世界でも影響の大きいものなのだ。

鳥海が柊也の力を借りようと思った理由は、もちろん将来的に利益が出せると思ったからではあるが、それ以外にも二つある。一つは、柊也の力をある程度獣人のために使ってもらい、その価値を高めるため。そしてもう一つは、個人的に気に入った柊也を手の内に入れるためだった。

とはいえ、後者については、その後、柊也が隼斗の『番』だと判明したため、現状では隼斗をからかうための手段に過ぎなくなっているが。

前者については、柊也の身を守るためにも必要なことだと思っている。柊也が定食屋をやっていなければ、また対応は変わっただろう。だが、店で食事を提供する以上、柊也の能力を隠しきることは不可能だ。

後から知ったことだが、柊也が定食屋を継いで以降、獣人達の間では『面白い料理を出す店』として、少なからず噂になっていた。柊也の獣人の能力が目覚めていなかった頃であれば、影響はわずかで『面白い』程度で済んでいた。だが獣人の血と能力が目覚め、さらに『番』である隼斗と繋がりを持った今では、獣人としても特殊な能力を有する『覡』としての価値が付加された状態となった。

それならば、ある程度対外的な活動をさせて、こちらの世界ではもちろんあちらの世界でも、多少話を盛ってでも柊也に対する心証を良くしておいた方が得策だと考えたのだ。

もちろん、不特定多数に能力を知られることで、危険が増す可能性もある。だが、万が一の時に動いてくれる手が多くなる方が重要だと判断した。

そしてそれは、柊也の能力を知る清宮も同意見だった。

『こちらでは、あちらのように「覡」を保護することは難しい。藤野さんが、あちらで保護されてくれるのなら別だけど、彼はこちらで生まれ育った人だからね』

こちら側で獣人達を助けるために動けば、清宮を通じてあちら側にも伝わる。貴重な『覡』が獣人のために力を貸していると認められれば、あちら側でも抑止力が働く。それを見越してのものだった。

どうして、鳥海がそこまで動くのか。この計画を話した時に百瀬から問われたが、それに対してはこう答えただけだった。

——気に入っているから。

その一言で百瀬が納得したのは、鳥海の性格をよく理解しているからだ。気に入ったものへの労力は惜しまないが、興味のないものや気に入らないものには見向きもしない。それは幼い頃から変わっていない、鳥海の本質だった。

もちろん、自分が動くからには最終的には利益も出す。しばらくはマイナスだろうが、時間が経てばプラスになることは確信している。

「しばらくは、弁当ではなくケータリング、という形態になるため現状の許可で問題ないことも確認済みです。後は、実際に始めてみてから調整、という形で良いかと。ただ……」

「ん？」

珍しく言い淀(よど)んだ百瀬に視線を向けると、静かに――そしてどこか観察するようにこちらを見つめた百瀬が、口を開いた。

「……お前にしては珍しく、厄介ごとに自ら手を出したな、と」

口調を変えてのそれは、友人としての言葉だ。なにを指しているのかは、言葉にしなくてもわかる。それに、くっと笑うと、鳥海は口端を上げた。

「清宮の秘蔵っ子か？」

「ああ。別に、仕事として表に出して巻き込まなくとも、そのうち清宮が動いて藤野さんに頼むのはわかってただろう？」

「まあな。だが、あの清宮の弱みを一つくらい握っておいても悪くはないと思ってな」

わざと露悪的に告げれば、目を細めた百瀬が呆れたように鼻を鳴らす。

「今更だ。すでに対抗できる武器くらい手に入れているだろう。それに、お前があの子供を弱みに使うとは思えない」

「……――」

それには反論せず、肩を竦める。実際問題、あの子供――鈴白真広を使って清宮に対してなにかをしようという気はさらさらない。というより、むしろ逆鱗(げきりん)に触れて意図しないところでこちらが不利益を被る恐れすらあるのだ。

(まあ、あの純真な目で見られたら、毒気も抜かれるというものだが)

ふと、こちらを見上げてくる視線を思い出し、苦笑する。

幼い頃から変わっていない、純真で真っ直ぐな瞳。昔、この世界に来たばかりの頃にたった一度助けただけで、随分懐かれたものだと思う。

あの瞳に浮かぶのは、自分に対する憧憬。しかも、こちらの印象については随分と補正がかかってしまっているように見える。

「まあ、それはいい。あの子自体は、良くも悪くも箱入りって感じだしな。取り込んでおけば有利になることもあるだろう」

ただし、と百瀬が続ける。

「身の回りには注意した方が良い。あちら側が、多少きな臭くなってきている」

その一言に、鳥海もまた目を眇めた。真広のことを思い出し幾分柔らかくなっていた空気が、ぴんと張り詰める。

「清宮の方か」

「だろうな。長門(ながと)とフィツェリアが、中枢に清宮の権益の一部委譲を求める意見書を出したらしい。……全く、懲りないものだ」

溜息交じりのそれに、鳥海も同意し頷く。そして、また面倒くさいことにと眉間に皺を刻んだ。

「ということは、こちら側での動きも繋がっていると見るべきだな」

「ああ。長門やフィッツェリアと繋がりがあると思われるグループが、こちら側の――主に、清宮に恨みを持つだろう獣人達に声をかけているらしい」

「上手くいけば、清宮を潰せるかもしれない、か。元々、自分達がこちらで騒ぎを起こしたのが原因だろうに」

やれやれと言いながら、鳥海が椅子の背もたれに深く背を預ける。

梟である鳥海の一族は、情報収集能力に長けており、その血を引く鳥海もまた獣人としての能力はそちらに特化していた。

鳥海の獣人の世界での実家は、あちらでも有数の名家であり中枢でも中核に近い。とはいえ、鳥海の母親は元使用人――つまり鳥海は妾腹であり、五歳の頃に母親が病気で亡くなるまで鳥海の家とは関わりのない場所で育てられていた。父親のことを知ったのは、母親の死の直前――父親が鳥海を迎えに来た時だった。

母親は、自身の死期を察し、それまで消息はもちろん息子の存在すら知らせていなかった鳥海の家に連絡をとっていた。せめて、息子が独り立ちするまで、使用人としてで構わないから面倒を見てやって欲しい。そう頭を下げたのだという。

息子が鳥海の実子だという彼女の申告が疑われなかったのは、その容姿が父親にそっくりで、さらに鳥海の家の能力を色濃く引き継いでいたからだ。

幸いだったのは、鳥海の家に引き取られた際、父親の正妻である義母や異母兄達が予想外に快く迎え入れてくれたことだった。

自身の立場は、十分に理解していた。母親が亡くなる前に、自身の出生に関する話は一通り聞かされていたのだ。

母親が鳥海を身ごもったのは、父親が前妻と別れた後——そして、現在の妻と再婚する前のことではあったらしい。だが、すでに鳥海家には跡継ぎとされる長男がおり、使用人の自分が余計な火種を持ち込むわけにはいかないと、仕事を辞め消息を絶ったのだという。

父親に引き取られても、決して自分を鳥海の家の一員だとは思わないように。何度もそう告げた母親の言葉は、鳥海自身、常に胸に刻んできた。自らが騒動の元になるなど、まっぴらだった。そしてそれは、義母や異母兄達が自分を家族として受け入れてくれたからこその思いでもある。

昔から、知らないことを知る時が最も楽しかった。知識欲と好奇心は人一倍で、子供の頃はそれらが全て学ぶことに向けられた。

十歳を超えた頃から、それらの好奇心は政治や家同士の関係性といった面に向けられ、十六歳になる頃には裏でひそかに父親や兄の仕事を手伝っていた。

長男である兄からは、ことあるごとに表に立ち家の一員として仕事をして欲しいと言われてきた。だがそれに対しては常に、煩わしい責任など負いたくないと嘯いて拒否してきた。

他の親戚達からは、鳥海の家に対する恩義が感じられないと眉を顰められていたが、少なくとも父親と長兄は、鳥海の発言がなによりも家のことを思ってのことだと理解してくれていた。だからこそ、能力があるのにそれを表立って振るおうとしない鳥海に歯がゆさを感じていたようだったが。

『まあ、お前にはこの家は狭すぎるだろうからな』

そう言って苦笑一つで収めてくれ、親戚達を抑えてくれた長兄には、今でも感謝している。

そのため、父親の跡を継ぎ中枢に関わるようになった兄には、常にあちら側とこちら側、両方の情報を伝えているのだ。

「今のところ、長門がこちらに分家を置く許可を求めている段階だな。清宮の獣人達への過剰な権利行使と、こちらでの利益独占を訴えている。フィツェリアは賛同者だ。中核に近い家にバックアップを頼んだんだろう」

百瀬が、タブレットと一緒に持っていた封筒をこちらに差し出してくる。封蝋は、鳥海の兄のもので、百瀬が獣人の世界で受け取ってきたものだ。

封を開け、中の文書を取り出して一瞥する。そこには、たった今百瀬が推察、分析した通りの内容が書かれており、自然と溜息が零れた。

「名家に数えられない――中枢には関わらない清宮が、どうしてあちらで中枢でも中核となる名家と同列に扱われ、なおかつこちらでの獣人に関する権益を独占しているか。……少し考えれば、特別な理由があるとわかりそうなものだがな」

「真実を知っているのは、中枢でもごく一部の当主達だけだろう。代替わりで情報が失われた家もある。知らない者がわめくのは、まあ仕方がないんじゃないか？」

仕方がない、と冷えた声で告げた百瀬の顔には、明らかに文書に名を連ねる者達に対する軽蔑が滲み出ている。

「清宮は、ある意味不可侵領域だからな。これまでの経緯を知った上で、よくもまあこう何度も手を出そうとする馬鹿どもが出てくるものだ」

「清宮への手出し自体は、放っておけばあちらがどうとでもするだろうが、あの子のことだけは気をつけておいた方が良い」

「ああ、わかっている」

そう言われ、再び真広の姿を思い浮かべる。現状で、清宮の最大の『弱点』として狙われるだろう存在。鳥海にしてみれば、清宮の現当主――灯の溺愛ぶりを知っているため、逆に最も手を出してはいけない存在だと認識しているが、事情を知らない者にはそうは映らないだろう。幼い、姿を変ずることもできない兎の獣人。子供を恐喝の道具に使うことを厭わない連中であれば、まず間違いなく真広に手を出してくるはずだ。

（清宮も人を動かすだろうが、こちら側を隼斗だけに任せるのは荷が重いか）

幸いなのは、真広自身が、周囲の大人達の言い分に反発して一人で動き回るような性格ではないことだ。これまでも、外に出る際は灯もしくは清宮の屋敷の使用人が必ずついていたようだが、それに対してうっとうしいとは微塵も思っていないようだった。

絶対に一人にならないように、と言い聞かせておけば、よほどのことがない限り自分から一人になろうとはしないだろう。

（いまだに、あの時の恐怖を引き摺っているのかもしれないな）

ふと思い出したのは、鳥海が真広に初めて会った時のことだ。あれは、鳥海がこの世界に来たばかりの頃のことだった。

獣人達は、こちら側に来た時点で例外なく清宮に把握されており、必ず一度は清宮からの接触がある。灯自身が出ていくことはまずないが、こちらで必要なものを全て清宮が準備しているからだ。

その際に、この世界で獣人達に課せられた『決まり』を告げられる。それに外れた行いをすれば、獣人の世界へ強制送還される、というものだ。

とはいえ、その『決まり』は、別段理不尽なものではない。この世界で暮らしていく上で、人の目に触れる形で獣人の力を使うことや、人間を害すること、罪を犯してはならない、というごく当たり前のことだ。獣人の存在が知られてしまえば、全ての獣人達が不利益を被ってしまう。それを防ぐためには、必要な措置と言える。そのため、力が暴走しそうな者達には清宮から『封じ』が施される。

こちら側に移住している獣人達は、それぞれに事情があり獣人の世界に居場所がないものがほとんどだ。そうでない場合もあるにはあるが――事実、鳥海や百瀬はそういった部類だが――そう、多くない。

獣人達にとって、こちらの世界は決して住みやすい場所ではない。自身の能力の大半が使えなくなる時点で、獣人として生きていくことができないからだ。それでもこちらで生きることを選ぶのは、あちらに帰れない理由があるからだ。

鳥海は、こちらの世界に興味を持ち、移り住んできた。獣人の世界にいる限り、鳥海の家に意図せぬ騒動を持ち込む原因となってしまう。そう理由付けをして父親を説得したが、実際は、自身の知らぬ世界への好奇心が勝ったのが第一だった。

（まあ、父と兄にはばれていたが）

あちらでは、妾腹として鳥海の家に関する権利を放棄し、それを形にするため家を出た、という美談にされているが、実際は煩わしい跡継ぎ問題から逃げたというだけだ。

もちろん、鳥海の家族との仲は今でも良好で、仕事の都合であちら側に戻った時などは、土産(みやげ)を持って顔を出している。義母や末の妹などからは、もっと帰ってきて欲しいと毎回愚痴を言われる程度には、気安い間柄だ。

そんな鳥海が、最初にこちら側に来た時、清宮の代理人から求められたのは、屋敷への訪問だった。現当主が話をしたいと言っている、と。そう告げられたのだ。

あちらの世界にいた頃からの知り合いで、出会った時にはすでにこちらとあちらを行き来していた獣人の男に話を聞いたところ、清宮の当主と会ったことのある獣人は滅多にいないという話だった。

例外として知られていたのが、清宮がオーナーを務める『青柳サービス』の所長だけで、どうしてそんな存在が自分に会おうとするのか、疑問と警戒心が湧いたのは言うまでもない。

だが、鳥海の父親達からも、清宮とは良好な関係を築いておきなさいと何度も念を押されていたため、気乗りしないまでも指定された屋敷へ赴いたのだ。

だが、屋敷の前に辿り着いた時、不穏な光景が視界に入った。

幼い子供が、明らかに怪しい獣人の男達に抱えられ連れていかれそうになっていたのだ。

その光景を目にした瞬間、自分でも驚くほど反射的に動いていた。近くの家の屋根に止まっていた鳥に指笛で合図を送り、抱えた子供を車の中に押し込もうとしていた男の邪魔をさせた。

ならず者達が、素人の集まりだったのが幸いした。突然のことに驚き、ほんの一瞬パニックになった隙に、獣人の男を蹴り飛ばし子供を男の腕から取り返すことができた。

指笛を使ったのは、鳥に合図をするためだけではない。屋敷の中に危険を知らせる目的もあった。子供は獣人で、連れ去ろうとしている男達も獣人。であれば、子供が清宮の関係者であると見て間違いない。そう判断し、鳥が種族の者であればわかるはずの警告音を鳴らしたのだ。

そしてその判断は間違っておらず、子供を奪い返したと同時に、屋敷から警備の獣人達が数人出てきた。危うく逆上した男に殴られそうになったものの、再び鳥が邪魔をしてくれたため、抱き上げた子供を庇いつつその場を離れることができた。

あの時、鳥海が助けた子供は必死に鳥海にしがみついていた。怖かったのだろう。身体は震え、着ていた服に皺がくっきりと残るほど、小さな手で必死に鳥海に縋っていたのだ。

そうして、警備員達の隙を突いて逃げ出そうとしていた獣人を見つけ声を上げた瞬間、腕の中の子供がびくりと身体を震わせた。

『驚かせたかな。ごめん、もう怖くないよ』

思わずそう言って小さな背中を撫でたのは、その少し前に、鳥海の家で同じくらいの年頃の末の妹に泣きつかれていたからだ。鳥海が十八歳になり、家を出てこちらの世界に移り住むことを知った途端、ひたすら泣かれた。

そんな姿を思い出し、自分で思う以上に優しい声が出た。

そしてその声に顔を上げた子供は、鳥海の顔を見た瞬間、大きな瞳を瞬かせ、そうして見る間に涙を溢れさせながらくしゃりと顔を歪めたのだ。

ごめんなさい。ありがとう。言葉にならないながらも、そう告げながら泣く子供の背中を鳥海はずっと労るように撫で続けた。

『……泣かないで。もう、大丈夫だから』

幼い子供はどちらかと言えば苦手だったが、自分に縋って泣く存在を無下に扱うことはできなかった。そして、『怖かった』ではなく、『ごめんなさい』と……『ありがとう』と告げようとする子供に、ほんの少し――ほんの少しだけ、痛みを感じたからだった。

あの時の子供――真広が、鳥海が助けたとはいえ、危ない目に遭ったことは確かだ。あれ以降、清宮の過保護に拍車がかかり、一人での外出は完全に禁じられたと聞いた。

(閉じ込められていたにしては、よく、あの頃のまま素直に育ったものだ)

あの事件以降、真広とまともに言葉を交わしたのは、数回しかない。あの日は、清宮の屋敷に真広を連れて行き灯に引き渡すと、安堵したのだろう、真広はすぐに眠ってしまった。そしてその後、仕切り直しということで再び屋敷に招かれた時に、緊張した様子の真広から深々と頭を下げられたのだ。

『たすけてくださって、ありがとうございました』

怪我(けが)がなくて、なによりだった。そう告げた鳥海に、顔を上げた真広は灯の後ろに隠れながらも、顔を赤くしてはにかんだ。

あの時の表情は、今でもはっきりと覚えている。最初に見たのが泣き顔だったため、心底

ほっとしたのだ。

　鳥海の中の真広の印象は、あの頃からほとんど変わっていない。それは真広の方も同じなのだろう。こちらに向けられる憧憬の色は、清宮の屋敷を訪れる度に感じていたものだったからだ。

　いつも、遠目に見られているのはわかっていた。だが、こちらから声をかけるほどのきっかけもなく、やがて灯と顔を合わせる場所が『青柳サービス』に変わってからは、顔を合わせることもなくなった。

　正直、あの真っ直ぐな視線を向けられることがなくなって、ほっとしている自分もいたのだ。過ぎた憧憬と期待は、向けられる者にとって重くもある。

　そう思うこと自体、自分らしくないと百瀬には言われそうだが。

（まあ、今回のことはいいきっかけだ。さすがにあの歳になれば、現実を認識するだろう）

　近くで鳥海を見ていれば、自分が憧れに夢を見ていたことを自覚するはずだ。

　一年ほど前から『青柳サービス』で真広を見かけ始め、ある時、所長である青柳にそれとなく聞いてみたことがあった。一人で外出できるようになったのか、と。だが返ってきたのは苦笑だけで、根本的な問題が片付いていないことはすぐにわかった。

　真広が、獣人の特徴である耳を隠せないのだということは、何度か清宮の屋敷を訪れるうちに察した。屋外——庭などで見かけ、こちらに会釈をしてくる時、一生懸命フードがずれないように握りしめていることからも、明らかだった。

とはいえ、獣人の特徴はあえて隠そうとしなくても人間には見えないものだ。それを過剰に隠そうとする真広の姿に違和感を覚え、灯に探りを入れてみたのだ。

『……こちらで生まれた子のせいか、他とは色々と勝手が違うんだよ。獣人の特徴が人間に見えてしまう確率が、普通よりも高いんだ』

嫌々ながらではあったがそう教えてくれたのは、曲がりなりにも鳥海が真広の恩人であるという認識があったからだろう。万が一の時の協力者として、頭数に入れられたというのもあるかもしれない。

だからこそ、真広は屋敷の中で隠されて育てられた。そうしてそれは、清宮を陥れようとする者達に狙われたことで、さらに過剰になった。

青柳で働き始めたことを知った時は、正直驚いた。あの清宮の可愛がりぶりから、下手をすれば一生真広を外に出さないかもしれないと思っていたからだ。とはいえ、もしそれならそれで——真広が受け入れるなら、それもまた生き方の一つだと思っていた。

『真広君が働きたいって言い出したそうですよ。うちならまあ、安全だろうということで。オーナーの意向ですから、私達に異論はありません。実際、真広君はよく働いてくれていますしね』

その後さらに、獣人の子供達を引き取って育てている施設にも顔を出していることを知った。外に出たい。働きたい。その意志が見えた時、鳥海は真広を見直したのだ。

周囲に逆らうことを知らない、物静かで気弱な子供。初対面で見たのが泣き顔だったせいか、人一倍大人しい印象のせいか、ずっとそう思っていた。

実のところ真広に関しては、百瀬が告げたように、いずれ清宮が柊也に頼むだろうとは思っていた。今回の件も、真広に話す前に灯に話は通していたが、その際に灯もそれを否定しなかった。

それでも、わざわざ仕事を依頼する形で真広を柊也に紹介したのは、単純に真広の働こうとする意志を尊重したかったからだ。

『どうして、藤野さんに真広を紹介するのに、わざわざ君を通さなきゃいけないのかな』

灯の不機嫌な声が、耳元に蘇る。それに対しての鳥海の答えは、至極簡単だった。

『別に、柊也君に紹介すること自体は誰がやっても同じですけどね。今回の仕事は、真広君にとってもちょうどいいんじゃないですか？　親元から多少なりとも離れた場所で働く経験ができる。なにより、能力的に自分に近い子供達と訓練した方が、要領を得やすい。そしてこちらも、子供達がより安心して食事ができる環境を用意できる』

日数は限定的。出掛ける場所は獣人にとって切り札ともなり得る『覡』の傍であり、獣人の子供達が集う場所。他よりも安全は確保されている。

『貴方(あなた)が人前に姿を晒すわけにはいかない以上、ちょうどいいのではないですか？』

多少、挑発的な物言いになってしまうのは、いつものことだ。灯は、真広が鳥海に憧れているのが、どうにも気に入らないらしい。最初は穏やかな対応だったのだが、徐々に本性が見えてきた。とはいえ、鳥海も薄ら寒い愛想笑いを向けられるよりも、今の方がやりやすくはあるのだが。

実際、鳥海の提案は、灯にとって渡りに船ではあったのだろう。真広を柊也に紹介すること自体は、隼斗を使えば簡単だが、自分が傍についていてやれるわけではない。それに、継続的に柊也の料理を食べさせ訓練していくとなれば、自分の目が届かないことが多くなるのは必然だった。

そうして、真広がやりたいと言ったら、という条件付きで今回の件を許したのだ。

(それに、思った以上に良い人材だったしな)

思い出したのは、仕事の話を持ちかけた時の、真広の残念そうな――そして、申し訳なさそうな表情。

『すみません。……事務所のアルバイトと施設のお手伝いは、僕が自分で灯さんにお願いしてやらせてもらうことになったので』

仕事に対する責任感も、申し分なかった。あの時、真広が現状の仕事を放り出して二つ返事でやりたいと言っていたら、もしかしたら、鳥海の中から真広に対する興味は急速に失われていたかもしれない。

灯に閉じ込められ、大切に、大切に育てられてきた割には、無知ではない。それは、事務所で顔を合わせ灯のところへ案内してもらう際、話しかけた時の言葉でも窺えた。

自分にできることと、できないこと。それを理解した上で、できることを増やそうと努力している。たとえ世間知らずだとしても、まだできることは少なくとも、その姿勢は評価できるものであるし仕事を依頼する身としては信頼できるものだ。

(可愛く素直に育ったのは確かだが、中身は、思った以上にしっかりしている)

甘やかされても増長せず真っ直ぐでいられるのは、周囲の環境がよかったせいもあるだろうが、なによりも本人の資質だろう。

それゆえに、自分のような大人に憧れてくれるな、とも思うのだが。

そう思えば、自然と苦笑が浮かんでしまう。

「現実を見て、多少なりとも目を覚ましてくれると良いんだが」

そう呟いた鳥海に、スマートフォンで部下に仕事の指示を出していた百瀬が視線を向けてくる。通話を終えた後、呆れたような視線とともに百瀬が告げる。

「なんだ。純真な子供に憧れられて、居心地が悪いのか？」

「当たり前だ。お前も、あの目を向けられたらわかる」

鳥海の周囲には獣人、人間問わず、自らの欲求や目的がはっきりしており損得勘定で動く者が多い。百瀬も古い友人であり信頼してはいるが、鳥海とともに仕事をしているのは自分の興味を満たし遺憾なくその才を発揮するためだ。鳥海がその場を提供できなくなれば、ここを去るだろう。

鳥海自身、そちらの方が気が楽であり、自分がそういうふうにしか人を見られないことはわかっている。

それに、物事を円滑に運ぶため表面上穏やかさを保ってはいるが、目的のために必要であれば、取れる手段はなんでも取る。積極的に人を陥れたり犯罪まがいのことをする気はないが、手を出されれば容赦はしないし、売られた喧嘩(けんか)は倍以上にして返すのが信条だ。

実際に、身を守るためとはいえ犯罪すれすれのこともやっている。様々な情報を握っている鳥海には、こちら側でもあちら側でも敵が多い。綺麗事ばかりでは自分も周囲も守ることはできず、守るために手を汚すことは厭わない。

だからこそ、純粋すぎる存在はあまり近づけたくないのだ。

勝手に憧れて、勝手に失望していく。そんな真広の姿を想像し、無意識のうちに溜息をついてしまう。自分でもらしくないと思うそれに気づいているのは、恐らく昔から鳥海のことを知っている百瀬だけだろう。

「計算高いことが、悪いことだとは思わないがな」

フォローともつかぬ百瀬の言葉に、鳥海は肩を竦める。

「それはもちろん。自分の性格は、嫌いじゃないいね」

「……まあ、上手くいくことくらいは祈っておいてやるよ」

そんな意味深な百瀬の言葉に、鳥海は「誰にだよ」と苦笑を零すのだった。

「まひろちゃん、こっちでいっしょにたべよ！」

「あ、あ、ちょっと待って。そんなに急ぐと、零しちゃって危ないよ」

きゃーきゃーと賑やかな子供達の声が、青空の下に響く。

両手に、料理が盛られた皿が載ったトレイを持ち、両端から子供達にエプロンを掴まれている真広を見ながら、鳥海はそっと目を細めた。

今回訪れた獣人の子供達が暮らす施設は、主要駅から離れた住宅街の一角に建てられている。最初に協力してもらうことになったこの施設は、柊也の店から最も近く、またこの世界に移住することが決まっている子供達がいる場所だった。

他の施設にいる子供達は、期間の長短はあれど、準備が済めば獣人の世界に戻る予定になっている。そのため、協力してもらうならここが最適だろうということになったのだ。

幸い、真広もこの施設を何度か訪れたことがあったらしく、子供達とも顔見知りだった。

そもそも、この世界に子供が一人で来ること自体が稀(まれ)であり、突発的な事故やなにかしらの事件に巻き込まれた、または両親とともにやってきたものの事故等により一人で取り残されてしまった場合がほとんどだ。

真広も、ある意味ではこの施設の子供達と似たような身の上だ。そのせいか、はたまた真広の素直な性格ゆえか、獣人の子供達は真広に懐いていた。

「真広君、子供達に大人気ですね」

料理を配り終え調理場のある建物から出てきた柊也が、鳥海の隣に並び声をかけてくる。

この施設の中庭は、外から見えないように建物で囲まれた中央に作られている。これは、力の制御が未熟な子供達を、外からの視線を気にすることなく遊ばせてやるためのものだ。この敷地内は、清宮の力で特殊な目くらましを施してあるため、外から見られても問題はないが、遊び始めた子供達が万が一にも外に出てしまわないようにする対応策でもあった。

子供達や真広はその中庭にレジャーシートを敷き、全員で集まって座っている。各自の前に置かれたプレートには、柊也が作った料理が盛りつけられていた。

「すごーい、おいしそう!」

「できたて、ほかほかだよ!」

「いいにおい!」

下は三歳、上は十歳程度の子供達が、それぞれ自分の前に置かれた料理に目を輝かせている。柊也の提案で、お子様ランチ風にプレートに盛りつけたのも、正解だったらしい。さすがに、真広の分は子供達と量も違うため、普通の食器に盛りつけたものだが。

日によってはまだ肌寒さを感じる季節ではあるが、快晴の日の昼間は、陽射しも暖かく心地好い。ここ最近始まった、いつもと違う食事に大はしゃぎの子供達は、建物の中では全く落ち着かず、そんな様子に外でみんなで食べようかと提案したのは真広だった。

さわさわと、柔らかな風が新緑の葉を揺らす。そんな穏やかな空気の中で、子供達と真広の「いただきます」という声が響いた。

「どうやら、適任だったみたいだね。まさか、ここまで上手くいくとは思わなかった」

「おかげで、子供達は進んで食べてくれていますし、お代わりもしてくれますからね。作りがいがあります」

当初、弁当配達という名目で始めたこの事業は、現状、ケータリングという形で実行されている。理由としては二つあり、弁当を作るにはそれなりの設備と人手、許可が必要なこと、そして柊也のできれば温かい料理を食べて欲しいという希望によるものだ。

設備や許可は、当初から想定しており、それらは全て始める前に鳥海が準備する手筈(てはず)だった。元々、極少数のため柊也の店の厨房でもできるだろうことは想定しており、専門家にも相談済みだった。

規模が広がれば、それに見合った場所を準備して提供する。それは、出資者である鳥海の責任のもと行われる予定だったのだ。

『とりあえず、しばらくの間様子を見るようでしたら、弁当という形にこだわらなくてもいいのかなと思ったんですが。どうでしょう』

料理を作り、三十分以内に提供できるようであれば、既存の許可でも問題はない。必要であれば、準備だけ店でして最後の仕上げを施設の厨房を借りてやってもいい。

ケータリングの形をとれば、子供達に温かい食事を提供できるのではないか。そう柊也が提案してくれたのだ。

ただしその場合、当日の柊也の負担が増えてしまう。それを危惧したところ、人手が増えたから大丈夫だと笑顔で答えが返ってきた。

「野江は？」

「厨房で、職員さん達と一緒に食事中です。料理の感想を聞かせてもらうついでに、子供達の好みも聞いてもらっています。隼斗君は……、あそこに」

隣で首を動かした柊也の視線を追うと、子供達がいる場所から少し離れた場所に置かれた木製のテーブルの前に、隼斗が座っているのが見える。表から中庭に続く道のすぐ傍に陣取っているのは、大人達の目が離れている隙に子供達が隠れて外に出てしまうのを防ぐためだ。

ここにいる子供達は、今まで自分達がいた世界とこの世界が違うことを、きちんと説明されている。外に出ることは危険だと言い含められているため、自発的に外に出ようとする子供はあまりいないのだが、新しく入ってきた子供の場合、たまに脱走しようとすることもあるのだ。

「まさに番犬だな」

テーブルの上には、三人分、コーヒーカップが置かれている。どうやら、食事に行く職員が気を利かせて淹れてくれたらしい。他の二つは、柊也と自分の分だろう。

「鳥海さんも行きませんか？」

誘われ、柊也の後に続き隼斗の座るテーブルへと向かう。そして、気配でわかったのか柊也の姿を見て表情を緩めた隼斗が、その後ろに鳥海の姿を見つけ瞬時に顔を顰（しか）めるのが面白く、つい口端で笑ってしまった。

「こんな場所でもスーツって、子供達の相手する気は皆無ですね」

「こら、隼斗君」

窘めるような柊也の声に、鳥海は構わないと手を振ってにやりと笑う。

「生憎（あいにく）、子供には好かれない質（たち）でね。お相手は、真広君と番犬君に任せるよ。私の仕事は、問題なくことが進むように状況を把握することだからね」

涼しい顔でそう告げると、隼斗が嫌そうに顔を顰める。憎まれ口は叩くが、基本的には素直な性格だ。頭の回転も悪くなく、柊也が絡まなければその素質を余さず発揮できる。

（恋は盲目だな）

さすがに、自分が柊也を狙っているとはもう思ってはいまいが、仕事で絡むことすら面白くないのだろう。確かに柊也のことは気に入っているが、番の隼斗と一緒にいて幸せそうにしているのを見れば、横槍を入れようという気も失せるというものだ。

「そうですか？　鳥海さんなら子供達にも好かれそうですけど。真広君も、すごく慕っているのがわかりますし」

にこにこと邪気のない様子でそう言う柊也に、思わず苦笑する。本心なのか社交辞令なのかはわからないが、性格的に本心だろう。こういうところが、隼斗には心配なのだ。

「子供は案外、人の本質をよく見てるからね。私があまりいい性格をしていないことは、気配でわかるんじゃないかな。避けられはしないけど、近づかれもしない」

「……鳥海さんは、良い人だと思いますよ。そういえば、真広君とは以前からの知り合いだったんですよね。詳しい話は聞いていないんですが、小さい頃に助けてもらったって」

ケータリングも今回で三度目となるため、真広も徐々に柊也達に馴染みつつあった。柊也の店へ連れてくるのは清宮の屋敷の人間が行い、店から施設への往復、そして店から屋敷への帰路は鳥海が車に乗せるのが定番となっている。

当初、真広は帰りも屋敷の人間に迎えに来てもらうからと固辞していたものの、遠回りになるわけでもなくついでだから構わない、こちらに予定があり送れない場合はそう言うと告げると、恐縮しながらも鳥海の車に乗り込んだ。

そんな中で、真広は楽しそうに柊也達と話した内容を教えてくれていた。恐らく、屋敷に戻れば灯に同じ話を同じように楽しそうにするのだろう。そう思わせる表情だった。

『あ、あの。そういえば、鳥海さんとどういう知り合いなのか聞かれて……。小さい頃に助けてもらったことがある、とだけお話ししたんですが、よかったでしょうか』

了承も得ずにすみません。そう頭を下げた真広の姿が、ふと脳裏に蘇った。

「偶然ね。清宮の家の前で、獣人達に攫われかけていたところに居合わせたんだ。その時に顔を合わせたくらいだから、さほど深い知り合いでもないよ」

「……もしかして、真広君を一人にしないっていうのは」

不意に声を潜めた柊也に、鳥海は柔らかく目を細める。お人好しで情に厚く、人に騙されやすそうにも思えるが、これでいて柊也は芯が強い。それに、頭も悪くない。だからこそ鳥海は柊也を気に入っているのだ。

「隼斗には聞いてないかな」

「清宮さんの事情に関わることのようなので、詳しいことまでは聞きませんでした。もし必要なことがあれば、教えておいてください」

隼斗を見ると、判断は任せるとばかりに肩を竦めた。恐らく、あまり深く柊也を関わらせたくなかったため、あえて言葉を濁したのだろう。

「……まあ、たいした話ではないよ。あの子は、清宮の養い子だ。溺愛されていると言っても過言じゃない。それを『弱み』だと見て手を出す馬鹿がたまに現れるらしくてね」

「それで、誘拐？」

「ああ。私がこちらに来たばかりの頃——真広君はまだ六歳だったかな。屋敷の前でのことだったから、幸い、大事には至らなかった。ただまあ、随分綺麗な思い出としてあの子の中に残ってしまったようだけど」

「……それなら、実際、綺麗な思い出だと思いますけど。真広君の傍に誰かがいれば、牽制にはなるということですね」

「ああ。悪いが気をつけてもらえると助かる。隼斗と青柳のスタッフが護衛についてはいるが、人の目は多い方がいいからね」

わかりました。そう頷く柊也に、隣に座る隼斗が気負わなくていいからと軽く柊也の肩を叩いた。

「大丈夫ですよ。清宮の方からも人は出ているみたいですし。ここの職員の中にも紛れてましたから」

「え？　そうなの？」

驚いたように目を見張った柊也に、隼斗が頷いてみせる。それには鳥海も気づいていた。以前、話をしにきた時にはいなかった顔が増えていたのだ。施設長に確認したところ、ちょうど産休に入った職員に代わり清宮から派遣された人材だという答えが返ってきたため、間違いないだろう。

「ああ。でもだから、真広君はあんなに遠慮がちなんですね。周りに迷惑をかけないように って、ずっと気を張ってるみたいで。店にいる時くらいは、もう少し気を抜いてもらえれば いいんだけど」

そう呟いた柊也は、子供達の中で楽しそうに食事をしている真広の姿を見ていた。

「こちらが思った以上に楽しそうにしているから、時間が経てば変わってくるだろう。箱入りな分、世間知らずなところはあるだろうけど、真面目だし飲み込みが早いから仕事の上達も早いと聞いているよ」

青柳の所長が、そう言って真広を褒めていたのだ。ひょろりとしていて温和そうな外見だが、実のところ相当な実力主義であるあの所長の言葉だ。オーナーである灯に忖度(そんたく)するような性格でもないため、嘘はないだろう。

「ああ、それ、所長が言ってましたね。人を褒めてるところなんか滅多に見ないから、椿事(ちんじ)が起きたって事務スタッフが騒いでましたよ」

「あ、それは、はい。調理手順とか一度説明するときっちりと覚えるし、二度目に来た時には準備の手順も覚えて動いてて、すごいなと思いました。ただ……」

そこで苦笑した柊也に、わずかに首を傾げると、隼斗がその続きを容赦なく告げた。

「料理には向いてない。基本的に手先が不器用だし、盛り付けのセンスが壊滅的」

「でも、お家で料理するには問題ない程度までできると思います。包丁の扱いなんかは慣れですし、ピーラーなんかを使えばもっと簡単だし……」

隼斗を肘で突きつつ、必死にフォローしている柊也の姿に思わず笑いが零れてしまう。性格や見た目の繊細な印象から、細かい作業は向いていそうに思えたのだが。どうやら違ったらしい。

「……っくく。まあ、本人がやってみたいというのなら、仕事の邪魔にならない範囲で教えてあげてくれるかな。報酬は別途、支払うよ」

「いえ、それは。簡単な下ごしらえとか手伝ってもらうついでですから。……鳥海さんは、随分と真広君を気にかけているんですね」

柔らかな柊也の声に、笑いを収めて「そうかな」と嘯く。

「私だって、清宮は怖いからね。それに、自分の足で立とうと努力している若い子は嫌いじゃない。大人の務めとして、必要な援助くらいはするよ」

「……へえ?」

こちらに向けられる意味深な隼斗の視線を一蹴し、鳥海は「さて」と話を変える。そして、柊也達が料理を準備している間に当番である医師から聞いた話を説明し始めた。

「食事に関して、子供達に問題は出ていない。医師からも、能力が安定し始めて、むしろ体調を崩しやすかった子供が元気になってきたという報告を受けている」

鳥海の言葉に、柊也が安堵したように息をつく。配膳後、こうして子供達が食べている姿を見にくるのは、やはり、自分の能力がどう作用するか不安だったせいもあるのだろう。

その辺りに関して、鳥海は特に心配していなかったのだが——問題が起こるのなら、店の方ですでに起こっていただろうというのが理由だ——実際に安定した様子を聞くと確かによかったという思いはあった。

「訓練の方は、どうですか？　真広君からも少し様子は聞いているんですけど」

「そちらも問題はなさそうだ。翌日くらいまでは効果があるようだから、その間に訓練の時間を取っているそうだが、清宮から『封じ』を渡されている子供以外は、問題なく制御できているようだよ」

力が大きすぎる子供については、急に『封じ』を外すのは危険なため、清宮から『封じ』を弱めたものを預かりそれを着けて訓練している。それを何度も繰り返していれば、ある程度の『封じ』は必要になっても、身体に負担がかかるほどのものは必要なくなるだろうというのが清宮の見解だ。

「真広君も、慣れてきたみたいだね」

そう告げた鳥海に、はい、と柊也が微笑ましそうに目を細めた。

「一日しか効果は続かないようですけど、前回は灯さんに見てもらえたって喜んでました」

子供達と一緒に真広も力の制御の訓練を受けており、集中していれば耳を隠せるようになってきていた。とはいえ、驚いたりして集中が切れると出てしまうこともあり、フードを被らないといけないのは変わっていないようだったが。

（ああ、そういえば……）

最初に、柊也の店で耳を隠した時のことを思い出す。あの時、信じられない様子で目を見張った真広の瞳に涙が滲んだ瞬間、鳥海は泣くだろうと思った。けれど、すぐに涙を堪えたその表情を見て、内心で驚いたのだ。

成長したのだなと改めて思ったのは、あの瞬間だった。

ただ同時に、我慢せずに泣いてしまえばいいのに、と思った自分がいたのも事実で。帰り際、それをつい口にしてしまったのだが、真広に聞こえなかったのは幸いだった。

「そういえば、この件の報告書、あいつに頼んだんですか？　書き方を教えて欲しいって相談がきましたけど」

コーヒーを飲んでいた隼斗がカップを置き思い出したように告げるのに、ふっと意識を会話に戻す。

「ああ。清宮への報告が必要だからな。……お前に相談したのか？」

「青柳で、いつも報告書書かされてますからね。覚えていたんでしょう。案外、きっちり作ってましたが、あれ必要なんですか？」

そっちでも作ってるんでしょう。隼斗の素朴な疑問に、鳥海は明確な答えは返さずコーヒーを口に運ぶ。

「家に帰ったら状況は報告はするだろうから、それで構わないと言ったんだが。仕事として頼んだから、きちんとしてくれているんだろう。しっかりした報告書だったから、うちでも添付資料として使わせてもらってるよ」

もちろん、その分もバイト代には上乗せしている。そう言った鳥海に、ならいいですけどと隼斗が呟いた。恐らく、頑張って作っていた姿に、無駄なことであれば可哀想だと思ったのだろう。

実のところ、鳥海にしてもあれは予想外だった。清宮に対する毎回の報告はもちろん必要だったが、真広の口から大体は伝わるだろうと思って、軽い気持ちで言ったのだ。

『診察結果なんかを載せた最終的な経過報告書はうちから出すけれど、子供達に一番近いのは真広君だからね。君から見た状況を、報告しておいてくれるかな』

そんな鳥海の言葉を聞いた真広は、わかりました、と生真面目に頷いていた。そして数日後、これでどうでしょうかと鳥海のもとにメールで送られてきたのは、思った以上にしっかりとした形で作られた報告書だったのだ。

真広の口から清宮に話をさせたのは、単純に鳥海が清宮に会う機会を減らしたかったがゆえだ。灯も、自分より真広から聞く方がいいだろうという思惑もあった。

けれど真広は、頼まれたからにはきちんとやらなければという責任感のもと、自分が見た範囲で子供達の様子が書かれた報告書を作り上げていた。

そんな生真面目さに、驚きつつも好感を持ったのは確かだ。鳥海の秘書である百瀬も、真広の報告書を見て、これならばこのまま使えると最終的に清宮へ渡す正式な報告書の添付資料としたのだ。

「……あんた、実は自分が灯さんに詳しい報告するのが面倒なだけだったんじゃないか？」

ぼそりと呟かれた隼斗の言葉に、柊也が目を丸くしてこちらを見る。それににこりとした笑みを返すと、悪びれることなく答えた。

「馬鹿だな。そんなの、当たり前だろう？」

え、という戸惑ったような柊也の声は聞こえなかったことにして、鳥海は子供達と楽しそうに食事をしている真広へと意識を移し、目を細めた。


「そうそう。そうやって、厚さが一定になるように切っていって。ゆっくりでいいから」

「はい！」

「人参(にんじん)、今回は切った後、下処理で軽く茹(ゆ)でるけど、先に丸ごと茹でて切ってもいいよ」

「そうなんですか？」

「うん。使う方法によって違ってくるけど、あまり柔らかくなりすぎないようにだけ気をつければいいから」

「はい」

柊也の穏やかな声と、真広の緊張したような声が、定食屋『ふじの』の店内に響く。

奥の厨房には、調理台の前で次々と野菜の下ごしらえをする柊也の姿と、その隣で柊也の手伝いをしている真広の姿があった。

店のカウンター席に座った鳥海からは二人の姿は見えないが、その声から、真広が一生懸命――けれど、楽しそうに作業をしているのが伝わってくる。

いつもは、厨房にもう一人、鳥海が手配したスタッフである野江がいるのだが、今は隼斗と一緒に外に出ていた。今回、施設へ配達する料理に必要なものを取りに行っているのだ。

現状、施設への料理の配達は月に二回、土曜日に行われている。元々、そこが『ふじの』の定休日だったからというのが一番の理由で、真広の『青柳サービス』のアルバイトも土日が休みだったため、ちょうどよかったのだ。

静かな店内で、二人の声を耳に入れながら、鳥海は手元のタブレットで送られてきたファイルを開く。週明けの会議で使う資料にざっと目を通すと、次に、こちら側にいる獣人達に関する調査報告書を開いて内容を確認していった。

(徐々に動き始めているか。全く、面倒だな……)

読み進めるうちに次第に眉間に皺が刻まれ、溜息を噛み殺す。

こちら側での調査は、秘密裏に進めたい場合、古い知り合いがやっている調査会社に頼むことが多い。

獣人、人間が混在して所属するその事務所の所長は、昔からこちらとあちらを行き来しており、ひょんなきっかけであちらにいる頃に出会った。鳥海がこちら側への移住を本格的に決めたきっかけともいえる男であり、こちらに来た当初、色々と面倒を見てくれた恩人でもある。

少数精鋭だが調査能力は非常に高く、秘密裏に入手したい情報は必ずここで調べてもらっていた。

報告書にあるのは、こちら側で起業している獣人や比較的上の立場にいる者達の中のごく一部が、上場企業や中小企業の株の買い集めに動いているという内容だった。リストに連なる名を見ても、一見、清宮とは関わりがなさそうではあるが、こちらへ分家を置くことを切望している長門側から見れば仲間に取り込んでおきたいのであろう獣人、もしくは人間達の姿が見えてくる。

ようするに、現在、清宮が投資している会社に対する対抗馬として確保しておきたい、というところだろう。

「……っ痛」

画面をスクロールしながら文章を読んでいた鳥海は、聞こえてきたかすかな声に顔を上げた。厨房の方に顔を向けると、中から柊也の心配そうな声が聞こえてくる。

「大丈夫？　それは放っておいていいから、洗って洗って。鳥海さん、すみませんが真広君の手当て、お願いします」

「了解」

こちらにかけられた声に、カウンターの上に準備された簡易救急箱を引き寄せる。

これは、真広が手伝うようになってから、料理中ここに常備されているものだ。最初に真広が包丁で手を切った時から、念のためにと柊也が出しておくようになったのだ。

「……すみません」

しゅんとした様子で厨房からスイングドアを開けて出てきた真広を、おいでと手招く。

鳥海の座るカウンター席の近くまできた真広を、隣の席に座るよう促す。そうして、見せてと手を差し出すと、細く小さな真広の手が気まずそうに差し出された。

「ああ、傷は浅いかな。痛くない？」

「はい。大丈夫です」

こくりと頷いた真広の頭には、髪を押さえるための大判のバンダナが巻かれている。兎の耳ごと包み込むようなそれは、ここでの手伝い用に灯が買い与えたものらしい。淡い色が、真広の柔らかな雰囲気によく合っていた。

包丁で切ったらしい指先の傷は、血は出ているもののそう大きくない。手早く消毒して絆創膏を貼れば終わりだ。

怪我をしたら、その日の厨房での手伝いは終了。そう最初に取り決めてあり、今日の真広の手伝いはここまでだ。真広も、それがわかっているため、手当てが終わっても再び厨房に行こうとはしなかった。

「そういえば、ここの経理も手伝い始めたんだって？」

落ち込んでいる様子の真広に、先日、ここへ夕食を食べにきた際に柊也から聞いた話をさりげなく振る。すると、しょんぼりした様子で手当てされた指を見ていた真広が顔を上げ、慌てて手を振った。

「い、いえ。手伝い、というほどのことは……。ただ、お父様がずっと手書きでやってらして、そのやり方のままだってお聞きしたので、せめてデータで管理できるようになればと……」

どうやら『ふじの』を引き継いだ際、経理の方法を変えるほどの余裕がなかったらしく、父親が手書き管理していた方法を今まで続けていたらしい。店を引き継ぐなら、その辺りはパソコンなどを使ってきちんと変えろと先代からは言われていたそうだが、柊也自身パソコンが得意というわけでもないため、変え方もわからなかったのだという。

真広が比較的パソコンが得意だという話を聞いた柊也が、自分は苦手なのだと苦笑しながらそんな話を零し、真広が簡単なものでよければ作ってみようかと申し出たらしい。

最初は遠慮していた柊也も、だが、さすがに手書き管理は変えなければいけないと思っていたのだろう。最終的には頼むことにしたようだ。

「どんな感じのものを作ってるのかな？」

話の種にと促せば、頭に巻いたバンダナを外した真広が恥ずかしそうに俯いた。

「……えと。柊也さんから、去年の台帳をお借りしたので、基本的にはそれと同じ感じになるようにしています。最終的に、会計ソフトにデータを入れられるようにしておけば、税理士さんにお願いしている部分が少し減らせるでしょうし」

それに仕入れ管理はもちろん、日々の収支や月々の利益確認が、自分でできるようになるだろうからと告げた。

「へえ。そこまでできれば、十分だろうね」

機能としては必要最低限のようだが、この店の規模を考えれば――最終的には税理士に頼んでいることもあり、必要十分だろう。また既存の会計ソフトを使うより、現状のやり方をベースにした方が、柊也の負担も少ない。

「といっても、素人なので、本当に簡単なものしか作れないと思いますけど」

「色んな人が使うものじゃなく、柊也君が使うものなんだから、彼が使いやすいのが一番だろう。複雑なものがいいものというわけじゃないよ」

そう言うと、真広がどこかほっとしたように顔を綻ばせた。

「はい。……ありがとうございます」

嬉しそうに微笑んだ真広に反射的に手を伸ばしそうになり、だが、その瞬間店の入口の扉が開き動きを止めた。

「ただいまー」

大きな段ボール箱を抱えて入ってきたのは、出掛けていた隼斗と野江だ。いつものようにカットソーにブラックジーンズという軽装の隼斗と、同じく動きやすさを重視しシャツにジーンズという姿の野江は、段ボール箱を厨房へ続くスイングドア近くに置く。

「柊也さん、お弁当箱もらってきたよ」

「お疲れさま。悪いけど、全部洗って乾かしてくれるかな」

「了解」

厨房を覗く隼斗の横を通り抜け、野江がスイングドアを開けて厨房に入っていく。

「ただいま戻りました」

「野江君もお疲れさま。ありがとう」

一気に騒がしくなった店内に、真広が手伝えることはないかと厨房の方を気にしているのがわかる。だが、柊也との約束があるため自分からは行けないでいるのだろう。

「今日のあれも、真広君の提案だって?」

そう言いながら、視線で柊也が段ボール箱から出したものを指すと、あ、と恥ずかしそうに真広が頬を赤くする。

「あの、みんなで外で食べるなら、ああいうのもいいかなって思って」

「施設の子供達はあそこから出られないし、食事も大体決まった形で出されるからね。物珍しくていいと思うよ」

この間、柊也がお子様ランチのようにプレートに料理を盛りつけているのを見て、思いついたのだそうだ。

今、隼斗が厨房に運び入れているもの。それは、ステンレスのお弁当箱だ。つや消しが施された丸い形の小ぶりのそれは、鳥海の伝手で調理器具を扱っている会社からちょうどよさそうなものを融通してもらったものだ。入手が今日になったのは、昨日行われたイベント用に準備したもので、余った中から必要数を安価で分けてもらうことになっていたからだ。

最初は柊也が自分で探そうとしていたのだが、店のことがあるためそこまでは手が回らないだろうと、柊也の要望を聞いた上で鳥海が手配を引き受けたのだ。入手が当日になるのも連絡済みのため、さほどの混乱もなく準備は進んでいく。

現在はケータリングという形態のため作った料理を運び施設で配膳していたのだが、外で食べるならお弁当のような状態でも楽しいですね、という真広の言葉を聞いて柊也が同意したのだ。

確かに、作ってすぐに施設に持っていけば問題はない。施設にいる獣人の子供達の中には、真広のように姿を上手く変えられない者もいるため、基本的に外出を禁じられている。であればなおさら、お弁当があれば中庭でもちょっとしたピクニック気分を味わえるかもしれない。この間、外で食事をしていてそう思ったのだという。

「大きくなったら、色んなところに行ってみたいって言ってた子もいて。それに、お弁当っていう形に憧れている子もいたから。ちょっとでも、楽しんでもらえたら嬉しいです」

柔らかく微笑みながらそう言った真広は、施設の子供達に一番近いところにいる。だからこその発想だろう。真広の提案を聞いた柊也も、そっか、と手を打っていた。

作ってから食べるまでに時間が空く弁当の場合、細菌の繁殖を防ぐため料理を規定通りに冷まさなければならない等、細かい制限が出てくる。もちろん柊也なら冷めても美味しいものを作るだろうが、その辺りは柊也のできたての温かい料理を食べてもらいたいという希望を優先させ、届け先が一カ所であり量が少ない現状はケータリングという形態にした。けれど、作ってすぐに配達し提供する――テイクアウトと同じ状態であれば厳密に冷ます必要はない。数が少ない今だからこそできることだとも言える。

今回の仕事で、真広に声をかけたのは、真広の訓練のためにちょうどよさそうだというのが一番だった。そのため、施設での子供達の相手以外の役割をさほど重視していなかったのだが、真広は自分自身で少しずつ居場所を作り始めている。

（いつまでも、子供ではないということか）

それが微笑ましくもあり、ならばなおさら、自分のようなタイプの人間はこれ以上真広に深く関わるべきではないだろうと自戒する。幸い、この仕事には柊也がいる。彼ならば、真広にいい影響を与えてくれるはずだ。

「鳥海さん、あの……」

「真広君。ごめん、ちょっといいかな」

ふと、なにかを言おうとした真広の声と、厨房からの柊也の声が重なる。

「あ、は、はい！」

慌てて返事をし、だがどうしようかと迷うようにこちらを見る真広に、ふっと目を細めた。

「行っておいで」

「はい。すみません。ありがとうございました」

律儀に手当ての礼を言って席を立った真広が、厨房に入っていく。

「ごめんね、真広君。折角だから、人参の型抜きお願いして良いかな。あ、手袋はちゃんとしてね」

「いいんですか？」

「今日はもう、包丁は使わないこと。それにこれなら、怪我はしないだろうから大丈夫だよ」

笑いながらそう言う柊也に、はい、と明るく返事をする真広の声が耳に届く。それを聞くともなしに聞いていると、真広と入れ替わるように厨房から隼斗が出てきた。そのまま、鳥海から一つ席を空けたカウンター席に腰を下ろす。

「もう終わったのか？」

「後は、乾燥機の仕事です」

そう言った隼斗は、ちらりと厨房に視線を走らせると、どこか胡乱げに鳥海を見遣った。

「あんた、あいつのことどうする気ですか」

「どうするもなにも、別に、どうもする気はないが」

「……――」

ますます剣呑な表情になった隼斗に、そんなことよりも、と鳥海は声を抑えて続けた。真広に聞かせたくない話であることは伝わったようで、隼斗の表情も真剣なものになる。

「清宮から聞いているだろうが、こちら側の獣人達が本格的に動き出したらしい。あちらとこちらの移動がかなりの頻度で行われるようになっている。清宮の周囲を探る獣人がいないかは『青柳』に調べてもらっているが、今まで以上に周辺には気をつけておいてくれ」

「了解。……なあ、一つ聞きたかったんだが、どうしてこんな時期にあいつにわざわざ手伝いを？」

危険があるのなら、状況が落ち着くまで今まで通り清宮の屋敷から動かない方がいいんじゃないか。言外にそう告げた隼斗に、鳥海は冷笑を浮かべる。

「いつまで続くかわからないんだ。こちらが親切に向こうの出方に合わせてやる必要もないだろう。それに、あの子が姿を変えられるようになれば、人目を避けなくていい分、手を出しにくくもなる」

　それに、真広が清宮に大切にされている養い子であるという事実がある限り、真広がどうしていようと同じ問題がついて回る。ならば、本人が外に出て働きたいという希望を通してやった方が合理的だ。

　そう説明した鳥海に、まあそうですけど、と隼斗は溜息をついた。

「なんだ、自信がないのか？　大人しいし、護衛はしやすいだろう」

　からかう色を見せた鳥海に、わかってるでしょう、と眉を顰める。この青年は鳥海のことを目の敵にしているわりに、よほど感情が昂らない限り年上への礼儀として最低限の言葉の丁寧さは保っている。そういうところが面白く、信用できると評価している部分でもあった。元々の育ちの良さもあるのだろう。

「あいつの問題じゃないです。あの灯さんに育てられたとは思えないほど素直ですし、無茶もしませんからね。どっちかというと、その灯さんからのプレッシャーの方が厄介なんです」

「そりゃあ、そうだろう。昔から、清宮の可愛がりぶりは目の中へ入れても痛くないほどのものだからな」

「……そういや、あいつ、灯さんの親戚かなにかですか？」

　隼斗は、真広に関する詳しい事情を聞いていないらしい。知りたいのか、と問えば、やっぱりいいですと嫌そうな表情が返ってきた。

「あんたは知ってるんですか？」

「調べた」

「……――」

なにを当たり前のことを。そう告げると、隼斗がげんなりした顔をする。

「清宮は特殊な家だからな。知らない方が幸せなこともある。ただ、そうである理由を考えずに手を出すのは馬鹿のすることだ」

「長門は、なんで今頃動き出したんですか？」

できる限り声を低めたそれに、鳥海は目を細める。

「今頃、というか、今更、というか。あそこは、昔一度、単独で清宮に手を出そうとして痛い目に遭っているんだ。公にはされていないが」

「……もしかして、あいつが誘拐されかけたのは」

「そういうこと。だから今回は、味方をつけて清宮の権益を奪うついでに報復するつもりなんだろう。……なんでよりにもよって清宮を狙うのか」

「馬鹿なんでしょ」

先ほどの鳥海の言葉をそのまま繰り返した隼斗が、面倒くさそうな表情で顔を顰める。

「灯さんだけだったら、放っておいてもいいんでしょうけど。家の一つや二つ、簡単に潰しそうだし」

「ああ」

けれど、養い子とはいえ本当の意味で『清宮』とは関わりのない真広が巻き込まれるのなら、自分の目の届く範囲にいる時くらいは守ってやるのが大人の務めだろう。

内心のそれを察したのか、隼斗が物珍しそうな顔でこちらを見遣る。

「あんたも、案外お人好しなんですね」

そう言った隼斗に、おや、と目を見開き視線をやる。

「私は親切だよ。基本的には」

「気に入った相手には、の間違いでしょう。というか、正直意外……」

「なにが意外？」

不意に割り込んできた声に振り返ると、厨房からお茶を運んできた柊也が首を傾げている。

二人が座るカウンター席に、三人分の湯呑みを置くと、自分は立ったまま隼斗を見た。

「休憩ですか？」

「うん。下ごしらえは一通り終わったから、試しに野江君に一つ作ってもらってる。盛り付けは彼の方が上手いしね。実際に作ってみて、中身を調整してから本格的に調理を始める予定。で、なにが意外？」

「この人が、あいつを気にかけるのが、です」

「ああ、真広君？　確かに、鳥海さんと真広君だと、普通にしてたらあんまり接点はなさそうだけど。鳥海さんが大事にしてるのは、そんなに意外でもないと思うよ」

そして柊也が、ゆっくりとお茶を飲みながら続けた。

「真広君、頑張り屋さんだし。人に気を遣いすぎるくらい気遣い屋さんだし。鳥海さん、そういう人は好きでしょう？」

にこりとこちらを見た柊也に、思わず苦笑する。

「さて、どうだろうね」

否定も肯定もせず肩を竦めると、くすくすと柊也が笑う。

そうして話しながら少し時間が経った頃、厨房の方から嬉しそうな顔の真広が駆け出してきた。野江の仕事を見学していたらしい。

「柊也さん、見てください！」

きらきらとした笑顔で、お弁当箱を大事そうに抱えた真広が柊也に駆け寄る。そうして差し出した小ぶりのお弁当箱には、美味しそうなおかずが綺麗に詰められていた。

「さすが野江君。美味しそうだね」

「はい！」

微笑んだ柊也の両側から、隼斗とともに真広の持つお弁当箱を覗き込む。

「ああ、これは美味しそうだ。今日のメインはハンバーグか」

れんこんと大葉の入った和風ハンバーグに、鮮やかな黄色の卵焼き。スナップえんどうとツナの炒（いた）めものには星形に型抜きされた人参のソテーが可愛く飾られており、隙間には彩りのためのミニトマトが一つ添えられている。

色合いも食感も考えられたそれは、子供達が喜びそうなメニューとなっていた。

「おかずだけだが、飯はどうするんだ？」

不思議そうに聞いた隼斗に、真広が期待に満ちた表情で答える。

「これに、鮭（さけ）とか、ツナマヨとか、枝豆と塩昆布とか、ベーコンで巻いたりとか、色んな種類の手まりむすびを作るそうです」

「へえ」

「あ、おむすびは隼斗君も手伝ってよー」

厨房の奥から野江の声が聞こえてきて、一瞬で隼斗が顔を顰める。その表情の変化に全員で笑い、柊也が「さて」と真広からお弁当箱を受け取った。

「真広君は少し休憩してて。おむすび作る時は、隼斗君と一緒に手伝ってね。今日は、俺達のお昼もお弁当だから、俺達の分をお願い」

「はい！」

握りこぶしを作った真広を微笑ましく見ると、柊也が厨房に戻っていく。それを見送っていた真広の頭を、隼斗が軽くこつんと叩いた。

そうして、楽しそうに隼斗と話す真広の姿に、鳥海は自分でも意識しないまま唇の端に笑みを浮かべるのだった。

「……で、お願いします。後は……」

「……——った。じゃあ、それは……」

かすかに聞こえた声に顔を上げると、施設の建物の入口辺りで鳥海と柊也が話しているのが見える。回収した弁当箱を詰めた箱を運んでいた真広は、その光景に思わず足を止めた。

訓練後の昼寝時間になり、建物の中はしんと静まり返っている。そのせいで、声を潜めているわけでもない二人の声は、内容がわかるほどではないけれど、なんとなく耳に届いてきた。

ほっそりとしたラフな服装の柊也と、いつも通り三つ揃えのスーツ姿の鳥海は、並んで立っていても違和感がない。年齢的なものもそうだろうが、顔立ちが整っておりたおやかな印象があるものの強い意志を秘めた瞳の柊也は、目鼻立ちがはっきりとしており怜悧な雰囲気を纏う——そして、表情をなくせば威圧感を与える鳥海の隣にいても対等な間柄に見えるのだ。柊也が、誰に対しても自然体でいるというのも理由だろう。

（なにを話してるのかな……）

ふと、柊也が楽しそうに笑い、鳥海もまた楽しげに口端を上げている。そんな鳥海の表情にどきりとし、そわそわとした気持ちが増した。近づくことができない。けれど、傍に行って割り込んでしまいたい。相反する気持ちは、真広の足をその場に釘付けにし、動くことができなくなってしまう。

（やっぱり、鳥海さんは柊也さんのことが……）

少なくとも、好意を持っているのは間違いない。隼斗や野江、そして真広を相手にしている時には見せない、穏やかな表情。鳥海もまた、柊也との会話を楽しんでいるのが一目でわかる。

もちろん、隼斗達と話している時も楽しそうにしていることはあるが、どちらかといえば隼斗の反応を見て面白がっている雰囲気があった。

隼斗は『青柳サービス』での仕事で柊也と関わることが多いせいか、柊也ととても仲が良い。そのせいか、時折、柊也を挟んで鳥海と喧嘩をしているような言い合いをすることがある。それを柊也が困ったような表情で収めるのが、いつもの光景であった。

（柊也さん、綺麗だし優しいしな……。料理も上手だし）

柊也のことは、とても好きだ。真広にとっては、灯や鳥海に次ぐ、恩人ともいえる人である。そう思いながら、片方の手でそっと髪を撫でた。いつもそこにある兎耳は、今は隠れている。子供達と一緒に行っている食後の訓練で、今日も無事に隠すことができたのだ。

だから、恩人である二人が一緒にいる時に、こんなふうにもやもやとした気持ちになる自分が悲しかった。

なんともいえない不快感のようなものを抱えながら、そっと唇を噛む。

こんな自分は嫌だ。それでなくとも、周囲の人達からもったいないほどに色々と与えてもらっているのだ。そんな大切な人達に、不満を持ってしまう自分が悲しかった。

「真広君？　どうしたの？」

背後から不思議そうに声がかけられ、びくりと肩が震える。慌てて振り返れば、真広と同じように弁当箱を詰めた箱を持った野江が立っており、いえ、とかぶりを振った。

野江は、柊也と同じくらいの身長でほっそりとした体躯だが、さっぱりと短く切った髪と眦の上がった瞳、そして物怖(ものお)じしない態度が元気な印象を与えており、雰囲気は全く違う。

元々は、鳥海が持つ店のスタッフだそうだが、施設に配達する料理を作る時だけ『ふじの』に手伝いに来ているのだ。性格もさっぱりしており、よく柊也や隼斗と話している姿を目にするが、元々二人の知り合いだったかのように馴染んでいた。

そして野江は、業務外であるにもかかわらず真広にも丁寧に色々なことを教えてくれる。包丁やピーラーの使い方から始まって、野菜の皮の剝(む)き方や切り方、食材の扱い方。話を聞くと野江もまた子供の頃に施設に保護されて育った獣人で、年下の子供達の面倒を見るのに慣れているそうだ。今回の件も、施設の子供達のためになる仕事ということで、喜んで引き受けたのだと聞いた。

「なんでもないです。ちょっと、ぼうっとしてしまって」

「食事の後、すぐに訓練だったしなあ。疲れたんだろ。休んでていいのに」

「いえ！　そういうわけじゃないので」

そう言いながら野江と並んで歩き、先ほど鳥海達が立っていた場所を見ると、二人はすでに話を終えたのかそれぞれ別の場所に向かっていた。

ほっとしたような複雑な気持ちで、野江とともに施設の駐車場に停めたバンに抱えている荷物を運ぶ。すると、バンのトランクを開け、中に調理器具の入った箱を詰め込んでいる隼斗の姿が見えた。その隣には、柊也の姿もある。

「お疲れ様です」

近づきながら声をかけると、真広が抱えていた箱を隼斗が受け取ってくれる。

「真広君、お疲れ様。今日も上手くいってよかったね」

にこりと笑いながら、隼斗の傍(かたわ)らに立っていた柊也が今日の訓練の成果を労(ねぎら)ってくれる。それに、先ほどまであった胸のもやもやを表に出さないように気をつけながら、はい、と笑顔で頷いた。

施設の敷地から出る時は念のためフードを被るが、今はまだ、フードをとったままだ。そんな真広の髪を、耳がないことを確認するように柊也が撫で、うんうんと頷く。

柊也は、どうやら真広の兎耳を気に入っているらしく、最初に会った頃に言っていたようにフードを被っていない時に、時々耳を撫でてくる。最初はなんとなく照れくさかったが、今では灯に撫でられている時のようにくすぐったい感じしかしない。どちらにせよ、柊也からは親しみを込めた気配しか感じないため、真広がその手を拒むことはなかった。

「真広君の髪、耳と一緒で柔らかくてさらさらだよね」

「え、そうですか？」

「うん。髪が細いのかな」

指先で摘むように髪に触れられ、そうかもです、と頷く。すると横から、荷物を下ろした野江も髪に触れてきた。

「うわ、本当だ。柔らかいなー」

「時々、朝起きたら寝癖が凄いことになってる時があります」

「そうなんだ？」

こんなふうになっている、と身振り手振りで伝えていると、柊也と野江が二人で「今度そのままで来てよ」と笑った。

すると、不意に背後から肩に手を置かれ、ほんのわずか後ろに引き寄せられる。二人の手がするりと離れていき、あれ、と思いながら背後を見上げると、そこにはいつもと同じ穏やかな鳥海の姿があった。

「あ……」

小さく声を上げると、鳥海が笑みを返してくる。そうして肩に置かれた手はすぐに離れ、ぽんと軽く背中を叩かれた。

「データも預かったから、そろそろ行こうか。診察の結果は、いつも通り、後で報告書が上がってくるから」

「はい」

そう促され、真広は柊也達に頭を下げる。そんな真広に、なぜか笑いを噛み殺したような顔で、柊也が「また後でね」と手を振ってくれた。野江も、なんとも言えない表情でひらりと手を振ると、あらかた荷物を積み込み終えている隼斗のもとへ向かった。

(どうしたんだろう、二人とも)

内心で首を傾げつつ、踵を返して鳥海の背を追う。

その背を見つめながら、真広は先ほど肩に置かれた掌の大きさと温かさに、どきどきと胸が高鳴るのを感じていた。


「お疲れ様でした。いつもありがとうございます」

鳥海の運転する車が、店――『ふじの』の前に横付けされ停まったところで、真広はシー

トベルトを外し頭を下げた。

「お疲れ様。今日は、屋敷まで送れなくて悪いね」

今日はこの後仕事が入っているらしく、施設から店までは鳥海が送ってくれたが、店から屋敷までは隼斗が送ってくれることになっているのだ。

「いえ、とんでもないです。あの、鳥海さん、お忙しいでしょうし、普段も帰りは屋敷の人にお願いしても……」

そう言って、送迎を遠慮しようとしたところで、フードの上からぽんと軽く頭に手が乗せられた。さらりと撫でられる感触は、すぐに離れていき、真広は速くなる鼓動を意識しながらフードの端から鳥海を上目遣いに見つめた。

「真広君が気を遣うことはないよ。……——耳を隠すのに慣れてきたら、今度、帰りにどこかに寄ってみようか」

「え？」

少し間を置いて、だがさらりと告げられたそれに、軽く目を見張る。すると、ほんの一瞬だけなにかを考えるように目を細めた鳥海が、すぐにいつもの穏やかな笑みでこちらを見遣った。

「耳が隠れている間に、フードを外す練習をしておいた方がいいだろう？　仕事以外で外に出る練習にもなるだろうし」

真広君が嫌じゃなければね。そう言い添えられ、真広は必死にかぶりを振った。

「い、嫌じゃないです」

まさか、鳥海からそんな提案がされるとは思わず、頭の中がぷちパニック状態となる。どきどきしすぎて上手く言葉が出てこず目を回しそうになっていると、ふっと緊張を緩めるように鳥海が優しく目を細める。その瞬間、もぞりと頭に慣れた感触が戻り、「あ」と呟いた。

「……ああ、戻っちゃったかな」

「うう……」

触れなくてもわかる。明らかにフードの下には兎耳が戻っていた。しょんぼりと肩を落とした真広に、鳥海がくすくすと楽しげに笑った。

「まだ効果はあるだろうから、店に戻ったらもう一度やってごらん。きっと大丈夫」

「はい」

そう言って背中を押してくれる鳥海に、フードで半分顔を隠したまま頷く。長く引き留めるのも迷惑だろうと、それを機に車を降りた。いつも鳥海は、こういう時は真広が店に入るまで見送ってくれる。それがわかっているから、真広は外でもう一度頭を下げると小走りに『ふじの』へと入っていった。

店に入ったと同時に、熱があるんじゃないかと柊也から心配され、顔が赤くなっていることを知らされたのは、その直後のことだった。

「それで、びっくりして戻っちゃったのか」

「……はい。うう、まだまだですね……」

あはは、と楽しそうに笑う柊也の前で、真広は溜息をつき肩を落とす。

片付けを引き受けてくれた隼斗と野江は厨房に入っているため、店内にいるのは柊也と真広の二人だけだ。並んでカウンター席に座り、柊也が淹れてくれたお茶を飲みながら、体調が悪いのではと心配してくれた柊也に先ほど車内であったことを説明したのだ。

それで、驚いて耳が出てしまったのだと話すと、柊也が微笑ましそうに真広を見ていた。

「じゃあ、落ち着いたら今のうちにもう一回やってみようか。まだ大丈夫だと思うよ」

「はい」

お茶を飲んで一息ついたところで、柊也の言葉に頷くと、背筋を伸ばして手を膝の上に置き目を閉じる。何度か深呼吸をして、身体に流れる力を感じるように意識を向けた。

最初はよくわからなかったそれも、子供達に混ざって訓練するうちになんとなくわかるようになってきた。特に、柊也の料理を食べた直後だとそれが顕著になってわかりやすい、というのもある。家で練習していても、力の反応が薄すぎて認識できないのだ。

(ゆっくり、ゆっくり……)

全身に巡る力に意識を向け、そうして自分の耳が消えるようにイメージする。最初の頃、柊也に手伝ってもらって耳を消した後、鏡を見て自分に兎耳がない姿を目に焼き付けたため、イメージは容易にできるようになっていた。

そうしているうちに、ふっと頭が軽くなる。成功した時のそれにほっと息をつき、ゆっくりと瞼を開いた。

ぺたぺたと頭を触ると、無事に耳が消えている。

「だいぶ早くなったね」

「ありがとうございます。家でも練習してるんですが、やっぱりまだ、柊也さんのご飯を食べた後じゃないと上手くいかなくて」

「俺のご飯で良かったら、いつでもどうぞ。真広君にはお世話になってるから、賄いでよければいつでもごちそうするよ」

「え、そ、そんな！」

柊也の料理は、お金を払って食べるものだ。とんでもない、と真広が手を振ると、柊也が賄いだから大丈夫だよと笑った。

「いわゆる、残り物料理だから。うちからバイト代も出させてもらってる以上、真広君もれっきとしたうちの従業員だしね」

「あ……」

そう。柊也は、会計ソフトを真広に頼んだ時から、隼斗と同じように『青柳サービス』を通してアルバイト代を払ってくれているのだ。直接にしなかったのは、その方が手続きに面倒がなくていいからと隼斗に勧められたかららしい。真広が『青柳サービス』にスタッフ登録しているから、というのも理由だ。

実際のソフトができて、それを確認してもらってからでいいと固辞したのだが、考えたり作ったりする時間もアルバイトの範囲内だからと、期日を決めて工数分の金額を払うことで合意したそうだ。その辺りは、隼斗を通して『青柳サービス』の所長と柊也の間で決められた。

「ありがとうございます」

仲間に入れてもらえたような嬉しさにはにかむと、柊也も微笑んでくれる。

「あ、そうだ。お弁当、子供達にも好評だったから、野江君達と定期的にやろうかって話をしたんだけど、どうかな。どっちにするかは、作る料理によって変えればいいかなって」

「はい！　お弁当にできない料理もあるでしょうし、作りたてのお料理も嬉しかったみたいなので、いいと思います」

施設では、子供達の料理は施設の厨房でまとめて作られているが、職員達の負担を軽減するために惣菜（そうざい）を購入することも多く、また配膳までに時間がかかるため、できたての料理を食べられる機会は少ないそうだ。

今日は、いつもとは違うお弁当という形式に、大喜びだった。幸い天気もよかったため、以前と同じように外にレジャーシートを敷いて、ピクニック気分でお弁当を食べたのだ。

「あの子達が喜んでくれたのは、真広君のおかげだね。ありがとう。また、なにかいいアイデアがあったら、教えてもらえるかな」

そう言った柊也に、真広は頬を緩ませながら頷いた。

この仕事を鳥海から紹介された時は、自分になにができるのか全く分からなかった。柊也や隼斗や野江を見ていても、皆、しっかりと自分の力で生きてきた人達だ。灯に守られながら生きてきた自分とは、全く違う。

それでも、そんな自分でもこうして役に立てることがある。真広の意見を聞き入れ、そして実行することでそれを示してくれた柊也達には感謝してもしきれなかった。

「あの……」

そうして、改めて礼を言おうとした瞬間、がらりと勢いよく店の扉が開いた。店の奥とはいえ、入口側に座っていた真広は、柊也の方を向いていたため入口に背を向けており、その音と気配にびくりと身体を震わせて振り返る。

「え？　あれ？」

ぽかんとしたような声を出したのは、隣に座る柊也だ。軽く首を傾げた状態で、不思議そうな声を出す。

「え？　……どうしたの？」

同時に、開いた時と同様、勢いよく扉が閉められ、少々派手な音が店内に響く。扉が壊れないかびくびくしていた真広は、そこに立っていた青年の姿に改めて首を傾げた。

「柊也さん！　……、って、葛（かずら）？」

厨房から駆け出してきた隼斗も、そこでぴたりと足を止める。二人の反応から、柊也と隼斗の知り合いらしいと見当をつけた真広は、そこでようやく身体から力を抜いた。

歳や体格は、真広と同じくらい。小柄でほっそりした体軀の青年は、だが、印象は自分と正反対と言えるものだった。金色の髪に、意志の強そうな碧色（みどりいろ）の瞳。美青年、とはこういう人のことを言うんだろう。灯の一際整った顔立ちを見慣れているため驚きはしなかったものの、負けず劣らず整った人形のような顔立ちだった。

ちなみに、その青年は扉を背にしたままこちらを——正確には柊也を睨むように見つめており、そこから動こうとしない。二人の知り合いなら獣人かなと予想をつけるが、葛と呼ばれた青年には獣人の特徴である耳や尻尾は見えなかった。

「お前、どうしたんだ？　波田（はた）は？」

呆れたような口調の隼斗が、青年——葛に近づいていく。だが、葛はその一言にきっとさらに眦をつり上げると、口を開いた。

「……知らない」

「知らないって、お前」

「……知らない、あんなやつ」

唇を引き結び、だが再びそう繰り返した葛が、隼斗の横を通り過ぎて真っ直ぐに柊也のもとへと進む。

「……え？」

それは、どうやら柊也にとって予想外の行動だったらしい。驚いたように目を見開くと、おい、と慌てて隼斗が葛の肩を摑もうとする。だが、それをするりと躱すと、葛がカウンター席に座る柊也の前に立った。

そうしてほんの少しの間、柊也を睨むように見つめると、視線を落とした。柊也がTシャツの上から羽織っていた、淡いブルーのシャツの裾を指先で摘む。

「……葛君？」

どこか心配そうにそう告げた柊也が、再び葛の肩を摑んで声をかけようとした隼斗へ掌を向けて止める。それに応じた隼斗もまた、じっと葛を見つめた。

「……て」

「え？」

「……らく、……に、……めて」

小さな声でぼそぼそと呟いたその声に、一瞬、真広は葛が泣いているのかと思った。知らない人ではあったが心配になり、じっと見つめたその先で、だが、顔を上げた葛の瞳に涙は浮かんでいなかった。代わりにそこにあったのは、激しい怒り。

「しばらく、あんたんちに、泊めて！」

最後に、一言一言、きっちりと区切ってそう告げた葛の声に、店内の時間が一瞬止まってしまったかのように、真広は感じた。

笹井葛、というのが、その青年の名前だった。

歳は二十歳で、もうすぐ二十歳になる真広とほとんど変わらないらしい。獣人で、隼斗の幼馴染みなのだという。

あの後、店内では一騒動起きた。

『待て、葛。お前、それどういうことだ？　しかも、どうやってこっちに来た』

慌てたようにそう告げた隼斗に、葛はぎろりと睨むような視線を向けて、うるさいなと突っぱねた。

『家出してきた。親には言ってあるし、こっちに連れてきたのはうちの執事』

一息にそう言った葛は、そのまま唇を引き結んで押し黙った。

『お前、それ家出か……？』

呆れたような隼斗の声に答えない葛に、静かに様子を見守っていた柊也は、軽く首を傾げた。そうして、ずっと自分のシャツの裾を摑んでいる葛の手を宥めるようにぽんぽんと軽く叩く。

『親御さんには、言ってきてるんだね？』

静かなその声に、葛はふてくされたような顔をしたままだったが、こくりと頷く。

『波田さんには？』

続けて聞いたそれには、なにも言わない。

『清宮さんは、このこと知ってる？』

灯の名前が出てきたところで、思わず柊也と葛を交互に見つめると、再び葛がこくりと頷いた。

『……家から、連絡がいってるはず』

そこまで聞いて、ふ、と息をついた柊也は『わかった』と告げた。

『ちょ、柊也さん……』

『ただし、うちもずっとは無理だから、ちゃんと期限を決めること。それと、うちに来るからには、家のことと店のことはしっかり手伝ってもらうよ』

あっさりとそう言った柊也に、ぱっと葛が顔を上げる。

『……いいの？』

あれだけの勢いで飛び込んできたわりに、承諾してもらえるとは思っていなかったらしい。それが一日でわかるその表情に、柊也が苦笑した。

『いいのもなにも、そのつもりで来たんだろう？　ちゃんと手伝いさえしてもらえたら、それでいいよ』

わかった。そう素直に頷いた葛に、だが、否を告げたのは隼斗だった。

『柊也さん、それはいくらなんでも……。預かるなら、うちに……』

『隼斗のところには、行かない』

ぎゅっと柊也のシャツを握る手に力を込めた葛に、柊也が笑みを深める。そうしてその視線を隼斗へと向けた。

『隼斗君』

その一言で、柊也が決して引かないことがわかったのだろう。いまだ不服そうな表情をしながらも、隼斗が口を閉ざした。

そんなやりとりの末、葛が柊也の家に居候を始めてから、柊也の提案により真広は施設への配達日以外にも『ふじの』に顔を出すことになった。正確には『青柳サービス』への依頼――真広の派遣という形になっており、柊也が元々のアルバイトにも影響がないように配慮してくれたのだ。

ちなみに営業時間は避けて邪魔にならない時を選んでいるため、昼休憩の時間帯がほとんどだった。

「こんにちは」

隼斗が運転する事務所の車で送ってもらった真広は、車に乗った隼斗が見守る中、一足先に『ふじの』へと入る。扉を閉めると同時に背後で車のエンジン音が聞こえ、真広はふっと息をついた。

「いらっしゃい。今日は隼斗？」

つけつけとした声がかけられ、見れば、カウンター席に座った葛がこちらを見ていた。目の前には賄いの皿が置かれており、真広は、被っていたフードを脱いで頷いた。

「こんにちは。うん、今、車を置きに行ってる」

フードを脱いだ拍子に乱れた髪と兎耳を掌で簡単に整えると、厨房の方へ向かう。スイングドアから顔を覗かせて、奥で作業している柊也にも声をかけた。

「お邪魔してます」

「いらっしゃい。お昼は？」

「食べてきました。ありがとうございます」

振り返った柊也に聞かれ、屋敷で済ませてきたと伝える。ゆっくりしてて、という柊也の言葉に甘え、真広はカウンター席に座って食事をする葛から一つ空けた席に腰を下ろした。

葛が来て、一週間が経とうとしている。その間に、真広が葛と顔を合わせたのは、最初の時を含めてこれが三回目だ。

はきはきとしており自己主張の強い葛は、おっとりした真広とは合わなそう、というのが周囲の見解だったそうだが——隼斗が後から教えてくれたことだ——真広自身はさほど葛に苦手意識はなかった。

同じくらいの歳で、同じくらいの体格だからだろうか。そう思いながら、葛が食事を終えるのを静かに待っていると、隣からじろりと睨むような視線が向けられた。

「……黙って座ってないで、なにか喋れば」

「ご飯、食べ終わってからの方がいいかなと思って」

ぼそりと呟かれたそれに、首を傾げて葛を見る。最初は敬語を使っていたのだが、同じくらいのやつにそんな言葉遣いで話されたくないと一刀両断され、敬語禁止になった。

実のところ、真広の周囲は大人ばかりで、こういうふうにため口で話したことがない。そのせいで最初はぎこちなかったものの、話すうちに慣れてきた。

「食べてても、返事くらいはできる」

そう言った葛に、うん、と笑う。葛は、自分にとっていいか悪いかをはっきり言葉で伝えてくる。だからこそ、真広も怖がることなく素直にそれを受け止めることができた。

「そろそろ、こっちの生活は慣れた?」

「ああ」

食事中のため、葛は端的に答える。まだ半分ほど食事も残っているため、真広は葛があまり喋らなくていいよう、家であったことなどを話し始めた。

最近、清宮の屋敷で、邪魔にならない範囲で料理人に料理を教えてもらっていること。それを、灯が嬉しそうに食べてくれたこと。そんなことを話していると、車を駐車場に停めた隼斗が店に入ってくる。話しながら隼斗に会釈すると、自分のことはいいからと手を上げて柊也を手伝うためだろう、厨房に入っていった。

「……お前、本当にあの清宮と暮らしてるんだな」

不意に、食事を終えた葛が、お茶を飲んだ後に複雑そうな表情でこちらを見る。

「え？　うん……？」

どういう意味かがわからずに曖昧に頷くと、葛が嫌そうに顔を顰めた。

「あれと四六時中顔を突き合わせてるのか……」

「灯さん？　灯さん忙しいから、四六時中ってわけじゃないよ。朝食と夕食は、必ず一緒に食べるけど」

「そういう問題じゃない。お前、疲れない？」

「えっと。最近は、外に出てるから夜になったら疲れたなって思うこともあるけど……」

葛の意図がわからず、困惑しながら眉根を寄せると、厨房から出てきた隼斗が呆れたように葛に声をかけた。

「俺達とそいつじゃ、立ち位置が違うだろう。灯さんも大事にしてるしな」

「えー、でもあの人の性格は変わらないじゃん。俺だったら、三分が限界」

「……葛君は、灯さんが苦手？」

葛の言葉からそう判断し、なんとなく眉を下げて問えば、ぐ、と気まずそうな瞳が向けられる。そんな葛の後頭部を、ぺしりと隼斗が叩く。

「お前な、自分の保護者のことをそんなふうに言われたら、誰だって嫌な気分になるだろ」

「苦手だよ。あの性格悪……、見透かしたようなとこが特に。けど、……悪い」

最後に小さく呟かれたそれに、真広は微笑んでかぶりを振る。灯を苦手としている人がいることは知っている。激しく嫌っている者や、逆に崇拝というほど心酔している者がいるのも、真広は正しく理解していた。

それもみな、灯やその傍に仕える人達が、物心ついた頃から真広に忌憚なく伝えてきたからだ。

『私の周りにはね、厄介な者が集まるようになっているんだ。昔からね。だから、いつかそれで真広に迷惑をかけることがあるかもしれない』

まだ幼かった真広に、そう、どこか悲しそうに告げた灯の顔は今でも覚えている。

「灯さん、気に入った人には意地悪しちゃうところがあるから。反応が全然なかったり、喋らせてもらえないほど一方的だったり、逆に愛想良く挨拶だけって感じじゃなかったら、嫌われてないと思うよ」

「……なんだそれ」

「あれ。そういえば、葛君は灯さんに直接会ったの？」

今更ながら気づき首を傾げると、葛はその時のことを思い出したのか眉間に刻んだ皺を一層深くした。

「ああ。家の関係で……。前にこっちに来た時に一瞬だけ」

『青柳サービス』の最上階で、部屋は薄暗くされており灯も扇子で顔を隠していたため、はっきりと顔を見たわけではないらしい。だが、こちらに向けられた瞳だけは覚えていると葛は身を震わせた。

人によってはその状態で会うことを知っている真広の顔には、苦笑が浮かぶ。同時に、その扇子で自分を煽ぎながら、疲れた面倒くさいと側に仕える近衛に文句を言っている灯の姿も見ているからなおさらだ。それから、相手の反応を見て楽しんでいることも。

そういえば、葛の家は獣人の世界でも『名家』と呼ばれる家の一つで、政治的にも中枢に関わる重要な役割を担っていると灯から聞いた。ようするに、かなり良いところのお坊ちゃん、らしい。

（あんまり、そんなふうには見えないけど）

悪い意味ではなく、親しみやすいというか、とっつきにくいところがないというか。

とはいえ、確かに食事をする姿を見ていても所作が綺麗で洗練された雰囲気はあった。話から推測するに、灯が直接会ったのは葛の家との政治的な絡みもあったのだろう。とはいえ、灯が葛のことを話してくれた時には嫌っているふうでもなかったから、どちらかと言えば反応を見て楽しむ相手として認識されていそうだ。

「灯さん、直接会う人は本当に少ないから、楽しかったんじゃないかな」

内心の推測は隠したままのんびりとそう告げると、葛が物凄く嫌そうに顔を顰める。そんな葛に笑い声を上げていると、やれやれと隼斗が溜息をついた。

「お前、いい加減あっちに帰れ。邪魔だ」

いつになく直截(ちょくせつ)な隼斗の言葉に、笑いを収めて目を丸くしていると、葛がふんと鼻を鳴らす。腕を組んでそっぽを向き、あっさり嫌だと答えた。

「家主がいいって言ってるんだから、隼斗には関係ないだろ。俺が頼んだのは、あの人なんだから」

「お前なあ……」

「あ、あの……っ」

一気に険悪な雰囲気になりそうになり、真広は二人を交互に見ながら慌てる。すると、厨房から顔を出した柊也が、こら、と隼斗を窘めた。

「隼斗君。葛君のことは、ちゃんと話し合ったよね」

「ですけど……」

「隼斗君？」

にこり、と。いつもと同じ優しげな——けれど、どこかいつもとは違う笑顔で柊也が名を呼ぶと、隼斗がぐっと言葉を飲み込む。やがて、深々と溜息をついた隼斗がちらりと腕時計を見ると、踵を返した。

「……買い出し、行ってきます」

「待って。俺も……、っと」

店から出た隼斗のあとを追おうとして、だが、真広のことを思い出したのか足を止める。こちらを見た柊也の顔にほんの一瞬だけ浮かんだ困ったような表情に、「あの」と声を上げた。

「僕のことは……」

大丈夫です。そう言おうとした真広の声を、葛の物凄く嫌そうな声が遮った。

「行ってくれれば。俺もいるし、……代わりが来たみたいだし」

その言葉に、柊也が葛を見るのと同時に、店の入口扉ががらりと開く。そこにいたのは鳥海で、ああ、と安堵したように息をついた柊也が鳥海に近づいた。

「すみません。ちょっと買い出しに行ってくるので、お願いしていいですか？」

「了解。行っておいで」

ぽん、と柊也の肩を叩くと、軽く頭を下げた柊也が急いで出ていく。これまでと違う隼斗と柊也の様子に違和感を覚えていると、鳥海がこちらに近づいてきた。

「真広君、こんにちは」

「こんにちは、鳥海さん。お疲れ様です。わざわざ申し訳ありません」

椅子から下りて立つと、鳥海に頭を下げた。

「いや、構わないよ。悪いけど、これを清宮さんに渡しておいてもらえるかな」

「はい。お預かりします」

差し出されたのは、少し厚めの茶封筒。実は、今日屋敷を出る時に、灯から鳥海が『ふじの』に来るから資料を預かってきて欲しいと頼まれていたのだ。わざわざ忙しい鳥海が届けてくれるのか、もしくは他の誰かが持ってくるのか。それはわからなかったが、鳥海に会えることを期待していなかったと言えば嘘になる。

封筒を受け取り、椅子の下に置いていた斜めがけの鞄にきちんと仕舞っていると、鳥海の視線が真広の向こう側に向けられた。

「そこの子供は、まだ帰っていないようだな」

「……うるさい。あんたには関係ないだろ。ていうか、なんであんたが知ってるんだよ」

くっと笑いながらそう言った鳥海に、それまで口を閉ざしていた葛が心の底から嫌そうな声で答える。あれ、と首を傾げて、鳥海を見た。

「葛君と、お知り合いなんですか？」

「ああ。前にここで騒動を起こしたことがあるからね」

「え？」

思わず葛を振り返ると、ふてくされたようにそっぽを向いていた。

「別に、騒動ってほどのことじゃない。遊びにきただけだ」

「まあいい。だが、逃げ回るのもほどほどにな」

「……──」

そう言った鳥海に、葛がなんともいえない視線を向ける。その表情に浮かんでいるのは、わずかばかりの恐怖……のような気がするのだが、どうして葛が鳥海を怖がるのかわからなかった。

「あの、鳥海さん……」

ともあれ、少し葛が可哀想になり、そっと声をかける。すると、葛に向いていた鳥海の視線が、真広へと向けられた。

「真広君、調子はどう？」

「はい。あの、家でもだいぶ耳を隠せるようになってきて。この間、お屋敷の人と一緒に近くに買い出しに行ったんです」

鳥海に会えたら言おうと思っていたことを報告すると、鳥海が「そう」とちらりと驚いた表情を浮かべ、すぐにいつもの穏やかな笑みを見せてくれた。

「順調だね。この調子でいけば、すぐに柊也君の料理がなくてもできるようになるんじゃないかな」

「……そこまでいくには、まだまだだとは思いますけど。だんだん隠せる時間も延びてきたので、もっと頑張ります」

そう言った真広に、鳥海も「頑張って」と声をかけてくれる。同時に、かすかに鳥海の右手が動いた気がして、また撫でてもらえるかなと一瞬期待に胸が高鳴る。だがそれ以上動く気配はなく、違ったと内心の落胆を押し隠した。変な期待をしてしまった気まずさに曖昧な笑みを浮かべていると、なら、と鳥海がなにかを思いついたように続ける。

「次の時、帰りに少し寄り道しようか。こちらから連絡しておくけれど、真広君からも伝えておいてもらえるかな」

「え！　いいんですか？」

驚いて目を見張ると、鳥海がふっと口端を上げた。

「ああ。これも練習のうちだからね」

「ありがとうございます！」

嬉しさに多少舞い上がりながら礼を言うと、店の入口が開く。見れば、柊也と買い物袋を持った隼斗が戻ってきており、おかえりなさい、と声をかけた。

「ただいま。鳥海さん、ありがとうございます」

「いや。問題ないよ」

柊也の礼に、鳥海が肩を竦める。そして、鳥海の横を通り過ぎる際、隼斗が「……すみません」と小さな声で呟くのが耳に届いた。

それに対してはなにも答えず、鳥海がすれ違いざまにぽんと軽く隼斗の背中を叩く。

それからすぐに仕事に戻るからと店を出た鳥海を見送ると、背後にいた葛が深い溜息をつきながらカウンター席に俯せた。

「葛君？」

体調でも悪い？　と問えば、違うと顔は上げないまま手が振られる。そうして、顔だけこちらを向けると、ぎゅっと眉を顰めた。

「お前、趣味悪いね」

「え？」

「……あれが相手とか、気が休まる暇がなくない？」

なんのことを言っているのかわからず、首を傾げると、あれ、とたった今去った鳥海を指差すように入口に指を向けた。

「好きなんだろ？」

「……っ！　あ、え？　あの、うん、すごくお世話になってるから……」

葛の指摘に、思わず動揺して勢いよく手を振る。肯定しているのか否定しているのかよくわからない状態のまま、真広は羞恥で顔が赤くなっていくのがわかった。

「……あっちも、なんかいつもと違うし。まあ、人のことなんかどうでもいいけどさ」

そう言った葛が、一瞬遠い目をし、ふい、と再び顔を俯ける。その様子に、ふと違和感を感じた真広は葛の方へと近づいた。

「葛君、大丈夫?」

気遣いながら声をかけると、別に、と声が返ってくる。

「……なに考えてるかわかんないやつなんか、嫌いだ」

ぼそりと呟かれたそれは、誰のことを言っているのか。事情はわからないものの、放っておくこともできず、真広は葛の綺麗な髪にそっと手を伸ばしたのだった。

「……――?」

ふ、と。どこからか視線を感じた気がして、真広(まひろ)は足を止めて振り返った。

施設の駐車場へ向かう途中、軽い調理器具を入れた箱を抱えながら周囲を見渡す。だが、子供達の昼寝時間に入り静まり返った敷地内に、人影はない。

「気のせいかな……」

ぽつりと呟(つぶや)き車へ向かうと、バンのトランクに入れた荷物を整理している隼斗(はやと)の背中が見える。ほっとして足早にそちらに近づくと、声をかけた。

「荷物、持ってきました」

「ああ、悪い。……どうした？」

だが、真広の顔を見た途端にそう問われ、え、と目を見張る。

「なんか、変な顔してるぞ」

「そうですか？」

抱えていた箱を隼斗に渡すと、ぺちぺちと頬(ほお)を叩(たた)く。ついでに、髪を触って耳が隠れていることを確認すると、苦笑した。

「耳が出ないように、って思ってるから、そっちに意識がいってるのかも」

「あんまり気負いすぎるなよ。ずっと気を張ってても疲れるだろ。身体(からだ)が覚えてしまえば、意識しなくても隠せるようになる」

「はい。ありがとうございます」

気遣ってくれる隼斗に礼を言い、真広は他の荷物を取りに再び施設の建物へ足を向ける。

そうして、敷地の門の近くを通る時、またぴたりと足を止めた。

今度は、視線を感じたわけではない。ただ、なんとなく不安だったのだ。

「……まひろちゃん？」

小さな声に振り返れば、建物の入口からこちらを覗いている少女の姿が見える。驚いて建物に入ると、猫の耳と尻尾を揺らした少女はぎゅっと真広の服を掴んだ。

「どうしたの。目が覚めちゃったかな」

少女の前で膝をつくと、甘えるように少女が手を伸ばしてくる。それに苦笑しながら抱っこしてやると、小さな手でぎゅっとしがみついてきた。

「……こわいゆめ、みた」

細く呟かれたそれに、そっか、と返しながらぽんぽんと背中を叩く。そうして、子供達が昼寝している部屋に連れていっていると、慌てた様子で葛がこちらに向かってきた。

「おい、子供が一人……、って、ああ、いたんだ」

「怖い夢見ちゃったんだって」

「お前、だからって黙ってどっか行くなよ。みんないるんだから平気だろ」

ほっと肩から力を抜いた葛が、呆れたように少女に告げる。すると、真広にしがみついていた少女は、瞳に涙を溜め唇をへの字にして葛の方を向いた。

「な、なんだよ……」

泣きそうなその表情に慌てた葛と、泣くのを我慢しながら不満そうに葛を見る少女。二人の様子を見ていた真広は、思わず吹き出してしまう。

「……ふふ、あはは」

寝ている子供達を起こさないように小さな声で笑っていると、少女がきょとんと真広を見る。おい、とこちらを睨む葛と目が合うと、ますます笑いが込み上げてしまう。

「ご、ごめんなさい。だって、なんか葛君が妹の面倒見てるお兄ちゃんみたいで……」

くすくすと笑う真広に、少女が首を傾げて真広と葛を見る。

「おにいちゃん？」

「俺は、お前の兄ちゃんじゃない。……けど、まあ、寝るまでは一緒にいてやるから、戻ったら大人しく寝ろよ」

そう言いながら、少女の髪を葛がくしゃりと撫でる。真広も「よかったね」と声をかけると、うん、と嬉しそうに少女が笑った。

「まひろちゃんも、おにいちゃんも、ちゃんといてね？」

「なんだそれ。二人とも捕まえておこうとか、お前、贅沢だな」

子供相手にも憎まれ口を叩く葛に、真広は笑いが止まらなくなってしまう。

そうして、少女を他の子供達が昼寝する部屋まで送っていくと、約束通り少女が寝付くまで傍に座っていてやる。やがてすぐに少女が寝入ると、職員達に礼を言われながらそっとその場を後にした。

「……外になにかあるのか？」

廊下を歩きながら、窓の外を見ていた真広に、葛が声をかけてくる。

「え？　……いや、別になにも」

無意識のうちに、施設の敷地内に誰もいないことを確認するように見ていた真広は、咄嗟(とっさ)に誤魔化すような笑みを浮かべる。

一緒にいる隼斗や葛、そして柊也(しゅうや)や野江(のえ)もなにも言わないのだから、きっと自分の気のせいだろう。そう思うのだが、どうしてもかすかな不安が消せなかった。

「お前も大変だな。清宮(きよみや)にいるってだけで、色々面倒だろ」

「面倒？」

首を傾げて問うと、先ほどの少女に向けたものと同じ――どこか呆れたような視線が向けられる。

「まあ、別にお前が気にしてなきゃ、どうでもいいんだけどな。トラブルには巻き込まれるなよ」

ふん、と尖った言い方のそれが、だが真広を心配してくれてのものだとわかり、うん、と笑みを浮かべる。

「ありがとう、葛君」

「うるさいな。なんかあったら面倒だから言ってるだけだ」

口は悪いが、根は優しいのだ。まだ、葛が来てそう日にちが経ったわけでもないが、真広はこの年の近い友人がとても好きになっていた。

友人。その言葉に、ふと顔を上げ、葛を見る。真広はそう思っているが、葛は迷惑じゃないだろうか。そんなことを思いながら、真広は深く考えないまま葛に声をかけた。

「葛君」

「んー?」

「友達になってくれる?」

「んー……——、はあ?」

ぼんやりとした返事の後、腹の底から出したような声とともに胡乱げな視線が向けられる。

「……なに言ってんの」

「えーっと、僕、年の近い友達って誰もいなくて。だから、よかったら友達になってくれないかなあって……」

「友達宣言とか、やめろよな。気持ち悪い」

そう言いながら嫌そうに腕をさする葛に、そっか、としょんぼりする。初めて友達ができると思ったんだけど、と内心で落胆していると、隣から馬鹿にしたような溜息が聞こえてくる。そうして、しばらく黙ったまま歩いた後、嫌々ながら、といったふうに言葉が続く。

「……別に、普通になるものだろ、そんなの」

「え?」

「あー、疲れた。さっさと帰るぞ」

「あ、待って、葛君」

足を速めて歩き出した葛の耳がほんのりと赤くなっていたことに、置いて行かれないよう葛の背を慌てて追いかけた真広は、気づけないでいた。


しんと静まり返った廊下を歩きながら、真広は窓から見える庭の景色に頰を緩めた。

冬の間、彩りが寂しかった庭も、春を迎え暖かさを増すにつれ色鮮やかなものになってきている。さわさわと気持ちよさそうに風に揺れる木の葉を見つめ、昔から変わらぬその風景に真広は知らず記憶の糸を辿っていた。

清宮の屋敷では何人もの使用人が働いており、この庭も、専属の庭師が毎日丁寧に手入れしている。真広は、幼い頃からその手伝いをするのが好きだった。

『……気分でも悪いのか？』

その日、植え込みの陰でしゃがみ込んでいた真広にかけられた声は、ひどく躊躇いがちだった。泣かないように膝に顔を埋めて歯を食いしばっていた真広は、聞き覚えのある声に驚いて思わず顔を上げたのだ。

『あ……』

心配そうな——今思えば、そこには厄介ごとに口を挟んでしまったという後悔もあったのだろう――鳥海の表情に、気が緩んだ瞬間、ぼろりと涙が零れてしまった。

『って、あー……、泣くなよ。大丈夫だから』

困ったような声とともに、ぼろぼろと涙を零す真広の頭を覚えのある優しい手が撫でてくれる。それだけで胸に抱え込んでいた痛みが和らぐようで、目を閉じてその手に頭を擦り寄せたのだ。

『お前は、いっつも泣いてるなあ。笑ってる方が可愛いのに』

あんまり泣くと、目が溶けるぞ。そう笑いながら、隣にしゃがんだ鳥海が目の前にある花壇に植えられた花の花弁を指先でなぞる。

『ここの花は、綺麗だな』

そう呟き、鳥海はそのまま静かに真広が泣き止むのを待ってくれていた。やがて鼻を啜りながらも袖で涙を拭った真広は、鳥海の服を小さな手で摑み、ごめんなさい、と謝ったのだ。

『謝らなくていいから、心配かけないうちに屋敷に戻りな』

なにも聞かずそう促してくれた鳥海に、こくりと頷いて立ち上がる。だが、一つだけお願いがしたくて、小さな声で『あの』と呟いた。聞いてもらえるだろうか。そんな不安とともに胸元を握りしめた感触は、今でもよく覚えている。

『……あかりさんには、いわないでください』

『……――、わかった。けど、なにかあったら、誰でもいいから相談するように』

いいな、と念を押してきた鳥海に、こくりと頷く。

そうして真広は、再び頭を下げて屋敷へ駆け戻っていったのだ。

（あの時も、見つけてくれたのはあの人だった……）

どうしてあの場に鳥海がいたのかは、その後すぐにわかった。

灯に呼び出されて屋敷を訪れたものの、先客の用件が終わっておらず、鉢合わせを避けるため庭に出ていることを鳥海が申し出たらしい。そして、真広を見つけたのだ。

ほんのささいなやりとり。多分、鳥海は覚えてもいないだろう。けれど最初とあの時と、真広は鳥海に二度救われていた。

かたり、と廊下の奥から音がして我に返ると、前方にあるドアから男が出てくるのが見えた。窓の前で止めていた足を進め、男に近づく。

「真広様」

真広に気がついた男が、軽く会釈をしてくる。長身でがっしりとした体躯のその男――近衛は、灯の秘書であり側仕えだ。真広がこの屋敷に引き取られた頃から、灯の側には常に近衛がいた。

「こんにちは、近衛さん。灯さん、お時間ありそうですか？」

眦の鋭い――どちらかといえば強面の近衛だが、気配も性格も穏やかで、真広は昔からこの屋敷の中で灯の次に近衛に懐いていた。一緒に遊んでくれたりするわけではないが、幼い子供が傍にいても邪魔にすることなく、時折話しかけては様子を見てくれていたのだ。

今も、ほとんど表情は変わっていないが、真広を見るわずかに細められた瞳は優しい。

「ええ。仕事に飽きて暇を持て余しているようなので、行って差し上げてください。今日の訓練も上手くいったようですね」

「はい！」

真広の耳がきちんと隠れているのを見て、良かったですね、と頷く。そうして踵を返すと、たった今出てきたばかりの部屋の扉を数回ノックする。

中から、かすかな声が聞こえてきた後、近衛が扉を開く。

「真広様がお帰りです」

「入って」

灯の声とともに、扉が大きく開かれる。ここは灯の仕事部屋のため、真広もあまり自分からは近づかないようにしていた。灯自身はそんなことは気にしなくてもいいと言ってくれるが、仕事の邪魔はしたくなかった。

今は、施設の子供達の様子を伝えるという目的があるのと、帰ったらすぐに今日あったことを報告するようにと言われているため、ここまで足を運んだのだった。

「どうぞ」

「ありがとうございます」

扉を開いたまま横に避けてくれた近衛に会釈をして、部屋の中に入る。

壁一面に書棚が備えつけられた部屋は、昼間のため電灯はつけられておらず、カーテンが開け放たれた窓から差し込む陽光で照らされていた。それでも、広い部屋のため明るいとまではいかずほんの少し薄暗い印象もあるのだが、落ち着いた雰囲気で真広はこのくらいの明るさが好きだった。

「お疲れ様、真広」

執務机で仕事をしていたらしい灯が、立ち上がってソファの方へ移動しながら真広を手招く。灯の前に立つと、ソファに座る前に、灯が真広の髪をそっと撫でた。そのまま頬に手を滑らせると、なにかを確かめるように目を伏せた。

「……うん。力も安定しているし、上手く制御できてるみたいだね。以前より、使える力も増えてる。頑張ってるね」

「ありがとうございます」

よかった、と微笑んだ灯に、真広もつられて笑顔になる。だけど、と少し物足りなそうに灯が真広の髪を再び撫でた。

「真広の耳が撫でられないのは、やっぱり少し寂しいね。可愛くて好きなんだけど」

「あはは……」

真広が耳を隠せるようになって一番喜んでくれているのは灯だ。けれど同時に、本来の真広の姿でいることが悪いことではないのだと、冗談に混ぜて告げてくれる。

「さて、じゃあ今日の報告を聞こうか」

そうして灯に促されソファに向かい合って座ると、今日、施設であったことを順番に話し始めた。お弁当形式の昼食が子供達に好評だったことを受け、今度は、野江の発案でバイキング形式にして子供達自身でお弁当を詰めさせてみたのだ。もちろん、幼い子供達は施設の職員や真広達が手伝ったが、みんな目を輝かせて自分の好きなものを詰めていた。

そうして、訓練の方もいつも通り問題なく進められた。やはり、能力の制御は個人差も大きいらしく、比較的順調に制御できるようになる子もいれば、手間取っている子供もいる。

子供達の中に混ざる真広も、徐々に、自分の中にある獣人の力をはっきりと感じ取ることができるようになっていた。

「柊也さんのお料理、凄いですね。普段は頑張って意識しないとわからないのに、料理を食べると凄くよくわかるようになるんです」

「藤野さんの能力は、あちらの世界でも特殊なんだよ。本人が善良なのが幸いだ。真広もお世話になっているし、いずれきちんとお礼をしないとね」

「はい。僕も、お礼をしたいです」

意気込んで言った真広に、灯がおっとりと首を傾げる。

「真広は、店の手伝いをしているだろう？　真広が作った会計ソフト、藤野さんが喜んでたって隼斗も言っていたよ」

「え、でも。あれは、仕事としてちゃんとお金もいただいてますから。……本当に簡単なものですし、いらないって言ったんですけど」

しょんぼりと肩を落とした真広に、灯が思わずといったふうに苦笑する。

「まあ、藤野さんもあの性格だからね。ただ働きさせるのは落ち着かないんだろう。いまだに、隼斗にだってきちんと仕事として報酬を払っているくらいだから」

「いまだに……？」

隼斗は、個人的にも柊也と親しいようだが、店の手伝いは『青柳サービス』の仕事として行っている。それは、しばらく前から変わっていない。真広が首を傾げていると、部屋の扉がノックされ、近衛が二人分のコーヒーを運んでくる。急いで立ち上がろうとすると、当の近衛から視線で座っていていいと制された。

「ありがとうございます」

灯と真広の前にコーヒーカップが置かれると、真広は律儀に近衛に頭を下げる。幼い頃から変わらないその様子に、近衛も鋭い眦を緩めた。

近衛が、灯の座るソファの後ろに立ったところで、灯がコーヒーカップを手に取る。つられて真広もカップに手を伸ばすと、温かく少し甘いそれを一口飲む。ふわりと漂う、少しフルーティーでさわやかな香りは、灯が好む豆特有のものだ。ちなみに真広のものには、いつもと同じように牛乳と砂糖が入れられていた。成長してから、灯達の真似をしてブラックを飲んでみようとしたが、やはりどうにも苦手で、数回で諦めたのだ。

優しい味に頬を緩めていると、コーヒーを飲んでいた灯が、それで、と真広に話を促した。

「他に、変わったことはなかった？」

「……えと、いえ。特には」

変わったこと、というそれにぱっと施設で視線を感じたような気がしたことが脳裏に浮かんだが、別段なにも起こらなかったため口を噤んだ。思い過ごしで無駄に心配をかけてしまいたくなかったのと、ほんの少し、手伝いに行くことを禁じられてしまうのではないかと思ってしまったからだ。

「真広？」

だが、わずかな躊躇いを見抜かれてしまい、灯が笑顔のまま圧を強める。見慣れた、叱られる一歩手前のそれに言葉を詰まらせ視線を逸らすと、ふともう一つの用件を思い出した。

「……あの。次の仕事の時、鳥海さんが帰りに少し寄り道しようかって、誘ってくださったんですけど」

コーヒーカップを両手で握り、俯きながら急いでそう言った真広に、灯が目を眇める気配がする。ちなみにこれも切り出しにくかったため、いささか挙動不審になってしまう。

灯と鳥海の仲があまりよくないのは、これまでの様子を見ても明らかだ。とはいえ、灯が鳥海を嫌っているのかといえば、そうではないと思っている。以前、それとなく近衛に聞いてみたこともあるが、曖昧に言葉を濁すだけではっきりと教えてはくれなかった。

「ふうん、寄り道ねえ」

面白くなさそうな口調でそう言った灯と、その背後に立つ近衛を、ちらりと上目遣いに見る。口調そのままの表情の灯の背後で、近衛がやれやれといったふうに頷くのを見て、真広は再び灯に視線を戻して「あの」と言葉を続けた。

「だめ、ですか？　……やっぱり、迷惑がかかりますよね」

顔を上げ、そっと首を傾げた真広に、灯がますます眉を顰める。灯が駄目だと言うのなら、残念だが諦めるしかない。それに、鳥海に誘われたことは嬉しいが、忙しい鳥海の時間を真広のために使わせてしまうのは申し訳なかった。

「……灯様」

ぼそり、と背後で近衛が呟く声に、灯の眉間に刻まれた皺が最高潮に深くなる。だがその直後、深々とした溜息とともに思いがけない答えが返ってきた。

「いいよ。行っておいで。ただし、暗くなる前には帰ってくること」

「え？」

目を丸くする真広に、それに、と灯が続けた。

「向こうの都合は、真広が気にすることじゃない。誘ってきたのは、あっちなんだろう？」

そう言われ、こくりと頷く。

「だったら、尚更。それに、あれは自分の興味が湧かないことには指一本動かさない。だから、真広がそんなふうに心配してやることはないよ」

「そう、でしょうか……」

そうだよ、と灯がつけつけと言うのに、近衛が言葉を添えてくれる。

「折角のご厚意ですから、真広様が楽しまれるのが一番だと思います。灯様のこれは、いつものことですから、気になさらずに」

「……近衛、余計なことは言わなくていい」

むっすりとした灯は、だが、近衛の言葉自体は否定しない。それにほっと胸を撫で下ろすと、真広はありがとうございますと微笑んだ。

鳥海と、少しでも一緒にいられるのは嬉しい。けれど同時に、どうしていいかわからないという不安もある。最近は、仕事の帰りに送ってもらうことがあるため、二人だけでいることにも少しだけ慣れてきたが、それでもいつも緊張してしまうのだ。変なことをして、がっかりされたくなかった。

次の仕事の日を思うと、途端にそわそわと落ち着かなくなってしまう。そんな真広の様子を半目で見ながら、灯は背後に立つ近衛にぼそりと呟いた。

「……万が一、あの子が泣いて帰ってきたら、報復は念入りに」

「……――承知しました」

そして、二人の間で交わされた物騒な会話は、浮き立つ真広の耳には全く届いていないのだった。


定食屋『ふじの』の入口扉を開き一歩外に出たところで、真広は足を止めた。嫌な感じがして周囲を見渡すが、まばらに通行人の姿は見えるもののいつもと変わらない風景が広がっているばかりで、気のせいかと息をつく。

駅から少し離れた、住宅街へ続く通り沿いにあるこの定食屋の周囲は、平日の午後は人通りも多いが、土日はさほど多くない。そのため、店の定休日も週末に設定されているのだ。葛が来てから店の営業日もここに出入りするようになり、週末と平日の人通りの違いがわかってきた真広は、違和感のもとを探そうと視線を動かすが、やはり特に変わった様子はなかった。

「真広？　なにやってんの？」

背後から、訝しげな葛の声が聞こえてくる。それに振り返ると、なんでもない、と苦笑した。ちなみに葛は、駐車場に車を取りに行った鳥海がそろそろ着くだろうと外に出ようとしている真広に付き合ってくれているのだ。

「ごめん。車、まだ来てないなって思って」

「だから、店の中で待ってりゃいいんだよ」

鳥海の名前を出すのも嫌だといったふうに顔を顰めた葛に、でも、と真広は呟く。

「車を停めたままだと、お店の迷惑になるし」

「……営業してないんだから、別にいいだろ」

やれやれ、と溜息をついた葛とともに店の外に出ると、入口の扉を閉める。そうして、二人で並んで立ったまま、そういえばと真広が葛の方を向いた。

「葛君は、いつまでこっちにいられるの？」

葛がこちらへ来て、そろそろ一ヶ月が経とうとしている。その間、葛はずっと柊也の家に居候させてもらっているらしい。

「あー……。とりあえず、一ヶ月って約束だったけど……」

むすりと顔を顰めた葛の表情から、まだ帰りたくないという意志がはっきりと伝わってくる。葛が、どういった事情でこちらに来ているのか。それはいまだに聞いていない。柊也は知っているらしいが、葛に対して帰るように促すこともなく好きにさせていた。来たばかりの頃は帰れとせっついていた隼斗も、いい加減意地を張るなと呆れたように言うことはあるが、あまり口を出さなくなっている。

「僕は、折角仲良くなれたし、もう少しいてくれるなら嬉しいけど」

そう告げた真広に、葛が眉間の皺を深くする。

「……。どのみち、隼斗がそろそろ本気で切れそうだから、泊まる場所は変えないと」

「……？　隼斗さんが？」

どうしてだろう、と首を傾げると、葛が呆れたように真広を見た。

「そりゃ、番のとこにいつまでも居候がいたら、邪魔だろ。まあ、今回はわかってて頼んだんだけど」

「……つがい？」

なんとなく文字は思い浮かぶが、それがどういう意味で使われているのかわからず問い返す。

「え、なに。もしかして『番』のことも知らないの？」

「……えっと」

どう答えていいかわからない真広に、やれやれ、と葛が溜息をつく。

「こっちの言葉でわかりやすく言ったら……、なんだっけ、恋人？　伴侶？　夫婦？」

「え、え？」

知っている単語を思い出すように挙げた葛に、真広は驚きに目を丸くする。たった今葛の口から出た言葉は、どれも予想外のものだった。

「……柊也さんと、隼斗さんって」

付き合ってるの、と茫然と呟けば、マジでか、と呆れたような視線が向けられる。まさか、なんにも気づいてなかったとか？」

「あの人はともかく、隼斗なんかあれだけ独占欲むき出しにしてるのに。まさか、なんにも気づいてなかったとか？」

「……気づいて、なかった、です」

つけつけと言われたそれに、しゅんと肩を落とす。そして、はっとしながら顔を上げた。

「もしかして、鳥海さんも、知って……」

「知ってるに決まってるだろ。付き合い始める時も、あいつがなんかちょっかいかけたとか言ってたし」

「……そう、なんだ」

衝撃の事実に茫然としていると、はああ、と深い溜息が聞こえてきた。

「まあ、いいけど。だから……、あー、どっかホテル探してもらうかな」

口元を歪めた葛に、なら、と真広が提案する。

「うちに来る？　灯さんに会ってるなら、きっといいって言うと思うよ？」

「は？　なんの冗談。絶対嫌だよ、あんな魔物の住処」

「魔物……」

灯を怖がる人がいるのは知っているが、葛のように堂々と言う人も珍しい。優しい人なんだけどな、と思うものの、それだけではないのも知っているため、苦笑するに留めた。

それにしても、柊也と隼斗が恋人同士だったというのは、衝撃だった。

（じゃあ、鳥海さんは……）

柊也のことを想っているだろう鳥海は、どういう気持ちでこの店に来ているのか。そう思うと、胸がつきりと痛んだ。

「ああ、来たみたいだよ」

そんな言葉に顔を上げれば、見慣れた黒のセダンがやってくるのが見えた。車が真広達の目の前で停まると、じゃあね、と葛が踵を返す。

「葛君、またね。ありがとう」

「はいはい」

がらりと音をさせて店の中に入った葛を見送ると、真広は待たせないように急いで車に乗り込む。

「お待たせしました。ありがとうございます」

シートベルトを締めながら頭を下げると、運転席に座る鳥海が困ったように笑う。

「店の中で待っていてよかったのに」

葛と同じことを言う鳥海に、そっと視線を落とした。

「すみません……」

鳥海の顔を見た途端、心臓が高鳴る。同時に、先ほど葛から聞いた柊也と隼斗のことが脳裏を過り、口ごもってしまう。

「どうかした？」

ちらりと真広の方を見た鳥海が、視線を前に戻しながらウィンカーを出し車を発進させる。

わずかに落ちた沈黙に、真広はもぞもぞと身体を動かして体勢を整えた後、小さく呟いた。

「……柊也さんと、隼斗さんが……、えと……『番』だって、聞いて」

驚いたのだ、と。そう告げると、鳥海が「笹井の子供か」と苦笑する。

「ん？　真広君、『番』のことは知っていたの？」

不思議そうに問われたそれに、いえ、とかぶりを振った。

「恋人とか、伴侶みたいなものだって、教えてもらいました」

「ああ……。まあ、そうだね」

一瞬だけ言葉を濁した鳥海が、やれやれと溜息をつく。

「真広君なら心配はないと思うし、柊也君達も気にしないと思うけど、一応、他言無用で頼むね。まあ、清宮さんは隼斗経由で知っているから、隠す必要はないけど」

「あ……、はい。もちろんです。あの……、すみません」

驚いたのと、葛から鳥海も知っていると聞いた直後だったためつい話に出してしまったが、本来、柊也達から直接聞いたわけでもないことを他人に話すべきではなかった。

鳥海の気持ちを考えてばかりで、柊也達への配慮を忘れてしまったことに、真広は落ち込んでしまう。

（駄目だなあ……）

これまで、屋敷の外の人達と話す機会がほとんどなかったため、気を抜くと迂闊なことを言ってしまうのだ。自己嫌悪に駆られながら、膝の上で拳を握りしめると、隣から鳥海の手が伸びてきた。軽くぽんぽんと頭を叩かれ、失敗した子供を慰めるようなそれに、恥ずかしさが増してしまう。

「そこまで気にしなくてもいいよ。こうして私に話したっていうことは、私も知っているって聞いたんだろう？　一番悪いのは、本人達の了承もなく喋ったあの子供だ」

思いがけず話の矛先が葛に向き、真広は慌てて鳥海の方に身を乗り出してしまう。

「ち、違うんです！　葛君は、僕も知っていると思って！　だから、あの……」

葛は悪くないのだ。そう言い募る真広に、鳥海がふっと苦笑する。

「わかったよ。……それにしても、あの子供が君とそこまで仲良くなるのは、正直意外だったな。年が近いのがよかったのか、タイプが全く違うのがよかったのか」

「え、葛君ですか？」

「ああ」

「葛君、優しいですよ。僕の作業が遅くてもちゃんと待っててくれますし。知らなかったことも教えてくれます。……同い年くらいの友達ってこれまでいなかったので、仲良くしてもらえてよかったです」

心からそう思いながら、真広は微笑む。実際、これまで友達と言える存在がいなかった真広にとって、葛は初めての友達だった。

それに、真広自身の作業の遅さや失敗で手間をかけたら遠慮なく文句を言うが、さっきのように周囲の警戒のために一緒にいてくれること自体に文句を言うことはない。つまり、真広自身の努力でどうにもならないことに対しては、絶対に真広を責めないのだ。そういうところが、葛の本質的な善良さなのだと思う。

「……そうだね。まあ、これから外に出られるようになったら、おのずと友達も増えていくよ。隼斗や柊也君、それに野江なんかも、見ていたら君のことは職場の仲間というよりは、もう友人扱いだしね」

「そ、そうでしょうか？　でも、僕みなさんにお世話になってばっかりで……」

「君が、無意識のうちに相手に返しているものもあると思うよ。大丈夫。今、君が周囲からもらっているものは、いつか、君が誰かに渡してあげればいい。互いに利益を得るだけが友人関係というわけじゃない」

「……はい」

くすぐったさに膝の上で手を握りながら、俯く。すると、くすりと隣から笑い声が聞こえてきた。

「それに、君自身は言うほど周囲の手を借りてはいないんだけどね。送迎や周囲の警戒は清宮の問題だから仕方がないことだし、仕事も丁寧できちんとしている。うちの状態記録ソフトへの提案も取り入れさせてもらったし、柊也君なんかは、経理関係の問題が一気に解決しそうだって大絶賛してたよ」

「あ……」

思いがけず褒められ、恥ずかしさから俯く。

以前、鳥海が、施設の子供達の健康状態や能力情報を記録するためのソフトに意見が欲しいと言っていたのは社交辞令でもなんでもなく、本当に意見を求められたのだ。とはいえ、技術的なことは真広もわからないため、測定項目や計測値データの管理、出力方法について思ったことを話したくらいで、たいしたことは言っていない。

「会計ソフトができたって？　真広君が直近までのデータを入れてるところだって聞いたけど。よかったら、今度見せてもらってもいいかな」

「え⁉　え、え？　で、でも、本当に簡単なもので……」

自社でソフト開発をしているような人に見せるものではない。慌てて手を振りながらそう言い募る真広に、大丈夫だと鳥海が笑う。

「確かにうちの事業の一部ではあるけど、私が作っているわけじゃないからね。それに興味があるのは、君が柊也君のために作ったもの、だから」

「……は、はい」

恐らく、鳥海から見れば子供の手遊び程度のものだ。そう思いつつも、嬉しさと羞恥で顔が熱くなる。自分が作ったものに興味を持ってもらえた。それだけで、真広の胸は嬉しさでいっぱいになってしまう。

念のためにと被(かぶ)っているフードの中に顔を隠すようにして俯き、熱くなった頬に手を当てる。だが同時に、先ほど葛と話していた時のことを思い出し、少しだけ頭が冷えた。

(そっか。柊也さんのこと、だからかな……)

隼斗という恋人がいても、鳥海はやっぱり柊也のことが好きなのだろう。真広の作ったものに興味を持ったのも、柊也が真広のことを褒めてくれたからに違いない。

(でも……)

昔と違って、こうして二人で話ができる機会があり、自分の存在を少しでも気にかけてもらえる。それだけでも、真広にとっては幸せなことだった。

柊也さん、ごめんなさい。ありがとう。

ただ、ほんの少し、柊也に対する羨望があるのも事実で。その後ろめたさから、心の中で柊也に謝罪と礼を告げ、真広はフードの中で目を伏せた。

「ところで、寄り道の行き先は勝手に決めてしまっているけど、いいかな」

不意に話題を変えるようにそう告げられ、はい、と勢いよく顔を上げる。

「すみません。そういうの、詳しくなくて……。お願いしていいですか？」

「もちろん。誘ったのは私だからね。とはいえ、きちんと予定を決めているわけじゃないから、行きたいところができたら遠慮なくどうぞ」

「ありがとうございます」

こういう時、鳥海は必ず真広が希望を言えるように促してくれる。それに気づく度に、真広は鳥海の気遣いに嬉しくなり、ますます惹かれていくのだ。

（大人だから、なんだろうけど……）

鳥海にとっては、預かりものの子供に対する気遣い程度のものだろう。真広だから特別というわけではないのだと、勘違いしそうになる自分を戒める。

「お忙しいのに、時間をとっていただいてすみません」

「本当に忙しかったら、こんなふうに誘ったりできないから気にしなくていい。私も、ここのところあまり自分で運転することがなかったから、いい気分転換だよ」

「お仕事中は、秘書の方が運転されるんでしたっけ」

「ああ。もしトラブルで身動きがとれなくなっても、車に残る人間がいれば移動はできるからね」

近場なら、電車の方が早いし。そう言った鳥海に、真広が目を見開く。

「え、電車、使われるんですか？」

「あはは。それ、隼斗も似たようなこと言ってたかな。場所によっては、電車も使えばバスも使うよ。うちみたいな中小企業の社長なんか、その辺のサラリーマンと大差ないからね」

そう言って笑う鳥海に、そうかな、と真広は内心で首を傾げた。なんとなく、鳥海のおおらかな雰囲気からは、育ちのよさが感じられるのだ。庶民的でないというか……人を使うことに慣れているというか……その辺りは、灯と似た印象があった。

「僕も、いつか電車に乗ってみたいです」

当然ながら、真広は電車やバスといった公共交通機関を使ったことがない。そのため、どちらかといえば、そちらの方に憧れがあった。そんな真広の言葉に、鳥海がくすりと笑う。

「そのうち、問題なく使えるようになるよ。とはいえ、身の回りに気をつけた方がいいのは変わらないけどね」

「はい」

そんな話を続けているうちに、目的地に着いたらしい。車が停まり周囲を見ると、どこかの商業施設の駐車場のようだった。

「降りられる？」

問われ、被っていたフードを外し、髪を触ってみる。耳はきちんと隠れており、念のため問うように鳥海の方を見ると、大丈夫だと優しい笑みが返ってきた。

「折角だから、練習がてら外していってみようか。なにかあってもフォローするから、私から離れないように」

「はい。よろしくお願いします」

期待と、不安。そして鳥海と二人での外出と、色々な意味でどきどきしながら車を降りると、鳥海が肩を抱いて促してくれる。すぐ傍にある鳥海の体温にどぎまぎしつつ、気を紛らわすように あまり人気(ひとけ)のない地下駐車場に響く足音に耳を澄ませた。

「あの、ここは……?」

そういえば、目的地を全く聞いていなかった。そんなことを今頃思い出して問えば、真広も耳にしたことがある大型商業施設の名前を告げられた。

「少し遠出をして人の少ないところへとも思ったけど、時間的にこちらの方がよさそうだったからね。途中は人が多いだろうけど、目的地はさほどでもないと思うよ」

そうして二人でエレベーターに乗ると同時に、肩から鳥海の手が離れていく。それを心の中でひそかに寂しく感じつつも、そんな自分に焦ってしまう。

「大丈夫そう?」

上階に行くにつれ、次々に人がエレベーターに乗り込んでくる。一番奥の隅に立った真広に、隣に立つ鳥海が気遣うように声をかけてくれ、こくりと頷いた。

こんなに人が多い場所でフードを外しているのは初めてで、知らず緊張してしまう。

やがて目的の階に着く頃には、エレベーターに乗っているのは真広達を含め数人だけになり、着いた階で鳥海とともに降りる。

「ここだよ」

辿り着いたのは、和の趣を感じさせる美術館だった。重厚な硝子で作られた扉と、その前に設えられた格子扉。それらを潜ると、静かな空間が広がっている。

手早く受付で二人分の入場券を買った鳥海が、一枚を渡してくれる。それをもらって鳥海のあとを追うようについていくと、入口で入場券を渡して中に入った。

「悪いね。好みがわからなかったから、今回は、あまり人目を気にしなくていいところにしてみたんだけど」

「いえ。楽しみです」

初めての場所にわくわくし、周囲を見渡す。休日の午後だが、さほど来館者は多くない。美術品を見ている人達の年代は様々だが、皆一様に展示物の方に視線が向いており、ここならば人目をあまり気にしなくていいとほっとした。

「興味があるようなら、ゆっくり見ていいから」

「はい！」

小声で、けれど元気よく答え、端から順番に展示物を見ていく。この美術館は、主に日本絵画や茶道具などが展示されている。その中でも、今回の展示の目玉であるらしい茶碗の前で真広は足を止めた。

「綺麗……」

硝子ケースの中に飾られたそれは、黒地に青や銀、茶といった様々な色が混じり瑠璃色に光る、不思議な色合いの茶碗だった。名前を見ると、曜変天目茶碗、と書かれている。夜空に浮かぶ星々——そして銀河を連想させるような茶碗に、ふわあ、と感嘆の息を漏らしながら見入った。

説明を見ると、国宝に指定されているらしい。こんなに綺麗なものを、昔の人はどうやって作ったんだろうと考えてしまう。

人が少ないことを幸いに、いつまで見ていても飽きないそれを見つめ続けていると、不意に背後に立っていた鳥海が真広の頭にフードを被せた。突然のことに驚き振り返ると、そのまま見ていていいよ、という小さな声が耳に届く。同時に、真広の姿を隠すように鳥海がわずかに位置をずらした。

「おや、鳥海さん。こんな場所で奇遇ですね」

知らない男の声がし、ぎくりと背筋を強張らせる。茶碗へ視線を戻し、振り返らない方がいいのだろうと察してじっとしていると、誰かが近づいてくる気配とともに鳥海の低く抑えた声が聞こえてくる。

「水原さん。お久しぶりです」

「本当に。お仕事の方も順調そうで、なによりです。……また、なにか新しいことを始められているとか？」

　愛想はいいもののどこか探るような色の声に、ふるりと身体が震える。だがそれに動じた様子もなく、鳥海はさらりと返した。

「うちは、広く浅くがモットーですから。水原さんこそ銀座(ぎんざ)に新店舗を増やされたそうで。なかなか激戦だったと小耳に挟みました」

（あれ……？）

　声は普通なのに、いつもの鳥海と違い感情が全く込められていない気がして、茶碗に向けた目を軽く見開く。言葉遣いは丁寧なのに、どちらかといえば冷淡に聞こえてしまう。

「あそこは、狙っているところが多かったようでね。ああ、もしかして君のところも？」

　相手がわずかに冷笑する雰囲気が伝わってきて、真広は思わず目を伏せた。今までのやりとりから、鳥海の仕事に関係する人なのだろうというのはわかるが、相手から伝わってくる奇妙な緊迫感に身体が自然と強張ってしまう。

「とんでもない。店の格が違いますよ。……まあ、ただ、何事もほどほどに」

「……っ」

　最後に低く呟いた声に、相手が息を呑(の)むのがわかる。先ほどまでの淡々とした声とは全く違う、相手を押さえつけるような威圧が込められた鋭いそれは、確かに鳥海から発せられたものだった。

（……──）

今まで、真広や柊也達、そして灯の前ですら、鳥海はこんな声を出したことはなかった。怒っているのとも違う。ただ、相手をねじ伏せるような声に、真広はいつの間にか自分の腕に鳥肌が立っているのを知った。

（怖い……、のとは、違うけど）

恐らく、別の人だったら違っただろう。だが、どうしてか鳥海に対しては怖いという感情が湧いてこなかった。ただ、知らない一面を見た驚きの方が強い。

こうして近くで話すようになって、鳥海が決して優しいだけの人ではないことは感じていた。それでも、真広の前ではいつも昔と変わらず、それが嬉しいようなもどかしいような気がしていたのだ。

（……──え？）

不意に、どこからか視線を感じた気がして我に返り顔を上げた。

「……──」

顔を動かさないよう周囲に視線を走らせるが、こちらを見ている人はいない。ちょうど隣の展示物を見ていた小柄な女性が近づいてくるが、真広と同じように茶碗を熱心に見つめるだけで特に変わった様子もない。

茶碗を見る女性の邪魔にならないよう、少し横に避ける。すると、鳥海と話していた相手が真広に気がついたように話を逸らした。

「ああ、もしやお連れの方がいたんですか。これは失礼。お身内の方で？」

真広の格好や体格、そして振り返りすらしない態度に、たいした相手ではないと判断されたのだろう。やや馬鹿にした響きを感じ取り、振り向くこともできないままわずかに首を竦めると、いいえ、と鳥海が先ほどとは違うにこやかな声を出した。

（……――？）

けれどそのにこやかな声は、どこか怒っているようにも聞こえ、つい振り返ってしまいたくなる。

「少々、お預かりしている方です。……申し訳ありませんが、そろそろ他の方のご迷惑にもなりますし、私達はこの辺で」

「あ、ああ。そうですね。失礼しました。では」

焦った相手の声とともに、鳥海が真広の肩を抱いて促す。フードで顔を隠し俯いたまま、鳥海に連れられて足を進めた真広は、展示室の角を曲がり相手の姿が見えなくなったところで、鳥海を見上げた。

「あの……」

「悪かったね。楽しんでもらおうと思っていたんだが」

「いえ、そんな。十分楽しいです。それより、お仕事の邪魔になったんじゃ……」

そう問うと、鳥海が苦笑する。別の展示室に入り、少し薄暗くなったところで、背後を見た鳥海が真広のフードを取った。広くなった視界で鳥海を見上げていると、肩から鳥海の手が離れ再び並んで歩き始める。

「今日の仕事はもう終わったから、今はプライベート優先だ。たとえ仕事相手でも、挨拶くらいはしてもあまり長話はしたくないね」

「なら、いいんですけど……」

自分のような子供を連れて歩いていたから、鳥海に恥をかかせてしまったんじゃないだろうか。そう思っていると、鳥海の手が軽く真広の頭に乗せられた。

「私だってプライベートくらい、気の休まらない仕事の話をするより、こうしてのんびりしている方がいい。ところで、まだこれから予定があるんだが、どうする？」

「あ、はい。行きたいです」

鳥海の優しい笑みに、落ち込んでいた気分がふわりと浮上する。先ほど感じた視線のこともいつの間にか気にならなくなっており、真広はつられるように微笑んだ。

「よし、じゃあ時間までもう少し見て回ろうか」

どこか楽しそうな鳥海の声にほっとしながら、真広は「はい」とにこやかに返事をするのだった。

「どうだった？」

「お菓子もお茶も美味しかったです！　あ、でもちょっと足が痺れました……」

苦笑しながらそう言った真広に、鳥海があははと声を上げて笑う。

「正座は慣れないとなかなかね。苦手じゃなくてよかったよ」

「はい！　ああいうところも初めてだったので緊張しましたけど、楽しかったです」

あれから向かったのは、美術館に併設された茶室だった。チケットを買うと、時間ごとにそこでお抹茶をいただくことができる。作法もなにもわからない状態だったが、幸い、この時間は鳥海と真広、そして老夫婦だけで、あまり人目を気にせず楽しむことができた。

真広が緊張しているのを見て取ったのか、裏で点てたお抹茶を運んできた着物姿の女性も、微笑ましそうに『正座が苦手なら足を崩して寛いでくださって構いませんよ』と声をかけてくれたのだ。

こういう場所はもっと作法に厳しいと思っていたと驚く真広に、隣に座る鳥海も正座はしつつもゆったりとした雰囲気で、さほど作法も気にせず出されたお抹茶を飲んでいた。

『こういうのは、失礼にならない程度にきちんとしておくだけで、後は美味しくいただくのが一番だよ』

その言葉にようやく肩から力を抜き、お抹茶は少し苦いので先にお菓子をどうぞ、という女性の勧めに従って出された干菓子を食べ、その後、ゆっくりとお抹茶をいただいたのだ。

そんな真広の様子を一緒に茶室にいた老夫婦も微笑ましそうに見ており、帰り際には「お茶とお菓子は美味しかった？」と声をかけてくれた。

「楽しんでもらえたならよかった。……どうぞ」

地下の駐車場に着き、車の助手席の扉を開けてくれた鳥海に、ありがとうございます、と頭を下げて乗り込む。

そうしてシートベルトをつけようとしたところで、運転席に乗った鳥海が「さて」とハンドルに腕を乗せてこちらを向いた。

「帰る前に一つだけ、聞いてもいいかな」

「は、はい」

向けられる鳥海の視線に背筋を伸ばすと、そんなに緊張しなくていいよ、と苦笑される。

「ここのところ、なにか気になっていることがあるようだけど。さっきも、周りを気にしていただろう？」

「あ……」

一瞬のことだった上に、鳥海はこちらに背を向けていたはずなのに、気がつかれていたのか。そう思いながら、俯く。

この間、灯から聞かれた時は、初めてのことだったため「なんでもない」と言ったが、あれから数回同じようなことがあった。

けれど、実際誰かの姿を見たわけでもなく、今日など一緒にいた鳥海がなにも感じなかったのだから、本当に気のせいかもしれないのだ。

（それでも……）

こうなったら、言わないわけにはいかないだろう。そう思い、膝の上で拳を握りしめた。

「……なにかあった、っていうわけじゃないんです。ただ、なんとなく、視線……みたいなものを感じることがあって。でも、鳥海さんがなにも感じなかったのなら、やっぱり気のせいなんじゃないかと」

「視線、か……。あまり、いい意味じゃなさそうだね」

「本当に、わからないんです。少し嫌な感じはしましたが、灯さん達に周囲に気をつけろって言われてるから自意識過剰になってるだけかもしれないですし」

「誰かの姿を見たとかは？」

その問いに、ふるふるとかぶりを振る。そうして、鳥海に問われるままに、気になった場所を告げた。

「……そうか」

なにかを考えるように押し黙った鳥海に、真広は心の中で諦めとともに溜息をつく。

積極的に言えずにいたのは、曖昧すぎて自信が持てなかったことが一番だが、言えば確実に手伝いが中止になるだろうという思いもあったからだ。こうして鳥海が誘ってくれることも、もうなくなってしまう。そう思えば、自然と口が重くなってしまった。

けれど、それでなにかあった時に困るのは、灯や鳥海なのだ。ならば、いずれ話さなければならないことではあった。

「わかった。清宮さんにはこちらから伝えておこう。これからのこともあるからね」

「はい。あの……、すみません」

結果的に隠すような形になってしまい、頭を下げる。そんな真広に、だが鳥海は困ったような笑みを浮かべるだけで責めることはしなかった。

「相談はして欲しかったと思うけど、真広君も、はっきりしなかったから言えなかったんだろう?」

「……はい。でも、やっぱりそれだけじゃなくて。もう、お手伝いができなくなると思ったので……。ごめんなさい」

きっと、呆れられてしまっただろう。そう思いながら唇を噛むと、なぜか隣からくすくすと笑い声が聞こえてくる。不思議に思って顔を上げると、そこには楽しそうに笑っている鳥海の姿があった。

「いや、ごめん。でも、そんなこと黙ってれば誰もわからないのに」

本当に律儀な子だねえ。笑いながら言われ、かああっと頬が熱くなる。恥を重ねてしまったらしいことに泣きたくなり、唇を引き結んで俯く。羞恥から滲みそうになる涙を堪えていると、笑いを収めた鳥海が落ち着いた声で尋ねてきた。

「真広君は、どうしたい？」

「……え？」

「やめたい？　やめたくない？」

手伝いを頼まれた時と同じように、真広の意志を問う言葉に、うっすらと涙が滲んだ瞳で鳥海を見る。そんな真広の表情に、一瞬だけ驚いたような表情を浮かべた鳥海が、苦笑とともに手を伸ばして真広の頬に当てる。親指の腹で眦を軽く撫でられると、背筋にぞくりと――悪寒とは違うなにかが走った。

「あ……」

思わず目を伏せると、鳥海の手が離れていく。そうして、真広の答えを待つように車内に沈黙が落ち、真広は拳を握りしめたままゆっくりと口を開いた。

「灯さんにも、鳥海さんにも、迷惑はかけたくありません」

「……――」

「でも……。できるなら、このまま続けたい、です」

今回の手伝いのきっかけは、柊也の料理を食べて兎耳を隠す訓練をすることではあった。だが今は、みんなと一緒にやる仕事がとても楽しいのだ。

「うん。なら、このまま続行ってことでいいかな」

「え？」

だが予想外にあっさりとした答えに、ついぽかんとしてしまう。まじまじと鳥海を見つめると、そんなに見開いてると目が落っこちるよ、と頬を指でつついて笑われてしまった。

「子供の安全を守るのは大人の義務。同時に、可能な範囲で子供にやりたいことをやらせてあげるのも、大人の務めだ」

「鳥海さん……」

真広の希望を最大限尊重してくれるその言葉に、先ほどとは違う意味で泣きたくなってしまう。そして同時に、子供、と言われたそれに胸が痛んでしまった。

贅沢だとわかっている。けれどどうやっても、真広は鳥海にとって庇護すべき子供以外の存在にはなれないのだ。

そう……。柊也を見つめていた時の、優しく楽しげな瞳。あんなふうに見てもらうことはできないのだ、と。そう思った瞬間、見開いた目からぽろりと涙が零れ落ちた。

「あ……」

「真広君？」

先ほどのように堪えようとしても堪えられず、泣きたくないのにぽろぽろと涙が零れ落ちてしまう。嬉しいのか、悲しいのか。それもよくわからないまま、真広は頬を流れる涙を必死で拭った。

「……っ、ごめんなさい。なんでもないんです」

慌てて掌で頬を擦(こす)っていると、不意に鳥海の腕が伸びてくる。あ、と思った時には背中に回った腕に引き寄せられ、温かな胸に顔が押しつけられていた。

「と、りかい……さん？」

驚きに涙に濡(ぬ)れた目を見開き、だが、その温かさに再び視界が歪む。どうして泣いてしまったのか、自分でもわからない。ただ、嬉しいはずなのに胸が痛かった。この温かさが、決して手の届かないものだとわかっているから。

ごめんなさい。

誰にともなく心の中で呟きながら、真広は温かな胸に顔を寄せ、静かに涙を零し続けるのだった。

◇◇◇

「もう耳に入っているとは思うけど、あっちじゃ長門(ながと)とフィツェリアの奏上した意見書が中枢から棄却されて、今、異議申立てをしているところらしいよ。まあ、当然なんだけど」

呆れを隠しもせずにそう言った灯は、報告書らしい書類をばさりとソファテーブルの上に放り出した。

『青柳サービス』の最上階。灯の仕事部屋で、鳥海は灯と向かい合うようにソファに座り、背もたれに身体を預けていた。灯の背後には、秘書である近衛が無表情で立っている。

現在、真広は隼斗とともに定食屋『ふじの』に行っており、その時間を見計らって鳥海はここへ足を運んだのだ。

理由は決まっている。獣人達の動向に関する情報の擦り合わせと、真広に関する対応について話すためだ。

先日出掛けた際、真広から時々視線を感じると聞き、鳥海はその日のうちに灯に連絡をとった。そして灯からすぐに返事があり、真広がいない場所で話すことになったのだ。

「らしいですね。長門の馬鹿息子が一部の獣人を連れてこちらに来たという報告を受けていますが、そちらは？」

「観光だってさ。今のところ禁止する理由がないから規定の日数で許可したけど、力の『封じ』ついでに追跡できるようにしておいた」

「まあ、そんなところでしょうね。フィツェリア側は裏で名家の幾つかに声をかけているそうです。うちと笹井、古参が残っている家は除外されているようですから、万が一賛同する家があったとしても、せいぜい二、三家というところでしょう」

「中核となる名家と同数程度の数が揃えば、ってところかな。うん、馬鹿だね」

きっぱりと笑いながら言う灯に、鳥海もまた否定せず肩を竦める。そしてこれは、名家側の情報を探っている鳥海の実家でも同意見だった。当然ながら言葉はもう少し穏やかだが。

「フィツェリアは一応、名家の中でも笹井と並ぶ最高格の家ではありますから。希望があると思っているのでしょう。これを機に、中枢の中でも中核に食い込むつもりなんじゃないですか」

「その辺の政治的いざこざは、勝手にやってくれればいいけど、こっちにまで火の粉を振りまいてくるのは止めて欲しいよね」

「……どちらかと言えば、そっちの火の粉がこっちに降りかかっている気がしますが？」

やれやれ、と溜息をつくと、灯がじとりとした視線を向けてくる。

「本当に、最初の頃から可愛げがなかったけど、年々憎たらしさが増していくよね、君」

「生憎(あいにく)、可愛げはあちらの世界に置いてきましたので。とはいえ、清宮に刃向かうような面倒くさ……いえ、無粋な真似(まね)はしませんからご安心を」

「面倒くさいって、なにそれ」

嫌そうに眉間に皺を刻んだ灯は無視し、それから、と話を続ける。

「こちらで動いていた獣人達については、監視を続けていますが、今のところ目立った動きはないですね。仲間を増やそうとはしていますが、実際に動いたのはペナルティ組の二割程度ってところでしょう」

「うちが把握してるのと大体同じかな。強制送還したやつらはこっちに来られないから置いておくとして、ペナルティ持ちはあと一回で強制送還だし、もう少し動かないと思ったんだけど」

ペナルティとは、こちらで騒ぎを起こした獣人に与えられるものだ。故意かどうかはあまり関係がなく、犯罪以外のことでかつこちらに対する影響が軽度の場合に、一度だけ与えられる猶予だった。

ただし、次に騒ぎを起こした場合は、問答無用で強制送還となる。

「長門の権利委譲の話に、上手く乗せられているんでしょう。権利が移れば、ペナルティも消えますから」

「……その辺、全部まとめて送り返そうかな」

ぼそりと呟いた灯の背後で、近衛が「灯様」と声をかける。わかってるよ、と嫌そうに呟く灯に、鳥海も思わず苦笑した。

「それが一番手っ取り早くはありますけど。まあ、今後のことを考えたらやめておいた方が無難でしょう」

「反対はしないんだ？」

「反対する理由は特にありませんから。ただ『清宮』の資質が問われるだけです」

「……本当に、嫌なガキだよ、君は」

真広の前では絶対に見せないだろう灯の冷徹な表情に、鳥海もまた冷笑を浮かべる。

「それから、報告した真広君の件ですが、なにか見つかりましたか？」

「いや。一応、他の怪しそうな獣人達の動向も探ってみたけど、真広に近づいた形跡があるやつはいなかった。そっちは？」

「こちらも、心当たりは調べましたが、まだ。万が一のことを考えて、人間側の協力者の線も調べています。……私が気配を感じなかったのなら、そちらの可能性の方が高いかもしれませんから」

そう言った鳥海に、灯が不意に首を傾げる。先ほどまでとは違い落ち着いた声で、だがその瞳は鋭く探るようにこちらを見つめていた。

「真広の気のせいだ、とは言わないんだね。君は」

「一度なら気のせいでも、複数回あったのなら気のせいでは済まされないでしょう。こちらで生まれたとはいえ、種族的にも危機察知能力は高いはずです。訓練で力の制御ができ始めた今なら、私達には感じられない気配を感じても、不思議ではないですから」

「ふうん。……まあ、それならいいよ」

面白くなさそうな灯の声とともに、ふと、鳥海の脳裏に涙を零していた真広の姿が蘇る。

あの時、突然泣き始めた真広に、なにがあったのかはわからない。だが、静かに涙を零す真広を放っておくことができず、気がつけば抱き締めていた。

細く柔らかな、頼りない身体。腕の中にあったあの感触を思い出すと、今までになかった感情が自身の中にあることに否応なく気づかされ、内心で眉を顰める。

（……駄目だな）

あまり、よくない傾向だ。

期待させるようなことはしないように。そう自戒はしているものの、真広を前にすると放っておくこともできず、つい手が伸びてしまう。この間も、そうだった。

真広が自分を見る瞳は、あくまでも憧れだった。その瞳に映っている自分の姿があまりに理想化されすぎていて、ずっと居心地が悪かった。

だが、先日の真広の瞳にあったのは、これまでと違う感情で。純粋な子供のものから、痛みを知る大人のものへ――いつの間にか、変わっていたのだ。

鳥海に向けられていたのは、遠慮深い真広らしい、ささやかな熱。だがその瞳を見た時、鳥海の中にあった真広に対する興味が若干変質した気がした。

直接話すようになるまでは、清宮に囲われ甘やかされて育った子供だと思っていた。だが成長した真広は、狭い屋敷の中で育ったにしては視野も広く、変な頑（かたく）なさもなかった。さらに、自身の弱さや力不足を素直に認め前向きに努力する強さもある。それらが、鳥海の興味を引いたのは確かだった。

とはいえ、それでも鳥海の中で真広は庇護すべき存在であることに変わりはなく、今でもそうあるべきだと思っている。思っては、いるのだが。

「それで、真広についてだけど、そっちの意見は？」

淡々とした灯の声に、ふっと思考が中断される。違うことを考えていたと悟られぬよう、ゆったりとした態度を崩さず、そうですね、と続けた。

「本人の意志を最優先に、見えない範囲に警護を増やす方針で今まで通り、というのがこちらの希望です」

「保護者としては、あまり危険な場所に出したくはないんだけど？」

面白くなさそうに渋る灯に、鳥海は目を眇める。

「そんなことを言っていると、いつまでも外に出られませんよ。あの子が『清宮』の養い子であることは、どうやったって変わらないんですから」

「……そんなに、外に出たいものかな」

ぼそりと呟かれたそれは、誰に向けてのものか。何物にも興味を示さないような、深い諦観の滲んだその瞳に、鳥海は内心の驚きを押し隠す。

（あれは……）

『清宮』と呼ばれる、灯の本来の姿。それを考えれば、無理のないことかもしれない。そう思いながら、ちらりと灯の背後に立つ近衛を見遣った。表情も変えず、気配も変えず。ただ灯に付き従うように立つ近衛は、鳥海に視線を向けると、ごくわずか、鋭く目を細めた。

（これ以上は探るな、ということか）

向けられた意図を正確に読み取り、鳥海はそ知らぬふりで話を続けた。

「それで、どうされますか？」

「うちから警護を一人出して、真広の傍につける」

「状況次第で必要になるでしょうが、今の時点でそれをやると、真広君が気にして外に出るのを躊躇うと思いますよ」

「行かないなら、行かなくてもいい」

「やっと力の制御ができるようになって、本人もやる気になっているのに？　一生、あの子を屋敷の中に閉じ込める気ですか」

「危険な目に遭うよりマシだよ」

どこか投げやりに言う灯に、思わず舌打ちしそうになる。これまでとは違い、真広を閉じ込めようとする主張に無性に苛立ち、正面から灯を睨みつけた。

「……それが本気なら、私はあの子をここから連れ出しますが？」

「へえ。君ごときに、そんなことができると思ってるの？」

冷笑を浮かべこちらを睨んでくる灯との間で、一触即発の空気が流れる。だが、その空気をあえて読まないまま、灯の背後に立つ近衛が淡々と言葉を挟んだ。

「ひとまず、周辺の警護を増やして、追跡用に加工した装身具を常に真広様に身につけておいていただくのはどうでしょう。真広様なら、きちんと説明すれば嫌がらないでしょうし、無茶もなさらないでしょう」

「……――」

冷静な近衛の言葉に、灯がむすっとしたまま鳥海から目を逸らす。これは、了承とみていいだろう。そう思いながら、鳥海は気配を緩めて近衛に視線を向けた。

「その辺りは、そちらの方が適任でしょうからお任せします」

「承知しました」

「もしかして、真広を連れ回すのも続ける気？」

不満そうに告げた灯に、ええ、とこともなげに答える。

「折角、耳が隠せるようになったんです。少しは外に慣れた方がいいでしょう。とはいえ、当面、人の多い場所には行きませんし、目は離しませんからご心配なく」

もちろん、真広君の希望を聞いた上でになりますが。そう続けると、灯はそれ以上反対することもなく押し黙った。

「……あの子が楽しそうにしているうちは、まあ、いいよ」

その言葉に、自分には連れて行ってやれないから、という寂しさに似た感情が滲んでいると感じたのは、恐らく気のせいではないだろう。

基本的に、灯は人前に姿を晒(さら)さない――いや、晒せない、といった方が正しいだろう。鳥海や隼斗のように灯と直接会っている獣人の方が特殊なのは、承知している。

自分がおおっぴらに動くことができないからこそ、こうして鳥海が表立って動くことを受け入れ、利用しているのだ。

（まあ、利用しているのはお互い様だが）

表で鳥海が、裏で清宮が動くことで、互いに不足を補い合っている。鳥海もまた、裏で清宮が集めた情報を流してもらうことで、自らの利益としていた。

「落ち着いたら、食事にでも連れて行ってあげたらどうですか。あの子は、それだけで喜ぶでしょう」

肩を竦めた鳥海の言葉に返ってきたのは、そうだね、という小さな呟きだけだった。


自社の入っているオフィスビルの地下駐車場に車を停めた鳥海は、緊張気味に助手席に座る真広に声をかけた。

「申し訳ない。先に屋敷へ送ってからと思ったんだけど」

「いえ！　とんでもないです。お仕事の方が大事ですから。あの、僕はここで待っていた方が……」

「いや。悪いけど、一緒に来てもらえるかな。そんなに待たせないから」

「はい」

慌てて車から降りた真広の背中に手を当て、促すようにして駐車場を歩く。

軽く触れているだけだが、掌から真広が緊張しているのが伝わってくる。先日、鳥海の前で泣いてしまったのが気まずいのだろう。普段と変わらないようにと努めているらしいが、こうしたちょっとした触れ合いで真広が先日のことを気にしているのだとわかる。

とはいえ、離してやりたいのは山々だが、外を歩く際に傍から離すことはできない。

自社の入っているこのビルは、オフィスビルとはいえ地下にはレストランなどが入っており関係者以外も立ち入ることが可能なため、土日といってもそれなりに人がいる。関係者しか立ち入れない、一階のセキュリティゲートを潜ってしまえば問題はないだろうが、それまではこうしていることを我慢してもらうしかなかった。

（……いや、都合のいい言い訳だな）

実のところ、今、手の中にある体温を傍から離す気が毛頭ないことに、あえて目を瞑って（つぶ）いるだけだ。

今の真広が自分に抱いているだろう感情に、気づかないほど鈍くはない。それがどの程度のものかまではわからないが、近づけば近づくほど、厄介になるだろうことは考えなくてもわかる。

冷静に状況を分析している自分と、それに目を瞑って行動している自分。常にない自分の中の矛盾がどういった感情に起因するものか。それを認めてしまえば、取り返しのつかないことになるという予感はあった。

(全く、厄介な)

これまで一度も、感情が理性を上回ったことはなかった。常に自分にとっての——そして周囲にとっての最善を考え、行動してきたつもりだ。

なのに、真広に対してはそれができていない。どう考えても、真広の気持ちには気づかないふりをしたまま距離を置いた方がいいはずなのに、自ら傍に置こうとしてしまう。

この仕事を依頼した時には、ただ知り合いの子供を支援するくらいの軽い気持ちでいたはずなのに、だ。

「大きいですね……」

エレベーターに乗り、一階に着いたところで真広が感嘆の声を上げる。

土曜日ということもあり、幸い一階にはさほど人も多くなく、鳥海は真広を連れセキュリティゲート近くで足を止めた。

このビルは警備が厳しく、原則全員セキュリティカードが必要となる。いつもなら受付で来客用のカードを借りられるのだが、土曜日で受付が休みのため、秘書の百瀬(ももせ)に予備のカードを持ってきてもらっているところなのだ。

「色んなオフィスが入っているビルだからね。うちは、ここの上にある三フロアだけだよ」

「こういうところ、初めて入りました。社会見学みたいで、ちょっと得した気分です」

えへへ、と無邪気に笑う真広に、内心の葛藤を押し隠し頬を緩める。

施設からの帰りのため真広の兎耳も隠れており、フードを取っている。特に意識したわけではなかったが、ふと肩に置いた手を上げ触り心地のよさそうな髪を指で梳くと、途端に真広が赤くなった。

「あ……」

触れられることに慣れないでいるその反応をもっと引き出してみたくなり、そのまますりと頬を指の背で撫でると、上気した顔で真広がぎゅっと目を閉じた。固くなった身体はかすかに震えており、やりすぎたかと苦笑する。

(これ以上やると、隠している耳が出そうだな)

そう思いながら手を肩に戻すと、何食わぬ顔で続けた。

「そういえば、仕事はこれで終わるから、時間も空くし、真広君がよければお茶でもして帰ろうか」

「……いいんですか?」

今日は、夕方から会議の予定が入っており、施設での仕事が終わった後、そのまま真広を屋敷に送って行く予定だった。だが、その会議がキャンセルになり、代わりに至急の連絡が入ったため、真広を送る前に会社に立ち寄らせてもらったのだ。

急ぎとはいえ、単に社長である鳥海のチェックと承認が必要なだけのものである。さほど時間はかからないから、との提案に、真広が目を見開いた。

「ああ。どうかな」

「あの……。鳥海さんのお時間が大丈夫なら、行きたいです」

頬を染めたまま俯いた真広に、目を細める。そうして、ビルの奥に百瀬の姿を認めた瞬間、ざわりと肌が粟立ち真広の身体を強く引き寄せた。

「……っ」

同時に気配に気づいたのか腕の中で真広が硬直し、直後、物陰から男が飛び出しこちらに向かって走ってくる。

「うおぉぉぉ……――っ‼」

叫び声とともに突進してくる男に、真広が息を呑む。その身体を庇うように背にし、鳥海はナイフを持つ男の手を摑んだ。ぎり、とわずかに獣人の力を解放しながら強く握ると、男が苦悶の声を上げてナイフを取り落とす。骨を折るぎりぎりのところで力を調整し、手首を捻って男の身体をひっくり返すと地面に沈めた。

「きゃあああ！」

一拍遅れ、誰かの悲鳴が響く。俯せに倒した男の背中に素早く膝で乗り上げて起き上がれないようにすると、百瀬がどこかに連絡をしながら駆け寄ってくる。

「社長！」

「こっちはいい。真広君を頼む」

「はい」

　答えた百瀬が、茫然と立ち尽くしている真広を守るよう傍に立ったところで、ビルの奥から警備員が数名駆け寄ってきた。暴れる男を押さえつけた鳥海の傍に来ると、すぐに身柄の拘束に手を貸してくれる。

「大丈夫ですか！」

「警察に連絡をお願いします。後、そこに男が所持していたナイフがあります」

　離せ、とわめく男を警備員達に引き渡すと、他の警備員が手早く指紋がつかないよう布でナイフを拾い上げた。

「くそ！　お前のせいで、俺は、俺は……っ！」

　男の視界から真広の姿を隠すように移動すると、男が血走った目でこちらを睨んでくる。その目を冷たく見下ろし、鳥海は切り捨てるように男に告げた。

「誰かと思えば……。逆恨みか」

　淡々とそう言った鳥海に、男がかっとしたように暴れ出す。

「お前のせいで、俺の会社は潰れたんだ！　お前のせいで……っ！」

「私のせい？　うちだけじゃなく他でも同じことをやっていたなら、切られて当然だ。自業

「自得だろう」

「お前が嵌めたくせに……っ！」

「嵌めた？　私は、真実を暴いて同じく不利益を被る者に情報を共有しただけだが？　信頼関係を踏みにじるような真似をしたのは、そっちだ。人のせいにするな」

なおも食ってかかろうとする男を、警備員達が押さえ込む。その姿を睥睨し踵を返すと、百瀬が被せたのだろう、顔を隠すようにフードを被り不安そうにこちらを見ている真広の肩を抱いて百瀬に声をかけた。

「後は頼む」

「はい。こちらで全て片付けておきます。チェックだけして、そのまま送っていただいて構いません。なにかあれば、連絡します」

「ああ」

そう言葉を交わすと、鳥海は真広を連れてセキュリティゲートを潜る。男の罵声が背後から聞こえるが、無視したままエレベーターに乗り込んだ。

肩を抱いた手から、真広が震えているのが伝わってくる。その細い身体を軽く抱き寄せると、躊躇いつつも真広が身体をそっと寄せてきた。

鳥海の執務室がある階に着き、真広の肩を抱いたまま人気のない廊下を歩く。執務室に入ると、応接用のソファに真広を座らせ、泣いていないだろうかとフードを下ろした。

「あ、ごめんなさい……」

咄嗟に頭を押さえるように、真広が両手を上げる。そこには、隠していたはずの兎耳が出てしまっており、怖い思いをさせてしまったことに内心で歯噛みする。

「……悪かったね。怖かっただろう。怪我は？」

隣に座り宥めるように背中を撫でると、ふるふると真広がかぶりを振った。

「僕は、大丈夫です」

かすかに震えてはいるが、気丈な声でそう告げる真広に安堵する。

それと同時に、あまり見られたくなかった自分を見られてしまったことに、気づかれぬよう溜息をついた。

これで、真広の中にあった自分のイメージは大きく変わってしまっただろう。

あの男は、元々、鳥海が経営するレストランと契約していた仕入れ先の跡取り息子だった。

だが、先代社長が亡くなりあの男が跡を継いだ頃から、扱う食材の品質が徐々に変わっていったのだ。

気がついたのは、そのレストランを任せている男が人間より鋭い五感を持つ獣人だったからというのもあるだろう。仕入れた食材の味や匂いが先代の時と全く違うことに気づき、鳥海に報告が上がった。そして調べた結果、輸入した安価な食材を国産と偽り高値で販売していたと判明したのだ。

調査結果が出た時点で、鳥海は裏で手を回し、男の産地偽装が明るみに出るよう罠を張った。そして男は、疑うことなくこちらが準備した食材に手を出し、それを販売しようとしたことで自滅したのだ。もちろん他社には、あらかじめ該当する食材を仕入れたら注意するようにと促していた。

輸入食材を仕入れて販売すること自体は、なんの問題もない。だが、それを国産と偽るのは犯罪だ。情報はすぐに広がり、男の会社は取引先のほとんどを失って倒産した。

百瀬の調査では、その後、男は離婚され一家離散したと言っていたから、その辺りの恨みもあってのことだろう。

鳥海の立場からすれば完全な逆恨みだ。男にかける同情心は微塵もなく、自業自得だと言ったあれも本心だ。

けれど、真広の中の鳥海は、もっと優しげであっただろう。あんなふうに、冷淡に人を切り捨てるようなことはしないはずだ。

(理想はあくまでも理想だからな。関わっていたら、遅かれ早かれこうなっただろうが)

鳥海は、決して憧れを抱くような存在ではないのだと。

それを真広が認識することを望んでいたはずなのに、実際にそうなると、どこかで残念だと思っている自分がいることに自嘲する。あの憧れに満ちた瞳や熱が重くはあったものの、決して嫌なものではなかったのだと、その時に改めて気づいた。

とはいえ、これで真広の自分に対する気持ちも冷めたはずだ。そう心の中で呟くと、真広の頭をぽんぽんと軽く叩いた。

「なにか、飲むものでも淹れてこよう」

そう声をかけると、だが、予想に反して真広が鳥海のスーツを握ってくる。ようやく震えが収まってきたらしいその手を握ってやると、涙の滲んだ瞳で鳥海を見上げてきた。

「あの。鳥海さんは、大丈夫ですか……？　怪我とか……」

ひどく心配そうにそう聞いてくる真広に、鳥海は優しく微笑む。

「大丈夫だ。ナイフは避けたし、掠ってもいない」

安心させるようにそう言うと、真広がほっと安堵したのがわかる。

「良かったです。怪我がなくて……」

そう言った真広の髪を、耳ごと軽く撫でてやる。

「ああいうのは、できれば見せたくなかったんだが。こちらの仕事のトラブルに巻き込んでしまってすまない」

「……いえ。ああいうことも、あるんですね」

ぽつりと呟いた真広に、さすがにそうそうあるわけじゃないよ、と苦笑しながら告げる。

男の素性とトラブルとなった原因を話すと、黙って聞いていた真広はこくりと頷き、ゆっくりと息を吐きながら俯く。

「すみません。男の人の怒鳴り声が……いまだに少し苦手で。必要以上に、怖がってしまいました」

「いや。……ああ、もしかして、昔の？」

思いついたそれに、真広が気まずげに苦笑する。否定しない、ということはそうなのだろう。鳥海にとっては単なるトラブルの一つだったが、やはり被害者である真広の心にはまだ傷を残していたのだ。それならば、今回のことは余計に怖かっただろう。

「……怖かったのは、それだけ？」

「え？」

自分でも意識しないままにそう問うと、真広が先ほどまでの怯えを忘れたように、きょとんとした目でこちらを見つめる。

「私のことは？」

「鳥海さんのこと、ですか？　え？　それは全然、怖くないです」

思いがけないことを言われた、という真広の表情に、驚きとともにひどく安堵している自分がいた。だが、どうして安堵しているのか。自分の感情が摑めないという経験があまりなく、そのことにも鳥海は内心で驚いていた。

「そう。ならよかった」

自然と笑みが浮かび、真広の顔がじわじわと赤くなっていく。その様子が無性に可愛いと思え、鳥海は真広の垂れ耳をそっと撫でた。そうして、滑らかな毛並みの左耳を掬うように軽く持ち上げ唇を寄せる。

「……っ！」

身体に回した腕の中で、真広が硬直する。見れば、真っ赤になった顔があり、鳥海はこれまでにない感情が自分の中に湧き上がっていることに気がついた。

『面白い』を上回るほどの……――『愛しい』という、それ。

この可愛い生き物を、誰の手にも触れさせたくない。

そんな強い感情が自分の中にあることに驚き、そしてそんな自分に、面白いと心の中で笑みを浮かべたのだった。

◇◇◇

「うわあ、広い！」

声を上げながら、真広は砂浜の上で足を進める。気持ちは走りたいのだが、砂に足が埋まってしまうため、思うように進めないのだ。

鳥海の会社でのトラブルがあった数日後、日を改めて、怖がらせてしまったお詫びにと鳥海が食事に誘ってくれた。

施設の仕事がない日だったため、灯に行ってもいいか確認したのだが、すでに鳥海から連絡が入っていたらしく、不満そうではあったが許してくれた。

トラブルがあったことはその日のうちに鳥海経由で灯に話が通っていたが、それについては、真広に怪我がなかったことや、トラブル後の鳥海とのやりとりで真広の恐怖心が完全に吹き飛んでしまっており——もちろんそうとは伝えていないが——真広に怖がっている様子がなかったことから不問となったらしい。

とはいえ、別の意味で挙動不審になってしまい、灯に訝しがられてしまったのだが。

「真広君、転ばないようにね」

後ろから笑い混じりの声が届き、はい、と返事をする。

そして今日、夕食には早い時間に鳥海が車で迎えに来てくれ、しばらく車を走らせた後、着いたのは都心から離れた海辺の街だった。平日のため人は少なく、さほど周囲を気にせずにいられる。

週末ではないのに、仕事は大丈夫なのだろうか。そう思い問えば、週末出勤した分の代休だから構わないという答えが返ってきた。上が休んでおかないと下が休めないんだよ。そう言われ、折角の休みを潰してしまった罪悪感はあれど、誘ってもらえたことは嬉しく素直に礼を言ったのだ。

なにより、私服の鳥海を見られたことが一番の驚きだった。迎えに来てくれた鳥海を見て目を丸くしていると、休みの日にまでスーツは着ていないよと笑われてしまった。

とはいえ、スーツより多少ラフではあるが、薄いブルーのシャツと、濃い色合いのスラックス、そして春物のジャケットという姿で、真広の身近にある私服とは全く違っていたが。

「海に入るにはまだ寒いだろうから、濡れないようにね」

後ろからついてきている鳥海が、波が届かないギリギリまで足を進めた真広に声をかけてくる。

「はい。でも、こうしてるだけでも海風が気持ちいいです。海は、小さい頃に一度だけ連れてきてもらったことがあるんですけど、こんなふうに近くで見れなかったので」

少し前に進んでしゃがみ、足下まで届く波に指先で触れる。ひんやりとした感触はすぐに引いていき、またすぐに戻ってきて指を濡らした。

「まあ、早朝や夜じゃない限り、人も多いだろうしね」

「そうなんです。でも、朝早くは僕が起きられなかったし、夜は海が見えないしで」

大きくなってからは、灯や屋敷の人が誘ってはくれたが、遠出をするために手間をかけさせるのが申し訳なくて断っていたため機会がなかったのだ。

立ち上がりじっと海を眺めていると、隣に鳥海が立つ。

「こちらに来たばかりの頃、こうしてよく海を眺めに来ていたんだ。早朝や夜の海も、なかなかいいものだよ」

「そうなんですか？」

「あちらにも海はあるけれど、住んでいた場所からは遠くて、なかなか見に行けるものではなかったからね」

見上げていた鳥海の瞳が、懐かしそうに細められる。

「あちらは、どんなところですか？」

実のところ、灯や屋敷の人達からもあまり聞いたことはないのだ。

灯が時折仕事で行っているのは知っているが、自分があちらのことを聞いて良いのかもわからず、詳しく教えて欲しいと言ったことがなかった。そのため、ふんわりとしたイメージしかないのだ。

こちらで生まれ育った真広にとって未知の世界であっても、鳥海にとってはもう一つの居場所なのだ。そう思えば、今更ながらに知りたいという気持ちが芽生えてきた。

「そうだね。どんなところ、と言われれば、こちらと大きくは違わないかな。もちろん違うところも多いけれど、全くの異世界というわけでもない」

「そうなんですか？」

驚きつつ目を見張ると、ああ、と鳥海が笑みを浮かべる。

「恐らく、似て非なる場所だからこそ、道が繋（つな）がったんだろう」

「ええと……。その、道っていうのは、どこにでも開くんですか？」

あちらからこちらへ来るには、色々な条件を満たさなければならないと聞いている。

「いや。決まっている。あちら側では、ごく稀（まれ）に突発的に道が開くことはあるが、こちら側に出てくる場所は決まっているようだよ。それら全てを清宮がきちんと把握し管理しているから、我々獣人がこちらで問題なく過ごしていけるんだ」

「そうなんですね……」

「あちらに興味がある？」

そう問われ、足下に視線を落とし、そのまま海に目を向ける。鳥海の故郷だから知りたいと思った。そんなことを言っても、困らせてしまうだけだ。

「知りたくなかったわけじゃないんです。ただ、どのくらい僕が聞いていいのかわからなかっただけで。……それに、灯さんやお屋敷の人達がいてくれたから、どうしても聞きたいと思うようなことがなくて」

「幸せだった、ということだね」

穏やかなその声に、はい、と素直に笑いながら頷く。

「たくさん、大事にしてもらいましたから。両親のことは覚えていないですけど、灯さんが色々話してくれましたし。僕にとっては、灯さんと両親で、親が三人いるみたいな感じ……あ、でもこれは秘密にしてください。灯さんに申し訳ないので」

「どうして？　清宮さんはまさに君の養い親だろう？」

不思議そうに問われ、慌てて続ける。

「それはそうなんですけど。でも、保護してくれた人というか……。灯さん、獣人の方達の中でも偉い人なんですよね。それなのに親って言うと図々しい気がして」

「むしろ喜ぶと思うけどね」

「そ、そうでしょうか……」

本当にそうなら、嬉しいけれど。そう思いながら、今ならば鳥海のことも聞けるだろうかと口を開く。

「鳥海さんは、あちらにご実家があるんですか？」

「ああ。私の母はこちらで言うシングルマザーでね。母が亡くなった時、父親の家に引き取られたんだ。だから、実家というには少し微妙だけれど」

「あ……、あの、すみません……」

あまり、聞いてはいけないことだったのかもしれない。そう思い俯くと、頭の上に軽く掌が乗せられる。大丈夫、というように撫でられ、掌はすぐに離れていった。

「別に、隠してるわけでも、重い事情があるわけでもないから大丈夫だ。鳥海の家族とも上手くやっているしね。末の妹が君より幾つか下だけど、最近じゃ、こちらに遊びに来たい連れて行けとうるさいくらいだ」

くすくすと笑いながらそう言う鳥海に、ほっと肩の力を抜く。と、身動いだ瞬間、砂浜に足を取られて身体が揺れた。

「わ……っ」

背中に鳥海の手が当てられ、支えられる。

「おっと。大丈夫?」

「はい、ごめんなさい……」

「砂浜は、足を取られやすいからね。散歩がてら、少し歩こうか」

「はい。……え」

おいで、と。さりげなく手を取られ、鳥海の大きな掌に握られる。そのまま、手を繋いで歩き始めた鳥海に、慌てて足を進めた。

「あ、あの、手、手が……」

どもりながら言うが、鳥海の手は離れていかない。困ったように見上げると、ちらりとこちらを見た鳥海が「転倒防止だ」と笑った。

握られた手から伝わってくる体温に、海を見て落ち着いていた鼓動が一気に速くなる。離して欲しいような、離して欲しくないような。そんな複雑な気分のまま、静かに並んで歩いていく。

静かな波の音に耳を澄ませ、意識的に鼓動を落ち着かせようとしながら、ぽつぽつと鳥海から聞かれることに答えていく。屋敷では、いつもどんなことをしているのか。好きなことはなにか。好きな食べ物はなにか。灯と、どんな話をしているのか。行ってみたいところはあるか。

一つ一つの質問に思い出を交えて返しているうちに、いつの間にか緊張で強張っていた身体から力が抜けていることに気づく。

(温かい……)

繋がれた手が。そして、心が。

この間から、ほんの少し鳥海との距離が近づいている気がする。なにがきっかけかはわからない。もしかしたら、真広を怖い目に遭わせた罪悪感から、今までより構ってくれているだけかもしれない。でも、それでも嬉しい気持ちに変わりはなかった。

鳥海が誰のことを想っていても、自分は鳥海のことが好きだ。

静かな時間の中で改めてそう思い、なぜか無性に泣きたくなってしまう。

幼い頃の憧れとは異なる、その気持ち。姿を見ることができれば幸せだった時とは全く違うそれは、真広に温かさと一緒に痛みをもたらす。

でも、それでも。好きでいることを止めることはできなかった。

「真広君?」

「……あ。は、はい!」

自分の気持ちを改めて認識しぼんやりとしていたのか、鳥海の声にはっと我に返る。

「大丈夫？　少し、寒くなってきたかな」

「いえ、それは……、っくしゅ！」

だが、タイミング悪くくしゃみが出てしまい、鳥海が苦笑する。

「やっぱり、身体が冷えてきてるみたいだね」

そう言った鳥海が、繋いだ手を離す。もう帰るのか。残念な気持ちで俯くと、ふわりと肩に温かなものがかけられた。

「え？」

「これで、多少はマシかな」

「で、でも、鳥海さんが寒く……」

「私は寒くないよ。こう見えても丈夫だからね」

真広の肩にかけられたのは、鳥海が着ていたジャケットだった。落ちないようにジャケットの襟を握ると、着ていていいよ、と促される。返しても受け取ってもらえなそうな気配に、落として汚すよりはと、もそもそと袖を通した。

すると、再び手を繋いだ鳥海から「もう少しだけ付き合ってくれるかな」と促され、この時間が終わってしまうことを残念に思っていた真広は、二つ返事で頷いた。

なんだか、夢を見ているみたいだ。繋がれた手を見つめながら、真広は身体を包む大きな服の温かさにそっと唇を引き結ぶのだった。

海辺近くにある料亭で夕食を食べ終えた頃には、日は落ち辺りは暗くなっていた。

こんな時間まで外にいたことはなく、真広は不思議な気分で鳥海とともに駐車場に停めた車に向かう。

駐車場の周囲に植えられた木々や花々が、照明によって照らされ、どこか幻想的な雰囲気を醸し出している。暗い場所でこういった景色を見ることがなかったため、物珍しさも相俟ってついぼんやりと見つめてしまった。

「どうかした？」

「綺麗だなあと思って……」

そっとかけられた声に、つい、素のまま言葉を返す。はっとして鳥海を見上げると、立ち止まっていた自分に合わせて足を止めてくれていた。

「あ、すみません！」

「いや、構わないよ。そういえば、夜景なんかも見たことがない？」

「実物はないです。写真集とかネットの写真で見たことはありますけど」

「そう。なら、清宮さんの許可が出たら、今度一緒に見に行こうか」

「……え？」

まさか、次の約束をしてもらうことができるとは思わず、茫然とする。そっと背中を押され促されるように歩き始めると、車に乗り込んだ。

「あの、それって……」

「また、こうして出掛けるのは嫌かな」

「い、嫌だなんて！　でも、何度も付き合っていただくのは……」

「無理に付き合うわけじゃなくて、私が真広君と行きたいから誘っているだけだよ」

さらりと告げられた言葉に、心臓が止まりそうになってしまう。

「な、なんで……」

「さあ、なんでだろうね」

くすり、と楽しげに笑った鳥海が、真広に覆い被さるように身体を近づけてくる。咄嗟に息を止め目を見開くと、鳥海が腕を伸ばし、シュッという軽い音とともにシートベルトが着けられた。

「……――」

「あまり遅くなると、清宮さんから苦情の電話が来そうだから、行こうか」

「は、い……」

口から心臓が飛び出てしまいそうだ。そう思いながら、どくどくと耳元で聞こえてくるほどに高まった鼓動に、かすかに喘（あえ）ぐ。シートベルトを握りしめて俯き、今日一日で起こったことの不可思議さに頭を混乱させていた。

灯と約束したことを守り一人にしないよう気にかけてくれていたけれど、常に一歩引いて見守るような態度を崩さなかった鳥海が、今日はとても近く感じるのだ。

いつからだろうか、と思い、多分あの時からだと記憶を蘇らせる。

(鳥海さんの会社で、耳に……)

あの時、兎耳に口づけられた感触を思い出し、一気に顔が赤くなってしまう。直後、もぞりと頭に覚えのある感覚がして、慌てて着ていたパーカーのフードを被った。

「真広君？　……ああ、戻ったかな？」

「すみません……」

「謝る必要はないよ。随分、長く維持しておけるようになったね」

くすくすと笑った鳥海は、一向に気にする様子もなく前を向いたまままそう答える。

肩にかかる耳の先を握りながら、どうして鳥海は、あの時、耳にキスをしたのだろうと思い返す。

(キス……)

心の中で呟いた途端、転がり回りたい衝動に駆られる。だが、隣に当の本人がいる状態でそんなことをするわけにもいかず、必死で俯き赤くなった顔を隠した。フードを目深にしているちょうどいい言い訳ができたと、内心でほっとする。

今までと違う距離感に、どうしていいのかわからない。鳥海の態度の違いに困惑し、もしかしたら柊也達のように鳥海の懐に入れてもらえたのだろうかと、変に期待したくなってしまう。

柊也のように、想ってもらえたら……。

不意にそう考えてしまい、心の中でかぶりを振る。あまりにもタイプが違いすぎる上、自分は子供扱いしかされていない。せいぜい、なれたとしても弟のような立場だろう。

それでも、少しでも鳥海に近づけたのなら嬉しかった。

(親愛の、印……)

弟、というその言葉がすとんと胸に落ち、耳にされたキスの理由を見つけた気がした。そういえば、昔は灯も真広を寝かしつける時に耳や額にキスをしてくれていた。それと同じようなものか。そう思うと、落胆しつつもほっとする、という複雑な状態になった。

(変なの……)

鳥海にどうして欲しいのだろう。自分を見て欲しいのか、欲しくないのか。

ただ、自分が好きなように、鳥海にも自分を好きになって欲しい。そう思うのだけは、いけない気がした。

……いや、絶対にそれが無理だとわかっているから、期待したくないだけなのだ。

期待しなければ、傷つくこともない。普段は見ない振りをしているが、その気持ちはいつも真広の心の片隅にあった。

万が一、ある日突然、与えられたものを全て失っても。元からなにも持っていない身なのだから、それが当然なのだと。与えてくれた人達に感謝だけ向けていられるように。

『お前が、当主に引き取られたとかいう子供か』

ずっと昔に向けられた刺々しい言葉と蔑んだ瞳が脳裏に蘇り、身体が強張る。

あれは、鳥海に初めて会って、一年ほどした頃のことだ。その頃にはもう一人で屋敷から出ないようにと言われていて、外といえば、敷地外から見えない庭に出るくらいがせいぜいだった。

その日は、灯に来客があるから、応接室には近づかないようにと言われていた。来るのは灯の親戚で、あまり仲が良くないのだと聞いていた。

真広は言いつけを守って自分の部屋に籠もっていた。だが、開けていた窓から、勉強に使っていた紙が数枚風で飛んでいってしまい、庭に落ちたのだ。

それを慌てて拾いに行こうとしたところで、運悪く、手洗いにでも行くつもりだったのか部屋から出てきたスーツ姿の壮年の男と鉢合わせてしまった、というわけだった。

しかもその時、間の悪いことに出掛けていた灯の帰宅が少し遅れていた。屋敷の使用人も席を外し、周囲に誰もいない状態で男が真広に気がつき睥睨してくる方が早かった。

『清宮の当主ともあろう者が、恥知らずにも稚児遊びか。馬鹿なことを。お前も、ここにいるからといって、清宮に名を連ねたなどと馬鹿な勘違いをするなよ』

男が怯える真広にそう言った直後、お茶を運んできた使用人が慌てて駆け寄ってくると強く押し止めた。灯の名を出され不本意そうに鼻を鳴らした男が応接室に戻り、茫然としたまま立ち尽くした真広は、他の使用人の手によって部屋に戻されたのだ。

あの時の、蔑んだ瞳は今でも強く脳裏に焼き付いている。その後、灯から男になにを言われたのか聞かれたけれど、灯には言えず、真広はかぶりを振るだけだった。

勘違いするな、と。ぶつけられた悪意と言葉は、真広の心に強く刻まれた。

それ以降、その男を屋敷で見ることはなかったけれど、成長して清宮の家が少し特殊であることを薄ぼんやりと理解し始めた頃には、一層、自分を戒めるようになった。

灯の慈悲によって与えられたものは、全て、自分のものではないのだから、と。

そんな中で、真広の心を支えてくれたのは、鳥海の存在だった。

翌日、真広は庭の片隅で膝を抱えていた。部屋でじっとしていると、男に言われたことを思い出してしまい、皆に心配をかけてしまう。そう幼い頭で考えた結果、花壇の世話をするふりをしていたのだ。

そして、そんな真広を鳥海が見つけてくれた。

『……気分でも悪いのか？』

あの時に、鳥海を見て泣いてしまったことで、胸につかえていたものが溶け、少しだけ痛みが和らいだ気がしたのだ。

（優しいのは、昔からだ。だからこれも……）

ぼんやりと物思いに耽っていると、ふと、車が静かに停まったのに気づく。見れば、いつの間にか屋敷の傍に着いており、自分がかなりの時間考え込んでしまっていたことに、ようやく思い至った。

「あ……」

「疲れたかな。悪かったね、長い時間連れ回して」

「いえ、違うんです。ちょっと、色々思い出して……」

気遣う鳥海の声に、慌ててかぶりを振る。

「今日は、本当に楽しかったです。ありがとうございました」

そう礼を言うと、それならよかったと、鳥海が優しく笑う。

「あの。……僕にも、なにかお礼をさせてください」

「ん？」

不思議そうに首を傾げた鳥海に、できることは少ないんですが、と眉を下げる。

「色々なところに連れて行っていただいていますし、ご飯もごちそうになってしまっています。せめてなにか……。僕にできることなら、なんでもいいので」

そう言うと、鳥海がやや驚いたように真広を見つめた。次の瞬間、苦笑しながら言い聞かせるような口調で告げる。

「そう安易に、なんでも、と口にするものじゃない」

「でも……」

自分に返せるものは、なにもないから。そう続けると、鳥海がふと笑みを収めて真広を見つめた。その視線にどきりとし、じわりと頬が赤くなる。

「……――、か」

「え？」

ぼそりと呟かれた言葉が聞こえず、首を傾げる。すると、するりと鳥海の手が頬に当てられ、指で頬を撫でられた。

「鳥海さん……？」

「少し、目を閉じておいてもらえるかな」

「……？　はい」

頷き、素直に瞼(まぶた)を落とすと、正面で苦笑する気配がした。どうしたのだろう。そう思っていると、不意になにかが近づいてきて、頬に温かなものが触れた。

「……？」

ちゅ、と軽く音がして、思わず目を開く。すると、目の前に鳥海の顔があり、間近で視線が絡んだ。

「……——う、あ」

ぼっと火がついたように、顔が赤くなる。その瞬間、鳥海の瞳が細められ、そのひどく艶めいた——とろりとした甘さを孕んだような表情に、息が止まる。

喘ぐばかりで言葉が出せないでいると、かすかな風とともに鳥海が離れていく。

一体、なにが起こったのか。茫然としながら、無意識のうちに頬に手を当て、真広はそこにある感触を思い出していた。

「……あまり無防備でいると、悪い大人につけこまれるよ」

……——こうなった以上、逃がす気はないけれど。

そんな小さな呟きは、頭の中が真っ白になりフリーズしてしまっている真広の耳に届くことはなかった。

「ありがとうございましたー」

客を見送る葛の声が聞こえ、真広は手を止めてパソコンから顔を上げた。

時計を見れば、昼営業の終わり時間を過ぎており、ならば最後の客が帰ったのだろうと作業を終わらせるためファイルを上書き保存する。

定食屋『ふじの』の二階。畳が敷かれた和室で、真広は一時間ほど、『ふじの』の前年分から先月分までの経理データを入力していた。本当は、葛と一緒に店を手伝うつもりだったのだが、店に着いたのがピークを過ぎた頃で、人が少なくなってきていたため、ならばこちらを手伝おうと柊也に許可をもらって二階に上がってきたのだ。

「真広、終わったー」

「はーい」

葛に呼ばれ、パソコンの電源を落として和室を出る。一階に下りると、厨房にいた柊也がスープとサラダを盛りつけた皿をトレイに載せて出てくるところだった。

「真広君、お疲れ様。賄い食べるよね」

「ありがとうございます。いただきます」

ぱっと笑顔で頷くと、柊也も笑みを返してくれる。

「お皿、並べます」

言いながらトレイを受け取ると、ありがとう、と言って柊也は再び厨房へ戻っていく。そんな柊也の背中に、カウンターの片付けをしながら葛が声をかけた。

「今日の賄い、なに？」

「ランチの残りのシチューでポテトグラタン。コンソメスープ付き。あ、ご飯とパンどっちがいい？」

厨房へ続くスイングドアから顔を出した柊也に、葛と顔を見合わせ二人同時に答える。

した。

笑いながら厨房へ戻った柊也を見送ると、片付けを終えた葛が、カウンター席に腰を下ろ

「はい、了解」

「パンがいいです」

「パン」


「そういえば、この頃、あいつと遊びに行ってるって？」

不意に聞かれたそれに、一瞬口ごもり、俯きながらこくりと頷く。

「遊びにっていうか、お茶とかご飯に連れて行ってもらってるだけだよ。……ええと、外に出る練習のために」

「……ふうん？　この間、あいつの会社でトラブルに行き当たったって言ってたよね。それからも？」

「え？　あ……、うん」

むしろ、それからの方が行っている回数は多いかもしれない。そんなことを思い、曖昧に頷いた。

あれから、鳥海は時々真広をお茶や食事に連れ出してくれるようになった。施設からの帰りはもちろん、それ以外の日でも、灯が仕事で屋敷を留守にする日などを見計らったかのように、灯を通して誘ってくれるのだ。

灯は、いつも不満そうにしながらも、真広が嬉しそうにしているからか出掛けることを許してくれている。ただし、なにかあったら連絡すること、変なことをされそうになったら逃げること、と何度も念押ししてくるようになったが。

（変なこと……）

あれは、変なことには入らないはず。そう思うのは、あの夜以来、帰り際にされるようになったお礼代わりの頬への口づけだった。

嫌だったり気持ち悪かったりしたら、正直にそう言うように。そう言われたものの、嫌でも気持ち悪くもなく、ただひたすら恥ずかしいだけなのでなにも言えずにいた。

（あれが、お礼の代わりになるのかな……）

優しく、軽く触れるだけのそれは、だがなにをされているかわかっていると余計に恥ずかしさが増した。

『真広君のほっぺたは、本当に柔らかいね』

そう笑われ、指で軽く摘(つま)むようにされることも増えた。頬や目元、そして耳を撫でる指にいつも翻弄されてしまい、折角隠していた兎耳が帰る頃には出てしまうのだ。

数日前に会った時は、真広が身動いだ拍子に、頬に触れていた唇が真広の唇の端に当たってしまい、若干パニックになってしまった。わたわたとしながら謝っていると、謝らなくていいからと楽しげに唇を指でなぞられたのだ。

あの時、身体中にぞくんとなにかが走った。それがなんだったのかはわからないが、しばらく——上気した頬が落ち着くまで、真広は車を降りることができなかった。

それでも、最初の頃、気がつけば屋敷の中まで送られていた時よりは記憶を保てるようになっているのだが。

「……顔が百面相してるけど、あいつになんかされた？」

「ひぇ⁉　な、ななな、なな、なんにもされてないよ⁉」

思い出していた場面が場面だけにどもってしまうと、じとりと葛が横目で見てくる。それに慌てて首を横に振っていると、ますます訝しげな視線を向けられた。

「……なんか、無理強いとか変なことされてるなら、ちゃんと誰かに相談しろよ」

ぼそりと呟かれたそれに、ふと、妙な実感が籠もっている気がして首を傾げた。

「う、ん。えと、葛君、誰かに……なにか、された？　もしかして、家出って……」

「……——っ！」

「大丈夫？　あの、僕じゃ頼りないかもしれないけど、もし力になれることが……？」

だが最後が疑問形で終わったのは、葛の顔が見たこともないほど真っ赤に染まっていたからだ。茫然としていると、「違う！」と葛がわめいた。

「違う、あれは……っ！　そりゃ、波田(はた)が急に約束は守ってもらうとか言って、あんなことしてきたけど、でも別に……——っ！」

「……波田さん？」

聞き覚えのない名前に首を傾げると、はっと我に返ったように葛が口を閉ざす。ふるふると赤くなったまま身体を震わせる葛に、どうしていいかわからなくなり、真広は困ったように眉を下げた。

「葛君、あの、ごめんね？」

多分、自分はなにか言ってはいけないことを言ったのだろう。そう思いながら謝ると、店の奥から苦笑とともにグラタン皿をトレイに載せた柊也が出てきた。

「ほら、二人とも。賄いできたから食べよう。葛君も、落ち着いて」

「……──」

カウンター席に並べられた美味しそうなポテトグラタンに、まだ赤い顔をしたままの葛がむっつりとしつつも食べる体勢に入る。真広も、ありがとうございます、と礼を言ってスプーンを手にした。

とろりとしたチーズと、ほくほくしたジャガイモが絡み合い、熱々のそれを口の中に入れた途端、思わず頬が緩む。ちらりと横目で葛を見ると、いつも通り頑張って冷まして食べているのが視界の端に映る。種族の性質なのか猫舌らしいが、こういった熱々の料理を好むようだった。柊也もそれがわかっているから葛が好きそうなものを作っているのだ。

ただ、そうやって食べている姿を見られると機嫌が悪くなることももう知っていた。真広はそ知らぬふりで熱々のグラタンを口に運ぶ。

コンソメスープも、野菜や肉の旨みがぎゅっと詰まった深い味わいで、一口飲んでほうっと息をつく。ほとんど具の入っていない透明なスープなのに、驚くほど満足感が高い。

三人での食事を終えた頃、隼斗が店にやってきて柊也とともに夜営業の準備を始めた。厨房での仕事に関しては、真広も葛も手伝えることはなく、のんびりと食後のお茶を飲みながら休憩する。

疲れた、とカウンターに乗せた腕に顔を伏せた葛が、それで、と顔をこちらに向けて目を眇めた。

「真広は、あのおっさんとどうなりたいの?」

「……おっさん」

会話の流れから、鳥海のことを言っているのだとはわかったが、真広の中で鳥海を言い表す言葉として絶対に出てこないそれに、目を丸くする。

「おっさんだろ。で?」

促され、だが、上手く答えられる言葉を持たない真広は視線を彷徨わせた。

「どうなりたいって……、いうのは、特にないけど」

「は? 好きなら、付き合いたいとか、恋人になりたいとか、番になりたいとか、あるだろ普通」

「……っ！」

呆れたような葛の声に、だが、今度は真広が真っ赤になる番だった。

「つ、つつ、付き合うって……」

「だって、好きなんだろ？」

改めてそう問われ、真っ赤になりながら俯き、それにはこくりと頷く。

昔は、好きだと平気で口にできた。だがそれが、幼い子供の憧れだったのだと今はよくわかる。一緒にいたい。でも、一緒にいると苦しい。触れられるとどきどきして逃げたくなる。

でも、嬉しい。

そんな相反する思いが、いつもせめぎ合っている。それでもやはり、鳥海を目で追うことをやめられないでいた。

「……お前、本気で趣味悪いよな」

「そうかな……？」

食傷気味な顔でそう言われ、ことりと首を傾げる。今まであまり言われたことのない言葉に、そうなのだろうかと真面目(まじめ)に考え込んでしまう。

「まあ、それはともかく。好きなら、告白すればいいじゃん」

「え？　しないよ」

「はあ？」

お互いに疑問符を浮かべて見つめ合ってしまい、え、と呟く。

「なんで」

「……だって、鳥海さんには、他に好きな人がいる……から」

厨房には聞こえないよう、小さな声で呟いたそれに、葛が眉間に皺を刻む。

「それ、もしかしてあの人のこと言ってる？」

葛が、訳知り顔でちらりと視線を厨房に向ける。その表情に、葛も知っているのだと察してこくりと頷いた。

「で、それがなんで告白しない理由になんの？」

「迷惑だから？」

「は？」

再び落ちた沈黙を、はあああ、と葛の重苦しい溜息が破る。頭を抱えた葛に、どうしたのだろうと焦っていると、じろりと睨まれた。次いで、馬鹿にしたような表情になると、葛がつけつけと続けた。

「あの人は隼斗の番だし、あのおっさんがあの人のこと好きかどうかなんて、お前の想像でしかないだろ。想像だけで相手の気持ちを決めつけてなにも言わないとか、ありえない。そんなの、ただの自己満足だ」

「自己満足……」

「隼斗があの人のこと好きなのはわかってたけど、俺だってずっと好きだったんだ。なにもしないで諦めるなんて絶対にいやだったから告白もしたし、連れて帰ろうとした。そんで、きっぱり振られたから諦めて向こうに戻った。そのこと自体に、後悔なんて一ミリもない」

「葛君……」

葛が隼斗のことを好きだったのだとか、告白したのだとか、自分が聞いてもいいのだろうかと思うようなことをまくしたてた葛の言葉に、だが真広は純粋に驚いてもいた。目から鱗（うろこ）が落ちた、というのはこういうことだろうか。

（伝えるだけなら、伝えてもいいのかな……）

たとえ悲しい結果になっても、今の葛のように後悔はないと言えるようになればそれでいいのかもしれない。なにもしないで見ていても、この気持ちは絶対になくなりはしないだろうから。

今は、気まぐれで構ってもらえているけれど、いずれまた鳥海との接点はなくなってしまう。そうなった時、傍にいる喜びを知ってしまった自分は、昔のように見ているだけで満足できるのだろうか。そう思うと、逆に、この気持ちをきちんと終わらせてしまった方がいいような気がしてきた。

ぽつぽつと、はっきりとではないが思っていることを伝えると、葛の表情がだんだん頭痛を堪えるようなものになっていく。

「なんで、そこで全力で後ろ向きに走ってるのか、わかんないんだけど」

「……葛、その辺にしておけ」

苦笑気味にそう言ったのは、厨房から出てきた隼斗だ。じろりと睨むように隼斗を見た葛に、真広は再び驚いてしまう。

そういえば、葛は隼斗のことが好きだったのだと言った。だが、葛がこちらに来て以降、二人で話しているのを見かけることもあったが、二人の間にあったのは、あくまでも昔からの幼馴染み（おさななじ）という気安い雰囲気だけだった。

強いな、葛君は。

心の底からそう思っていると、隼斗が仕方がなさそうな雰囲気で真広の方を向いた。

「あの人は、できればお前みたいのには、あんまり勧めたくないんだが……」

そう言って言葉を濁し、だが、真っ直（まっす）ぐに隼斗を見つめる真広の視線を受けて、諦めたように溜息をついた。そうして、なぜか自分に言い聞かせるように呟く。

「……確かに、鳥海さんにだけは、絶対に怯えないいんだよな」

「え？」

意味がよくわからず問い返すと、苦笑とともに隼斗が厨房の方へ視線を走らせた。

「柊也さんが言ってたんだ。お前、誰かに——特に背の高い男に後ろに立たれるの、苦手だろう？」

「……あ」

確かに、それはある。いることがわかっていれば問題ないのだが、急に背後に気配がすると、ほんの一瞬身体が強張ってしまうのだ。

「けど、鳥海さん相手だと、急に後ろから声をかけられたり触られたりしても全く身構えてない……っていうのを、聞いて。それとなく見てたけど、確かにそうだったんだよな」

「そ、うなんです、か？」

自分でも意識していなかったそれに、驚いてしまう。しかし、そう言われてみると、意識せずに済むことがつまり、鳥海だけが他とは違うという証拠でもあるように思えた。

「あれ……？」

どうしてだろう。不思議に思い首を傾げていると、互いに顔を見合わせた葛と隼斗が揃って深々と溜息をつく。

そうして結局、隼斗は葛と同じような言葉で背中を押してくれたのだ。

「とりあえず、告白するかどうかは置いておいて。まずは、遠慮せずに自分の素直な気持ちを伝えるところから始めてみればいいんじゃないか？」

ざわざわとした雰囲気に、施設の建物の中に入った真広は、ぴたりと足を止めた。

なんとなく落ち着かない気分になり、隣に立つ柊也を見ると、同じように足を止めて真広の方を向いた。

「なにかあったのかな」

「……そうですね」

互いに顔を見合わせ、先に中に入っているはずの鳥海の姿を探す。同時に柊也は、後ろから歩いてくる隼斗と野江の方を向いて、なにかあったようだと手招きしていた。

「真広君」

すると、施設の女性職員と一緒に鳥海がこちらに向かってくる。荷物を抱えたまま鳥海の方に近づくと、ほどなく柊也や隼斗、そして野江と葛が追いついてきた。

「鳥海さん、なにかあったんですか？」

そう問うと、鳥海が「ああ」と小さく答える。

「どうやら、子供が一人いなくなったらしい。数日前に来たばかりの兎の獣人の子供で、さっきから姿が見えなくなっているそうだ」

「え！」

驚きに目を見張ると、隣に立つ女性職員が心配そうな表情のまま続けた。

「……あちらとこちらの区別が、まだよくついていないようで。もしかしたら、両親を探して外に出てしまった可能性があるかもしれないんです。今、手分けして数名が外を探しているんですが」

「清宮には、私から連絡を入れておく。見つからないようなら人を回してもらう必要もあるからな。隼斗、野江、笹井の息子も手伝ってくれ」

てきぱきと指示を出す鳥海に、三人がすぐに頷く。

「柊也君と真広君は、子供達のところに行って一緒にいて欲しい。不安になっている子供もいるからね」

「……わかりました」

一緒に探しに行きたくはあったが、自分が動けば、他の人の手間が増える。大人しく頷いた真広に、鳥海が優しく目を細め「頼むね」と声をかけてくれた。さらりと髪を撫でられ、こんな時なのに、ついどきりとしてしまう。

「柊也君、悪いが頼む」

「はい」

鳥海の言葉に頷いた柊也とともに、真広は子供達が集められている部屋へ向かう。

「……柊也さん、すみません。僕の付き添いみたいになってしまって」

俯きながら呟くと、柊也がからりと笑う。

「適材適所だよ。俺は、隼斗君達みたいに獣人の気配を感じ取ったりするのが上手くないから、探しに行ってもあんまり力にはなれないだろうし。子供達の傍にいて落ち着かせてあげる方が、まだ役に立てるっていうだけだよ」

真広君も、子供達に好かれてるから、不安を取り除いてあげる方が向いている。それだけの話だ。さらりとそう言ってくれる柊也に、はい、と微笑む。

やがて、子供達のところに辿り着くと、みな不安そうな顔をしていた。真広の姿を見つけると、わらわらと近づいてくる。

「まひろちゃん！」

「ごはんのおにいちゃん！」

そんなふうに真広と柊也のことを呼ぶ子供達に囲まれ、柊也と顔を見合わせて笑う。そうして、いつもより少し元気のない子供達の相手をしながら、鳥海達の報告を待った。

だが、ふと、一人で離れた場所にうずくまり具合が悪そうにしている女の子を見つけ、眉を顰めた。以前、怖い夢を見たと言っていた猫の獣人の子だ。近づくと、痛そうにお腹(なか)を押さえている。

「どうしたの？　大丈夫？」

傍に膝をついてそっと尋ねていると、その様子に気がついた柊也が近づいてくる。すると女の子は、おなかいたい、と小さな声で答えた。青ざめたその顔に、あまり状態がよくなさそうだと柊也と視線を交わす。

「真広君。俺、ちょっとお医者さん連れてくるから、ここから動かないでいてくれる？　多分、もう着いてるだろうし。他の職員さんも呼んでおくから」

ついさっきまで、もう一人施設の職員が部屋にいたのだが、他の子供をトイレに連れて行くためにタイミング悪く席を外している。女の子を医師の所まで運ぶという手もあるが、具合が悪そうなのを動かすのも可哀想だと判断したのだろう。そんな柊也の言葉に頷いた。

「わかりました。お願いします」

「ごめんね。すぐ戻るから」

そう言って部屋を駆け出した柊也を見送り、真広はうずくまる女の子の頭を撫でた。すると、いつの間にか近づいてきていた子供達が、心配そうに女の子を見ているのに気づく。

「具合が悪いみたいだから、少し静かにしてあげてくれる？」

小さな声でそう言うと、子供達はこくりと頷く。いなくなった子供がいて、かつ、いつも一緒にいる仲間が苦しそうなのがさらに不安を増したのだろう。どことなく落ち着かない気配が部屋を満たした。

「やっぱり、おれ、あいつさがしてくる！」

不意に、獣人の男の子が声を上げる。見覚えのないその子は、恐らく、いなくなった子と一緒に連れてこられた子供だろう。仲の良い友達と二人で、最近ここへ入ったのだと職員から聞いていた。

「だめだよ。ここにいなさいっていわれたもん」

「そとにでちゃ、だめなんだよ」

周囲の子供達が、言い聞かせるように告げる。この施設の子供達は、自分達がこの世界の人間と違うことをちゃんと理解しているのだ。だからこそ、自ら敷地外に出て行くようなことはしない。

「でも、あいつ、きっと、おやをさがしてそとにでたんだ！」

自分なら、その子がどこに行ったかきっとわかるはずだ。そう告げた子供が、我慢できなくなったように、周囲の子供達の制止を振り切って駆け出す。

「あ！」

部屋の外に出た子供のあとを追い、真広も駆け出す。子供達には「ここから動かないで！」と声をかけ、小さな子供の姿を追った。

思った以上に足が早く、あっという間に建物を出た子供に焦りが募る。決して一人で外に出てはいけない。きつくそう言われているのは、真広の身を守るためだ。だからこそ、どうにか敷地内にいるうちに捕まえなければならない。

必死に追いかけ、だが、後少しのところで子供は門の外へ出てしまう。ほんの一瞬、敷地外に出ることを躊躇い足を止めて後ろを振り返るが、そこには誰の姿もない。

どうしよう。迷いながら、だが子供を放っておくこともできず、真広は門の外を見た。

「……っ！」

外に飛び出た子供の向こう側から、車が走ってくるのが視界に入る。子供は、周囲が目に入っていないのか、今にも道の真ん中に飛び出しそうだった。それを見た瞬間、考える間もなく真広は敷地を飛び出していた。

目の前に近づいてきた車にようやく気づき、驚いて足を止めた子供に追いつく。小さな身体を抱えて急いで道路脇に寄ると、ほっと息をついた。怯えたように腕の中で震える子供が怪我をしていないか確認したところで、ふと、車がすぐ傍で停まった気配に顔を上げる。

次の瞬間、ガチャリ、と車の扉が開く音が耳に届き、ぎくりとする。

脳裏を過ったのは、遙か昔の記憶。同じような状況で、猫に意識を奪われていた真広に迫ってきたのは、ぎらぎらとした敵意をむき出しにした男達の腕。

ひゅっと、息が止まる。

全身に嫌な予感が駆け巡り、咄嗟に子供を抱えたまま駆け出そうとしたところで、行く手を見知らぬ男の腕に阻まれた。車の中にいたのは、複数人の男達。その中の一人が、素早く車から降りて真広に手を伸ばしてきたのだ。

逃げなきゃ。震える脚を叱咤し、向かってくる男の腕をすり抜けようとした、その時。

「……――っ！」

突如、首筋に強い痛みが走り、真広はそのままふっと意識を失った。

「真広の気配が消えた。なにがあった」

冴え冴えとした声が、部屋の中に響く。

『青柳サービス』の最上階。そこには、鳥海と隼斗、葛、そして灯と近衛が向かい合うようにして立っていた。

今にも射殺しそうな鋭い瞳で鳥海を睨む灯と、それを正面から受け止める鳥海。重苦しい緊張感が部屋の中に充満し、こくりと葛が息を呑む音が響いた。

「報告した通りです。施設の傍で、真広君の姿が消えた。残された子供の証言で、何者かに連れ去られたと」

低く押し殺した声で、鳥海が告げる。

真広が消えた後に残されていたのは、獣人の子供が二人。皆が探していた一人は、どうやら外に出たところを獣人の男達に捕らわれていたようだった。その子供を使って真広をおびき出す算段だったのか、だが真広が自ら外に出てきたことで、不要になった子供を置いて連れ去ったらしい。

子供の証言では、大きな車から獣人の男が出てきて、真広を連れ去ったのだという。自分

を車から庇ってくれた真広が気を失わされ連れ去られ、そして代わりのように姿を消してい
た友達が意識を失った状態で車外に出された。
わずかな間に起こったそれらの出来事に混乱した子供が泣き出し、それで事が発覚したの
だ。
「犯人は」
低い声で端的に呟く灯の声には、苛烈な怒りが滲んでいた。だが、鳥海もまた、腹の底に
抑えきれない怒りを感じているのだ。
どうして、目を離してしまったのか。犯人に対する怒りと、自身に対する怒り。それらを
どうにか押し止めているのは、一刻も早く真広を救い出したいからだ。
必要なのは、すぐに動ける人手。それを確保するために、こうしてあとを追うために走り
出したいのを堪え、ここへ来たのだ。
「それはまだ。ただ、真広君はあちらに連れて行かれたのだと思いますが、違いますか」
ぴくりと灯の肩が跳ねる。そんな灯の様子を視界に映しながら、鳥海はスーツの内ポケッ
トから銀色の細い腕輪を取り出した。そこに嵌められた青い石は光を失っており、それこそ
が、真広がこの世界から消えた証でもあった。
「追跡用の石が、無反応になった。近衛さん？」
問えば、近衛が頷く。

「貴方（あなた）達がここへ着く直前、こちらが持っているものも反応が途絶えました。恐らく、あちらに渡ったのだと」

疑問が確信に変わったことで、鳥海が頷く。そして、再び灯を見るとこれからのことを告げた。

「俺達は、このままあちらへ渡ります。あちら側の捜索は、長門とフィツェリアの関係しそうな場所と、それ以外にこちらで目星をつけておいた場所を中心にすでに始めていますから、見つかり次第助けに向かいます」

そのために人手を貸して欲しい旨を伝えると、灯が底冷えする瞳で鳥海を見た。

「俺に、ここで待っていろと？　ふざけるな」

普段の冷静さをかなぐり捨てた灯は、近衛に「行くぞ」と短く告げる。

だが、それをさせるわけにはいかない。鳥海は早くあちらに向かいたい衝動と苛立ちをわずかな理性でどうにか抑えつけると、灯を睨みつけて止めた。灯の背後に立つ近衛が、鳥海を警戒するのが気配でわかる。

「清宮が表立って動いて、あちら側の獣人達と反目すれば、事は一部の家の問題じゃなくなる。こちらの世界の獣人達、全てに影響が出ることくらいわかっているだろう」

「それが、どうした」

ひた、と灯に見据えられた瞬間、強い威圧感が身体を襲う。だが、鳥海自身、なにかを殴りつけてしまいたいほどの衝動を抱えているのだ。隣に立つ隼斗とその後ろにいる葛が、息を呑んで一歩下がるのが見えたが、鳥海自身は怯(ひる)むことはなかった。

淡々とした口調でいるのは、そうしておかなければ駆けつけるのが遅くなるからだ。いかに早く準備を整え、真広のもとに向かうか。今の鳥海の頭には、それしかなかった。

「あんたは、今まで通り裏で動くべきだ。……あの子の居場所を、奪う気か」

「……っ」

最後の一言に、灯の顔が悔しげに歪む。真広が無事に戻ってきた時、自分のせいで灯の立場が悪くなっていたらあの子は悲しむだろう。あの子にとって、灯は唯一の家族なのだ。

「……絶対に、助けるか」

「命に代えても」

低く押し殺した声に、迷わず即答する。その一言に、ほんのわずか目を見開いた灯が、全身から放っていた怒気を少しだけ緩めた。ふっと榛色(はしばみいろ)の瞳を閉じて息を吐くと、幾らか冷静さを取り戻した瞳で、鳥海と近衛を見遣る。

「近衛、屋敷から人を出せ。それと、あちら側の調査は始めているな。結果を都度共有するように窓口を。それから……」

「はい」

頷いた近衛が、鳥海の前に進み出る。差し出してきたのは、鳥海が預かっていたものとは別の——赤い石がついた腕輪だった。

「これなら、あちら側でも、ある程度近づけば真広様の気配に反応します。それと、真広様の気配が途絶えた時から、清宮でもあちら側に人を向かわせて気配を追っていますが、見つけた際の連絡は？」

「ああ、この二つに。うちの秘書の百瀬と、笹井の秘書の波田だ。それぞれ、一番可能性の高そうな場所を調べているから、多分、どちらかが当たるだろう」

「承知しました」

連絡先を受け取った近衛が、その場を離れて誰かに連絡を入れる。それを確認し、鳥海は挨拶もそこそこに踵を返した。

「……あの子を、頼む」

背中にかけられた押し殺した小さな声に、鳥海は振り返ることなく部屋を後にしたのだった。


「隼斗、行くぞ」

事務所を出て、足早に鳥海が車へ向かう。こちらから、あちら側に渡れる場所は決まっている。そこへ向かおうとする二人に、葛が「俺も行く！」と声を上げた。

「鳥海さん、場所の見当はついてるんですか？」

車に乗り込むとすぐに、運転を始めた鳥海に隼斗が問う。

「万が一の時のために、向こうが使いそうな場所は絞ってある。鳥海と、笹井からも人が出ているから、後は人海戦術だ」

「うちからも出てるんだ……」

ほっとしたように呟いた葛は、先ほど、波田の名前を聞いて反応していた。

「いずれにせよ、清宮になにかしらのコンタクトはあるだろう。それまでは、致命的な危害を加えることはないはずだ。取引の材料として使えなくなるからな」

「……——」

ただ、全くなにもされないとは言い切れない。それが鳥海の焦燥を煽っていた。そのことは、隼斗にもわかったのだろう。宙を睨むようにしている。

「……全く、性根から馬鹿だったということだな」

ぎり、と怒りを堪えるためにハンドルに爪を立てる。後部座席から、かすかに「ひっ」という声が聞こえてくるが、聞き流す。自らの瞳が怒りで赤くなっていることに、ルームミラーで気づく。これまで、こちらでも獣人の力を完璧にコントロールし、同じ獣人にも悟らせることがなかったが、どうやら怒りで制御が甘くなっているらしい。

冷静になるための手段として、運転しながら、脳内であちら側に行った後の算段を普段の倍速で組み上げていった。あらゆるパターンを想定し可能性を検討していく。

鳥海は、一度吸収した知識を決して忘れない。そうして蓄積した知識やあらゆる情報をもとに、常人では考えられない速度で思考処理していくのが、梟（ふくろう）である鳥海の一族に備わった能力だった。

思考の隙間で、真広の姿が脳裏に蘇る。おどおどとしてはいても、いつも穏やかに優しく笑う真広の笑顔。外に連れ出してやれば嬉しそうに笑い、戯れのように頬に口づければ、それだけで真っ赤になって混乱していた。

真広に対する興味が『愛しい』というそれに変わった時、鳥海は、真広を自身のものにすることを決めた。真広から当たり前に向けられていた瞳が、他の誰かに向けられることを想像した時、焼け付くような焦燥を感じたからだ。

あれは、俺のものだ。

そう、心の中で感じた瞬間、鳥海は真広から距離を取ることをやめ、逆に手に入れることを迷うことなく選んでいた。いずれ関わらなくなる子供なら距離をとり続けたが、自分のものにするのなら躊躇（ちゅうちょ）はしない。

もちろん、無理強いなどするつもりはない。あくまでも、真広の気持ちが伴わなければ意味がない。だが同時に、鳥海には逃がす気などさらさらなかった。どんな手段を使っても、絶対に手に入れる。他のなにかに執着することがなかった鳥海の、それが初めてと言ってもいいほどの『執着』だった。

必ず、真広は無事に助け出す。

心の中でそう誓い、そして続けた。

今度は決して、自分の傍から離さない……、と。

「ん……？」

ふるり、と身体が震え、真広はゆっくりと瞼を開いた。

身体全体が軋み、自分が冷たい床の上に転がされているのだと気づく。板張りのそこで身体を起こすと、周囲を見回す。

「……ここ、どこ？」

茫然と呟いたのは、そこが全く見たことのない場所だったからだ。狭い部屋の中は、木製の机やベッドがあるものの、全体的に埃っぽく荒れていて普段は使われていないのだとわかる。部屋の片隅には、適当に押し込んだと思われる木箱が幾つか積まれていた。

自分が、誰かに攫われてしまったのだということは覚えている。首の後ろの痛みが、あれが夢ではなかったと教えてくれた。

結局、灯達に迷惑をかけてしまった。そう思い落ち込んでいると、ガチャガチャと入口の扉から音がした。慌てて部屋の隅まで行くと、同時に、ガチャリと木製の扉が開く。

「なんだ、もう起きたのか」

真広を見て面倒くさそうにそう言ったのは、犬の獣人の男だ。舌打ちすると、真広が逃げないように入口の扉を閉めて部屋の中に入ってくる。それにびくりと身体を竦ませると、男は真広の怯えた様子にふんと鼻を鳴らした。

「お前も災難だな。あの清宮に気に入られたせいで、こんなことになって」

「灯、さん……？」

災難、と言いつつも同情心など微塵も浮かんでいない瞳で、男は真広を見下ろす。

「ここで大人しくしてりゃあ、向こうの返答によっては無傷で帰してやる。まあ、あくまでも出方次第だがな。逃げようとなんかするなよ。腕の一本や二本くらいはなくても問題ないって言われてるからな。抵抗したら、外にいる野郎どもになにされるかわからんぞ」

震える身体で、だが真っ直ぐに男を睨むように見上げる真広に、男が面白くなさそうに目を眇めた。

「……ここは、どこですか」

「ああ。確か、あっちの生まれのガキだって言ってたな。ここは、お前が住んでいた世界じゃない。俺達獣人が住む世界だ」

「……っ！」

まさか、そんな場所に連れてこられているとは思わなかった。衝撃に目を見開いた真広に、男がふっと残酷な笑みを浮かべる。

「お前一人じゃ、ここから逃げてもあっちには帰れんだろうさ」

「……――」

茫然とする真広に、不意に男が近づいてくる。びくりと身体が竦み、無意識のうちに後退ると、目の前にしゃがみ込んだ男が真広の前髪を摑んで上に引っ張る。

「……っ」

声を嚙み殺すと、へえ、と面白そうに男が口端を上げる。

「びくびくしてるだけと思いきや、根性はありそうじゃねえか。お前、清宮の傍にいたんだろう。あの当主の秘密を教えてくれりゃあ、ここから安全に出してやる。どうだ」

「秘密……？」

「そう。あの家が、どうして名家でもないくせに、あちらでの権益を独占してるのか。しかも獣人の能力に干渉するほどの力を持っているのか。知っていることをそのまま話してくれりゃあいいだけだ」

一転、優しげな声になった男に、ぶるりと背筋が震える。声は変わったが、男の気配は変わっていない。話しても、話さなくても、傷つけられる。それがはっきりと感じられた。

（それに……）

「俺は、知りません。たとえ知っていたって、絶対に話しませ……っ！」

言葉の最後は、パン、という乾いた音にかき消される。頬に熱が走り、身体が吹き飛ぶ。痛みに、少しの間動けないでいると、再び男の面白くなさそうな声が耳に届いた。

「素直に喋ってりゃあ、痛い目に遭わずに済むのにな」

そう言いながら、真広の兎耳を掴んで身体を引き起こす。

「……っ、痛、……っ」

思わず上げた声に、男がにやりと笑う気配がする。

「そうだな。腕はともかく、この耳はあっちじゃ別になくても困らねえよな」

「……っ！」

「どっちみち、あっちじゃこの耳は隠してるんだろ。ここで切り落としたって、なにも変わらねえよなあ」

言いながら、真広の兎耳を握りしめる。全身を走る痛みに、必死に声を噛み殺し、じわりと浮かぶ涙を堪えた。

「どうだ？　言う気になったか？　お前さえ協力してくれりゃあ、あっちもこっちも、もっと住みやすい世界になるんだ。あの忌々（いまいま）しい清宮の力さえ奪ってやりゃあ……」

「あ、かりさん……は、獣人を守って……っ」

言い返そうとしたが、耳を摑んだまま再び頰を張られる。切れてしまったのか、口の中に血の味が広がった。

「くそ生意気な子供には、少し痛い目を見せてやらなきゃいけないみたいだな」

カチ、と。軽い音とともに、男がどこからかナイフを取り出す。それを耳の根元に近づけられ、真広は息を吞んだ。

たとえどうなっても、絶対に、灯の不利になるようなことは言わない。そもそも、真広自身、なにも知らないのだ。

襲ってくるだろう痛みに身体を硬くしていると、ナイフの冷たい感触が耳に当たる。だが、ぎゅっと歯を食いしばった瞬間、入口の扉が勢いよく叩かれ男の手が止まった。ちっという舌打ちの音とともに真広の耳が解放され、痛みが遠のく。

「なんだよ」

「……――」

入口の扉を開いた男が、向こう側にいる誰かからなにかを告げられ、「なに⁉」と声を上げる。涙の滲んだ視界でそちらを見ると、慌てたように男が部屋から出て行き、鍵がかけられる音がした。

よかった。思わず安堵の息をつくと、よろよろと立ち上がる。頰を張られた時、壁に頭をぶつけてしまったせいでくらくらしていたが、構わず扉へと縋(すが)り付いた。

だが、扉にはやはり鍵がかけられており、びくともしない。

「……どうしよう」

途方に暮れた呟きを落とし、部屋の中を見渡す。そうして、反対側の壁――随分と上の方に窓があることに気がついた。もしかしたらここは、屋根裏部屋のような場所なのだろうか。あそこからなら、出られるかもしれない。そう思い、やってみようと、まずは部屋の隅に置かれていたベッドを窓の下に動かした。本当なら机の方が高さがあってよかったのだが、重くてびくともしなかったのだ。

「……よ、いしょっと」

ずるずるとベッドを動かし、その上に、椅子(いす)と、部屋の隅にあった木箱を重ねる。恐る恐るその上に立つと、どうにか窓に手が届いた。

ガチャガチャと窓を揺らすと、鍵が緩んでいたらしく窓が開く。木枠に手をかけて必死によじ登ると、外に身を乗り出した。

「……っ！」

だが、その高さに思わず息を呑む。やはりここは屋根裏だったらしく、二階建ての建物のさらに上だった。一瞬怯み、だが周囲を見渡して屋根を辿れば下に飛び降りられないことはないと判断する。

「よい、しょ……っと」

自分にこんなことができるとは思っていなかった。だが、今はこの場から逃げることに必死だった。自分のせいで、灯に迷惑をかけるわけにはいかない。その思いと、どうしてか鳥海が助けに来てくれるという思いが背中を押した。

（どこかに身を隠せたら、ちゃんと探してもらえるはず。大丈夫……）

そう思うのは、真広の右足首にある感触が今もそこにちゃんとあったからだ。灯から渡された、追跡用の石を嵌めたバングル。腕に着けていると、万が一の時に外されてしまう可能性が高いため、一見してもわからないよう足首に着けていたのだ。靴下と靴で隠れるように、バングルの厚さが外に響かないものにしてもらっていた。

「鳥海さん……」

怖さを紛らわすように、そっと呟く。鳥海は、真広を守ってくれると言った。ならば、自分は信じるだけだ。真広にとっては知らない世界でも、鳥海にとっては故郷である世界。場所さえわかれば、絶対に助けてくれる。

そう何度も心の中で念じ、恐怖を紛らわせながら屋根に足をつける。身を屈め、ゆっくりと下の階を目指し、下りられそうな場所を探した。

「ここなら、いけるかな……」

幸い、少し低くなった場所があり、下が草原になっていた。高い場所は得意ではないが、頭から落ちなければきっと大丈夫。そう自分に言い聞かせ、一度息を吸って飛び降りる。

「……っ！」

どすっと音をさせ、尻餅をつく。全身に走った痛みに声を必死に噛み殺し、だが、どうにか下りられたことにほっとした。

(逃げなきゃ……)

そう思いながら立ち上がったところで、足首に痛みが走る。飛び降りた時に捻ってしまったらしく顔を顰めるが、ここに留まっているわけにもいかないと足を進めた。

(なんか、騒がしい……？)

たくさんの人の気配と、怒声。それらに、無意識のうちに竦む身体を叱咤し、様子を見に行く。どうやら、ここに侵入者が入ったらしい。

(もしかして……)

期待に胸を躍らせるが、逸る気持ちを抑え、人に見つからないよう静かに敷地から出られる場所を探す。もしも、鳥海達が助けに来てくれているのなら、自分は再び捕まらないようにするのが第一だと思ったのだ。

「……っ！　このガキ、待て！　おい、ガキが逃げたぞ、捕まえろ！」

だが、真広が逃げてきた窓から身を乗り出した獣人が声を上げる。そうして、真広とは違い身軽な様子で窓を飛び越えると屋根伝いに下りてきた。必死に逃げようとしたもののすぐに捕まってしまい、後ろに引き摺り倒されてしまう。

「この、手間かけさせやがって。来い！」

物凄い力で腕を摑まれたままずるずると引き摺られていく。捻った足首に痛みが走り歯を食いしばるが、男に容赦などない。

「いや、だ……っ！　嫌だ！　誰か、助けて……っ！」

「うるせえ！　黙ってろ！」

掠れた声で助けを求めるが、男の怒声にかき消されてしまう。

抵抗し力を入れるが、真広の腕を摑む男の手はびくともしない。そして、少し離れた納屋（なや）のような場所に連れて行かれそうになったところで、だが、不意に背後から身体に腕が回された。

「……っ」

直後、真広の腕を摑んでいた男の手が離れていく。同時に、男の手首が誰かの――スーツ姿の男の手に握られ、ぼき、と音を立てるのを聞いた。

「うぎゃあああ！」

男の叫び声が聞こえ、真広はひっと身体を竦める。だが、身体に回された腕がそっと真広を引き寄せてくれ、真広はすぐに振り返った。

「……あ」

そこにあったのは、絶対に助けてくれると信じていた人の顔で。見開いた真広の瞳から、ぼろりと涙が零れた。

「とり、かい……さ……っ」

ひく、と喉を鳴らし、鳥海の名を呼ぶと、男を冷たく睨みつけていた鳥海が、一瞬だけ真広へと視線を向ける。その瞳がいつも通り優しくて、真広の身体からかくりと力が抜けた。

「て、めええ！」

真広を背後に庇うようにしてその場に座らせた鳥海が、ナイフを持って向かってきた獣人の男の腕を難なく摑む。反対側の男の手首は折れているのか、だらりと下げられていた。

全身に怒気を漲らせた男の身体を、鳥海は相手の力を利用して引き倒し、地面に俯せに組み伏せた。

ばさり、と音がした気がして地面を見ると、二つの影の片方――鳥海の背中に、羽根が生えているのが見える。瞬きして鳥海本人を見るが、その背にはなにもない。

その不思議な光景に目を見開いていると、いつの間にか見事な手際でナイフを取り上げた鳥海が、男の首筋に刃を当てていた。

「……っひ！」

「悪いが、今は物凄く虫の居所が悪くてね。これ以上抵抗するようなら、容赦はしない」

今まで聞いたことがないほどの冷淡な声でそう告げた鳥海が、男の首筋に刃を埋める。ぶつりと赤い筋が走ったところで、男が「やめてくれ！」と必死の形相で声を上げた。

「……情けない」

睥睨しながらそう呟くと、ナイフから力を抜いた鳥海が指笛を鳴らす。直後、建物の向こうから男達が数名走ってきた。

「真広様！」

真広の名を呼ぶ男は、清宮の屋敷の警備員の一人だ。見知った顔に、真広はその場に座り込んだままどうにか笑みを浮かべてみせる。瞳からはぼろぼろと涙が溢(あふ)れ続けているが、身体中の力が抜け、それを拭うことすらできないでいた。

「こいつを頼みます。真広君は、私が」

「はい。お願いします」

男達に、組み伏せていた獣人の男を引き渡すと、鳥海が真広の前にしゃがむ。痛ましげな表情を浮かべ、ぼろぼろと涙を流す真広の頬をゆっくりと指で撫でてくれた。

「無事で、よかった……」

かすかな呟きに、真広はくしゃりと顔を歪める。

「……ご、めな……さ、……、りが、と……」

ひっく、としゃくり上げながら、どうにか押し出した言葉に、鳥海がなぜか苦笑する。そうして、身体を引き寄せられ抱き締められた。

「悪かった。怖かっただろう」

「……う、う。……こ、わ、かった、です……」

こくりと頷くと、耳ごと髪を優しく撫でてくれる。よく知っているその感触に、真広の涙(るい)腺(せん)は緩み、ますます涙が止まらなくなってしまう。

やっぱり、助けに来てくれた。

安堵と嬉しさ、そして夢であって欲しくないという思いから、必死に目の前の身体にしがみつく。

背中に回された、抱き寄せてくれる腕の強さ。それが、どんな場所よりも安心できると感じながら、真広はただひたすら子供のように泣きじゃくるのだった。


「真広！」

清宮の屋敷に入り、抱き上げてくれていた鳥海に下ろしてもらった直後、駆け寄ってきた灯に抱き締められる。包帯を巻いた足に体重をかけないよう、ほっそりした身体を受け止めると、真広は開口一番に謝罪の言葉を口にした。

「灯さん、迷惑かけてごめんなさい……」

「悪いのは真広じゃなくて、くだらないことをしたやつらだ。謝らなくていい」

それよりも、無事でよかった。ぎゅうぎゅうと抱き締められながらそう告げられ、真広は胸の奥がほんわりと温かくなるのを感じた。

帰ってこられてよかった。しみじみとそう思っていると、真広を抱き締めていた灯が少しだけ身体を離す。そうして、下の方に視線を移すと、真広の足首に巻かれた包帯に眉を顰めた。

「真広、これは？」

「逃げようとした時に、自分で足を捻っちゃって……」

「ふうん」

じろり、と背後に立つ鳥海を睨んだことがわかって、真広は慌てて灯の腕に手をかけた。

「ま、待って、灯さん。鳥海さんは、危なかったところを助けてくれたんだよ。これは、本当に関係ないから……」

「逃げようとして、屋根から飛び降りた時に捻ったそうですよ。私も、聞いた時は驚きましたが」

さらりと原因を告げられ、灯の気配が尖る。ふうん、と先ほどとは少し違う声音で呟いた灯は、どこか違う場所を睨むようにしていた。

「あいつら、覚えてろ……」

ぼそりと呟かれたそれは、誰に向けられたものか。首を傾げながら、だが落ち着いて欲しくて灯の腕を引くと、再びぽすんと灯の胸に顔を埋めた。

「真広……」

「ありがとうございます、灯さん。助けてくれて」

「……私は、なにもできていないよ」

苦笑するように告げた灯に、真広はふるふるとかぶりを振った。

表に出られない代わりに、最短で真広を助けられるように、色々と手配してくれたと鳥海が教えてくれた。自分達だけだったら、もっと時間がかかっていただろう。そう、教えてもらったのだ。

「言いつけ、破ってごめんなさい」

「それは叱らないとね。だけど、子供のためだったんだろう？　仕方がない」

それも真広だから。そう言いながら髪を撫でてくれる灯の手は、どこまでも優しい。やっと帰ってくることができた。そう心から実感していると、さて、と背後から声が聞こえてきた。

「……？」

ひょい、と肩に乗せられた手に身体を後ろに引かれ、灯から引き離される。灯に向かって手を伸ばしたままぱちぱちと瞬きしていると、背中を受け止めた身体の持ち主——鳥海が、ふっと笑う気配がした。

「ちょっと、なにしてるのかな？」

不機嫌そうな灯の声に、だが、鳥海がいつもの調子で返す。

「あなたと屋敷の方々は、これから事後処理で忙しいでしょう。真広君の無事も確認いただきましたし、そろそろ動いた方がいいですよ。その間、真広君は私が責任持ってお預かりしますから」

「え？」

思いもよらない言葉に首を傾げていると、目の前に立つ灯の顔がどんどん剣呑なものになっていった。

「なに言ってるのかな。真広は、うちでちゃんと……」

「この後、あなたが動くのなら、ここの人員もかなりの数が必要ですよね。あんなことがあった後です。人の少ない広い屋敷の中で一人にさせるよりは、ある程度セキュリティがしっかりした私のところへ預けていただく方が安心だと思いますが？　昼間は、うちの会社で仕事を手伝ってもらってもいいですし」

「……――」

ぐぬぬぬ、という声が聞こえそうなほど歯噛みしている灯と背後の鳥海を見比べる。どうすればいいのかわからず、だが、これから灯が忙しくなるということだけはわかって、鳥海を見上げた。

「……あの、いいんでしょうか」

「もちろん。その方が、私も安心だしね」

にこりと笑われ、じわりと頬が赤くなる。そうして、灯を見るとことりと首を傾げた。

「灯さん……」

これ以上、灯の手を煩わせるのは申し訳なく、駄目だろうかと問うように見つめると、灯が口を閉ざしてしばらく沈黙した。どこか葛藤するような表情で、真広を見つめた後、深々と溜息をつく。

「なにかあったら、すぐに連絡をすること。嫌になったら、隼斗に連絡をして、藤野さんのところに行かせてもらいなさい」

「……はい。……？」

嫌になる、とはなんのことだろう。そう思いながら頷くと、灯がそっと手を伸ばしてくる。真広の泣き腫らした瞳と、頬を張られて傷ついた唇を労るように撫でて、目を細めた。

前に、鳥海に似たようなことをされた時には、ひたすらどきどきして落ち着かなかったのに、相手が灯だとただ優しい感触にほっとするだけだ。全く違うそれに、内心で首を傾げながら、にこりと笑う。すると、灯も仕方がなさそうに笑い、鳥海を見据えた。

「くれぐれも！　絶対に、変なこと、しないように！」

釘を刺すようなそれに、だが鳥海はそ知らぬ顔で肩を竦めただけだった。

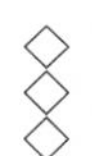

屋敷で風呂に入り汚れた服を着替えた後、休憩がてら灯や鳥海とともにお茶をし、数日分の荷物を持った真広は、目深にフードを被り鳥海の車に乗り込んだ。

そうして連れて行かれたのは驚くほどの高層マンションで、車の中からぽかんと見上げていると、くすくすと笑う鳥海の声が聞こえてくる。そのまま流れるようにマンションの地下駐車場に入り、車が停められた。

「着いたよ」

「……はい」

びっくりした余韻も冷めやらぬうちにそう告げられ、茫然としたまま車から降りる。そして捻った足を庇うように立っていると、車の鍵を閉めた鳥海が真広の傍へ来てひょいと身体を抱え上げた。

「え⁉」

まさか、ここでも抱え上げられるとは思わず慌てた真広に、落ちるから大人しくと声がかけられる。

そう。実のところ、獣人の世界からこちらに戻るまでも、そしてこちらに戻ってからも、真広はずっとこうやって鳥海に抱えられていたのだ。あちらからこちらに戻る際は、真広もかった。

随分ぼろぼろな姿だったため、周囲も同情的だった。だが今は、ある程度傷の手当ても済み身綺麗になっている。歩けないわけでもないのに、いつまでも抱えてもらうわけにはいかなかった。

「あの、歩けますから……」

「まあ、そのうちね。真広君、軽いから大丈夫だよ」

一体、なにが大丈夫なのか。混乱する頭で考えていると、鳥海は気にした様子もなく真広を運び、軽々と片腕で抱え上げた真広をそのままにマンションのエレベータに乗り込んだ。

鳥海が内ポケットから取り出したカードキーをエレベーターのカードリーダーに当てると、消灯していた階数ボタンが点灯し、押せるようになる。

（あ、セキュリティかかってるんだ）

『青柳サービス』の灯の仕事部屋と同じような感じなのだろう。すごいところに住んでいるんだな。そう思いながら、広いエレベーターにきょろきょろとしていると、鳥海が楽しそうに笑う気配がした。

「清宮の屋敷の方がよほど広いだろうに。そんなに珍しい？」

「あ、すみません。こんなに大きなマンション、入ったことがなくて……」

恥ずかしさに身を縮めると、ぽんぽんと背中を軽く叩かれた。

「まあ、楽しめそうならよかった」

「……あの。葛君は、大丈夫でしょうか」

ずっと気になっていたことをようやく口にすると、鳥海がふっと笑う気配がする。

「大丈夫か、そうじゃないか、と言えば、大丈夫だろうね。あれが家出の原因だから」

「あ。もしかして、あの方が波田さんですか？」

ふと思いついたそれを口にすると、「聞いたのかい？」と少し驚いたような声がした。

「いえ。葛君が、少しだけその名前を言っていたので」

そう。あちらの世界で鳥海に助けられた後、泣きじゃくる真広が落ち着いた頃を見計らったように、葛が真広を見つけたのだ。

よかった、と灯と同じように駆け寄ってきて抱きついてきた葛に、助けにきてくれたことが嬉しくて『ありがとう』と収まったはずの涙を再び浮かべていると、不意に、葛の身体が真広から引き剝がされたのだ。

え、と思う間もなく、目の前にあったのはスーツ姿の長身の男と、その小脇に抱えられた葛の姿で。ぽかんとする真広をよそに、葛は真っ赤になって男の腕の中で暴れていた。

『離せ！』

『離すわけがないでしょう。さて、鳥海さん。ここの後始末は部下に申しつけていますので、私は一旦報告を兼ねて戻りますが、鳥海さんはどうされます？』

『向こうで隼斗が暴れているだろうから、一段落したところで回収してあちらに戻るよ。まずは、この子を休ませてあげたいからね』

『承知しました。移動には、うちの部下を使ってください。伝えておきますので』

『助かるよ』

葛の怒鳴り声を二人とも見事なまでに無視し、淡々と今後の予定が語られていく。その様子にぽかんとしていると、葛が自分を抱えている腕をひたすら叩いていた。

『だから、離せ……っ！』

『少し黙っていていただけますか。全く、人が働いている間に随分と好き勝手していたようで。好都合だったとはいえ、もう少し念入りに言い聞かせないと駄目なようですね。……しばらく動けなくしたつもりだったんですが』

『……な！』

『ああ、一応その子供の名誉のために言っておくが、滞在場所は柊也君のところだったよ。さすがに、その辺りの分別はあったらしい。隼斗から、散々文句を言われてはいたが』

『そうですか。ありがとうございます』

そんなよくわからない鳥海との会話の後、男がちらりと真広に視線を移し、思わずびくりと身体が震えてしまった。そんな真広の身体は鳥海の腕によって支えられており、安心させるように肩を撫でてくれる。

『鈴白さんですね。葛さんと仲良くしてくださって、ありがとうございます。お礼はまた後日。今日のところは、これで失礼致します』

葛を離さないまま慇懃にそう言った男が、すっと優雅に腰を折る。とても、小脇に暴れる葛を抱えているとは思えない所作になにも言えないでいると、男はそのまま踵を返した。

「……えっと。なんとなく、大丈夫なような、そうじゃないような気がするんですが」

思い出し、躊躇いながらそう言うと、くっくっと鳥海が喉の奥で笑う。

「まあ、一番大切なものだから、なにがあっても傷つけはしないと思うよ」

そんな鳥海の言葉と一緒に、ぽん、と軽い到着音が響く。エレベーターの扉が開き外に出ると、恐らく一部屋しかないのだろう、すぐ傍にあった入口扉をカードキーで開いた。

「わあ……」

中に入ると、リビングとダイニング、そしてキッチンが繋がっている形式の部屋で、かなり広々としていた。他にも部屋があるらしく、物珍しくてついきょろきょろとしてしまう真広を、鳥海がリビングのソファに下ろした。

「すみません。ありがとうございました」

慌てて頭を下げると、抱えていた荷物を足下に置かせてもらう。さすがに荷物まで鳥海に持たせるわけにはいかず、ずっと抱き締めていたのだ。

「どういたしまして。自分の家だと思ってゆっくりするといい」

フードを下ろされ、くしゃりと髪をかき混ぜられる。そうしてネクタイを緩めた鳥海が、スーツのジャケットとベストを脱いでソファの背にかけると、真広の隣に腰を下ろした。

「さて、少し話をしようか」

「は、はい」

ふっと真面目な口調になった鳥海に、緊張から背筋が伸びる。身体を強張らせ次の言葉を待っていると、鳥海が溜息交じりに告げた。

「まず、君を一人にするような状況を作ってしまって、悪かった」

叱られるのだろうと思っていた真広は、だが思いがけない鳥海の謝罪に目を見張った。

「え？」

「あの時、少なくとももう一人、必ず部屋にいるようにしておくべきだった。君を危険な目に遭わせてしまったのは、私の落ち度だ。申し訳ない」

言いながら目を伏せて頭を下げる鳥海に、慌てて真広が肩に手をかける。

「待ってください！　謝らないでください。悪いのは、言うことを聞かずに飛び出した僕なんです……」

「子供が危なかったんだろう？　それを見て助けないでいられる君じゃないとわかっているし、それを責める者なんか誰もいない」

「鳥海さん……。でも、結局、迷惑をかけてしまいました。前も、そして、今回も……」

折角、耳が隠せるようになって、これで迷惑をかけずに済むと思ったのに。やっぱり手間をかけさせてしまった。それが申し訳なくてじわりと涙が浮かぶ。

俯いたまま、隣に座った鳥海のシャツを握りしめていると、ぽんぽんと軽く手の甲を叩かれる。顔を上げると、苦笑した鳥海が真広の身体を抱き寄せてくれた。

「鳥海、さん？」

この間から、なぜか鳥海はよくこうして真広を抱き締めてくれる。広い胸に頬が当たり、薄いシャツ越しに伝わってくる体温に、身体中が熱くなった。

「迷惑なんかじゃない。だからもう、そうやって自分を責め続けるな」

「……──」

はっとして顔を上げると、わずかに顔を顰めた鳥海の瞳とぶつかる。

「どうしてそんなふうに、君はいつも──今あるもの全てが、自分のものじゃないような言い方をする？」

「……──っ！」

心の奥底にあった気持ちを言い当てられ、目を見開く。どうして、と唇を震わせながら呟くと、鳥海が不審もあらわに真広を見つめた。

「少なくとも、親が子供の心配をするのは当然だ。そして君と清宮さんはそれだけの年月を一緒に過ごして、家族としての関係を築いているように見える。だから、余計に不思議なんだ。私にはともかく、清宮さんにそこまで遠慮しているのはなにかがあったせいじゃないのか？　少なくとも、初めてあの屋敷で会った時、君はそれほどあの人に遠慮しているようには見えなかった」

「……――あ」

「あの事件のせいかとは思ったが、それにしては根が深い……ように見えるんだが」

眉を顰めた鳥海に、真広は泣きたくなってしまう。心の一番深いところについた傷。無意識のうちに、自分でも見ないようにしていたそれを言い当てられたのだから。

思わず俯くと、頬に手を当てられる。するりと優しく撫でられ、促されるように、顔を上げられた。

「言いたくないか？」

「……――」

唇を引き結び視線を落とした真広に、鳥海が呟く。そうして、唇を指で撫でられ――次いで、そこが温かなもので塞がれた。

「……っ！」

軽い音を立てて一瞬で離れたそれに、真広が茫然とする。

「きちんと伝えてからと思っていたんだが、悪いね。そんな寂しそうな顔を見てしまったら、歯止めが利かなくなる」

「え……？」

苦笑とともに頬を両手で包まれ、こつんと額が合わせられる。

「君が、好きだ」

「……、え?」

他に言葉が思い浮かばず、ぽかんとしていると、今度は額に唇が触れる。そうして正面から真広の顔を見据えた鳥海が、これまでになく優しい顔で微笑んでいた。

「二度とここから帰したくないくらいには、君の事が好きだよ、と言ったんだ」

「……——っ!」

ゆっくりと染みこませるようにそう告げられ、その内容を理解した途端、頭の中が沸騰した。一気に顔が赤くなるのがわかり、じわりと涙が滲んでくる。

「ど、どど、どうして……」

「どうしてもなにも。君が、もし他のやつにこんなふうに真っ直ぐな瞳を向けたらって想像した時に、その相手を殺してやりたいと思ったから、だね」

ふっと笑いながら言われた言葉が、妙に物騒なのは気のせいだろうか。だが、頭の中が混乱している真広は、先ほどまでの胸の痛みが完全に吹き飛んでしまっていた。

「で、でも、鳥海さんは、柊也さんが……」

好きなはずじゃ、と。そう言いかけた真広の唇を、鳥海の指が軽く押さえる。思わず言葉を止めると、鳥海が浮かべていた笑みを少しだけ仕方がなさそうなものに変えた。

「まさか、そう来るとは思わなかったが……。柊也君のことは確かに気に入っているけど、番である隼斗がいるしね。私は、そういった意味で人のものに興味はないよ。仕事仲間として、そして友人としては、もちろん気に入っているけど」

「そう、なんですか……？」

「まあ、あの二人があまりに焦れったくて、隼斗をからかうついでにちょっと手を突っ込んだという経緯はあるけど」

肩を竦めた鳥海の表情に、本当にそれ以上の意味はなさそうだった。じっと見つめた真広に、鳥海が、それで、と顔を近づけてくる。

「真広君の答えを、聞かせてもらえるかな？」

「ふ、ふぇ⁉」

慌てて変な声を出してしまい、思わず両手で口を塞ぐ。すると、可愛い顔を隠さない、と鳥海に手を外されて再び覗き込まれた。

あまり、その顔でじっと見ないで欲しい。これ以上なく赤くなった顔が、さらに熱を持ってしまい、いっそ気を失いたくなってしまう。

「……あの、でも」

「でも？」

「なんで、僕なんか……」

「なんで、も、なんか、も却下。今度から、そう言ったらキスで塞がせてもらおうかな」

にこりと楽しそうに笑った鳥海に、ぐっと口を噤む。

「君は、自分の気持ちを言えるはずだ。そうして、ちゃんと選んできただろう？」

望むものを口にしても大丈夫だと。そう促されているようで、じわりと視界が歪む。泣いちゃ駄目だ。そう思うのに、堪えようとした涙は、頬を流れ落ちてしまった。

いいのだろうか。ずっと、ずっと憧れていた人だったのだ。

絶対に、手を伸ばしても届かない。そう思っていた。遠くから見つめるだけでよかったのに、近くにいったら離れたくなくなって。それでも、今のまま近くにいられたらいいと、そう思っていたのに。

ゆっくりと、鳥海の方へ手を伸ばす。その手が、温かく大きな手に握られた瞬間、真広の中でなにかがぷつんと音を立てて切れた気がした。

「……っ、き、です」

「ん？」

促すようにもう一度問われ、ぼろぼろと涙を流しながら、真広はもう一度その言葉を告げた。

「好き、です……。ずっと、好き、で……っ」

大好き、と。そう言った瞬間、真広の身体は大きな身体に包まれていた。そして抱き締められていると認識した直後、唇が鳥海のもので塞がれる。

「ん……っ」

深く重ねられた唇に、真広は必死に鳥海のシャツを握りしめる。こんなふうに誰かと口づけを交わすのも初めてで、どうしていいかわからない。ただ与えられるものを受け入れるだけで必死だった。

かすかに開いた唇の隙間から、鳥海の舌が差し入れられる。他人の身体の一部が自分の中に入ってくる。そんな初めての感覚に、一瞬だけびくりと震えるが、抱き締められた身体を優しく撫でられると、すぐに力は抜けていった。

目の前にいるのは、そして真広を抱き締めているのは鳥海だ。絶対に、自分を傷つけない人。そんな無意識の信頼が、真広の身体を溶かしていく。

「ん、ふ……」

くちゅり、と。舌が絡まり合う水音が不意に耳に届き、かあぁっと身体中が熱くなる。

いつか好きな人と出会えたら、お互いに肌に触れることで気持ちを伝え合うことがある、と。屋敷で受けた授業の中で、そう説明されたこともある。初めて精通を迎えた時、怖くて泣いていた真広に灯が大丈夫だと言い聞かせてくれて、学校の保健体育で習うらしい身体の話もしてくれた。

だから、多分、一般的な常識くらいはあるはずだった。だが、実際に体験すると生々しさ

が全く違っている。

「ん、ん。んふ……っ」

わずかに離れた唇が、再び深く重ねられる。そうして、飲み込み切れなかった唾液が喉を伝って流れ落ちる頃、水音を立ててようやく唇が離れていった。

「……は、ふ」

息も絶え絶えに、顔を赤くして肩で息をする真広を、鳥海が自分の胸に引き寄せた。全く力が入らず、完全に鳥海に身体を預けた真広は、耳元で囁かれた声にぞくりと身体を震わせる。

「後、もう少しで二十歳だね」

「……え？　は、い……」

ぼんやりとしたまま頷いたのは、自分の誕生日を思い出したからだ。清宮の屋敷を出る時に、折角の二十歳の誕生日なのにお祝いができないと灯が散々文句を言っていたのだ。だから、落ち着いたら改めてやってもらうと約束して出てきた。

「本当なら、待った方がいいんだろうけど。……どうしようか？」

甘い囁き声が、耳から、そして触れ合った身体から伝わってくる。これまで聞いていた鳥海の声とは違う、どろりとした蜜のような――甘い、甘いその声に、真広は身体の熱が抑えられなくなってしまう。

「や……」

むずかるようにかぶりを振ると、真広の兎の耳をそっと持ち上げた鳥海が、根元に口づけてくる。その瞬間、びり、となにかが身体の中を走り抜けたような気がして、視界が滲む。

「な、んで……、や、へん……」

身体の中心が、熱くて仕方がない。今まで、耳に触れられてもこんなふうになることは一度もなかったのに。落ち着かないままもぞもぞと腰を動かしていると、ああ、と鳥海の甘い声が頭の中に響く。

「もしかして……、そうか、兎だから。力がコントロールできるようになった反動かな」

「ふ、え……?」

涙を浮かべ鳥海を見上げると、そこには、優しいけれど——どこか、獰猛な瞳があった。

「……——、かな」

その声と艶やかな笑みに、真広の頭の回路は焼き切れてしまったような気がした。

「や、あ、だめ、だめ……っ」

ひっきりなしに部屋に響く水音に、仰向けにベッドに横たえられた真広は、必死にかぶりを振った。先ほどまで着ていた服は全て脱がされ、一糸纏わぬ姿で身悶えている。

薄暗い――柔らかな黄色い電灯に照らされた部屋の中で真広の視界に映るのは、真広の中心に顔を伏せている男の姿。まさか、そんなことをされるとは思わず、けれどどうしていいのかわからない真広は、離して欲しいと訴える代わりに鳥海の髪に手を当てていた。

だが、握ってしまうことはできず、結果、まるで自分が鳥海の頭を押さえつけているような状態になってしまう。

「はな、して……、きたな……っ」

「……汚くないよ。大丈夫。全部任せて、気持ちのいいことだけ感じて」

そっと言い聞かせるように告げられ、再び鳥海が真広のものを口に含む。震えながら勃ち上がり、とろとろと先端から蜜を零している真広のものを、唇で扱き、舌で舐め、啜る。鳥海の口の中に出してしまってはいけない。その一心で堪えているが、そんな真広の気持ちを知ってか知らずか、鳥海は一層愛撫を強めた。

やがて、強く吸われ先端を舌で抉られた瞬間、真広の我慢が限界を迎える。

「あ、や、あああ……っ！」

びくびくと腰を震わせ、鳥海の口腔で放埒を迎えてしまう。堪えようとしても堪えきれず全て鳥海の口の中に放ってしまうと、真広の瞳から涙が零れた。

「う……、ふ……っ、ごめ、なさ……っ」

鳥海の口を汚してしまった罪悪感と羞恥で、顔を隠しながら何度も謝る。すると、口の中のものをこくりと嚥下した鳥海が、真広の手を退けた。

「私がそうさせたんだから、謝らなくていい。気持ち良くなかった？」

そう問われ、真っ直ぐに上から見つめられ、真広は困り果てる。そう言われてしまうと、答えは一つだ。

「……きもち、よか……、た」

消え入りそうな声になってしまうのは、どうしようもない。羞恥のあまり真っ赤になった顔で唇を引き結ぶと、鳥海が楽しそうに笑い、唇の端にキスを落とした。

「ならよかった。これで気持ち良くなかったって言われたら、朝まで寝かせてあげられないところだった」

「……え？」

なにか、不穏な言葉を聞いた気がする。そんな思考は、だが、再び肌を辿る鳥海の掌に遮られた。

「あ、や……っ」

鳥海に触れられる度、びりびりとした刺激が肌から伝わってくる。今までも触れられたことはあるのに、どうしてこうなってしまうのか。その疑問に、鳥海は一つの可能性を教えてくれた。

発情じゃないか、と。

兎の獣人は、種族的に繁殖力が強く発情傾向が強い者がいるのだという。それぞれの能力の特性のため、個々人により違うが、真広は今まで全く使えていなかった獣人の力が急に使えるようになった影響で、発情するようになったのではないか、と。

身体に触れながらそう説明してくれた鳥海は、どこか楽しそうだった。

『いくら種族的にその傾向があると言っても、誰彼構わず、ってわけじゃないからね』

つまり、真広はそれだけ鳥海に心を許しているということだ。自分の気持ちよりも、能力と身体の方が鳥海を先に受け入れていた。その事実に、真広は息が止まりそうなほどの羞恥に襲われたのだ。

他人と肌を触れ合わせたこともないのに、はしたないと思われないだろうか。そんな不安は、だが、鳥海が何度も言葉にして否定してくれた。

「大丈夫。身体がおかしいわけじゃないし、普通のことだ。だから、安心していい」

ただ、そう言い聞かせてくれる鳥海は、いまだネクタイを抜きシャツのボタンを外しただけの姿だ。ひたすら真広を愛撫し高め続けるだけで、その肌に触れさせてくれない。

それがほんの少し悲しく、寂しい。けれど、与えられる愛撫はどこまでも優しくて、向けられている気持ちが本物だということを言葉よりも明確に伝えてくれた。

「とりかい、さ……」

震える手を伸ばすと、ふっと微笑んだ鳥海が首筋に腕を回させてくれる。しがみつくような体勢になると、安堵の息を吐いた。

「精神安定剤になるのも、少し複雑な気分なんだが」

くくっと笑いながら言う鳥海に、しょんぼりと眉を下げる。だが、目の前の存在がなによりも安心させてくれるのも本当で、回した腕を離せなくなった。

「さて……。真広君、どうする？」

「ふ、え？」

「今ならまだ、ここで止めてあげられる。だけどこれ以上進んだら、間違いなく止めてあげられない。選ぶなら今だけど」

「……――」

もしかして、ここで拒んだらもう二度とこうして触れてもらえないのだろうか。そんな心細さが顔に出ていたのか、優しく目を細めた鳥海が額にかかった濡れた前髪をそっと指で避けてくれた。

「これからもずっとしない、とは言っていないよ。今は、だ。いきなり全部はきついだろうから、ゆっくりでもいいいんだよ」

そう言って頬を撫でてくれる鳥海の手が、いつもより熱をもっていることに気づく。そうして見ると、腕を回した身体もしっとりと汗で濡れていて、そこでようやく鳥海も堪えているのだと知った。

「……いや、じゃない、です」

このまま終わってしまっても、多分、この身体の奥の疼(うず)きは収まらない。自分の身体がどうなってしまったのか。そんな不安はあるが、鳥海に与えてもらえるものなら、拒みたくなかった。

多分、ここで前へ進まなかったら絶対に後悔する。そんな確信が、真広の中にあった。

「ここに、私のものを入れるんだよ?」

ほんの少し脅すように言いながら、鳥海が指で真広の後ろの蕾(つぼみ)を撫でる。そこに触れられた瞬間、びくりと反射的に身体が跳ね、ぎゅっと目の前の身体にしがみついた。

恐怖も、安心も、与えるのは全て鳥海だ。

「だいじょう、ぶ……」

大丈夫。あるのは未知の出来事に対する不安だけで、鳥海と身体を重ねることへの嫌悪感は微塵もない。

「ただ、上手くできなかったら、ごめんなさい……」

唯一の心配は、自分がちゃんと鳥海を受け入れられるかどうかだ。こればかりは、やったことがないから真広自身にもわからなかった。

しょんぼりと肩を落とした真広に、鳥海が苦笑する気配がした。見上げると、柔らかく唇が重ねられ、舌が差し入れられた。

何度も何度も繰り返されたため、今は、キスの心地よさを知ってしまっている。鳥海とのキスは、とても好きだった。優しくて、でも、激しくて。苦しいけれど、気持ち良くて、嬉しい。全部、鳥海に与えられた感情だ。

「絶対に痛くしない……とは、言えないかもしれないけど。痛かったり気持ち悪くなったりしたら、ちゃんと言うこと。いい？」

そうして、いつものように真広に言い聞かせる口調の鳥海がおかしくて、真広は思わず頬を綻（ほころ）ばせるのだった。

「あ、あ……っ」

震える腰を高く掲げたまま、真広は必死にシーツを握りしめた。

こちらの方が楽だろうから。そう言いながら、鳥海は真広を俯せにして、腰だけを高く上げさせた。お腹の方には枕が重ねられ、余りに恥ずかしい格好に固まってしまった真広を、鳥海は時間をかけて溶かしていった。

くちゅくちゅという水音とともに、真広の後ろに入れられた指が蠢（うごめ）く。真広のものよりも太く長い指は、決して真広を傷つけないようにそっと内壁を擦り続ける。

最初は一本だった指が、二本に増えた頃、後ろを拡げるような動きが加わり、三本になった頃には、真広の中心は完全に勃ち上がり、とろとろと蜜を零すまでになっていた。

「や、あ、そこ、や……っ！」

「気持ちいい場所があったら、ちゃんと言うんだよ」

くすりと笑いながらそう言われ、真広は「んん」と唇を噛む。

もうすでに、気持ちいいのか、そうでないのかもわからなくなっている。ただ、内壁をゆっくりと擦り続ける鳥海の指の動きがもどかしく、真広は自ら腰を揺らしていることにも気づいていなかった。

後ろに塗り込められているのは、身体に入れても問題のないクリームなのだという。

『準備が悪くて申し訳ないんだけど』

苦笑とともにそう言った鳥海の言葉の意味がわかったのは、それが後ろに塗り込められた後だった。

「さて、じゃあ、さっきの続きを聞こうか。真広君が、ずっと気にしていたのは、なに？」

「んーっ！」

ふるふるとかぶりを振るのは、知らない、という意思表示だ。

そう。真広の後ろを弄(いじ)っている間、おそらく真広の気を逸らすためだろう、鳥海は先ほどの告白で中途半端になった話を蒸し返してきたのだ。

『真広君が、そこまで気にしている相手の言葉って、なんだろうね』

その声が、どこか冷たかったのは気のせいだろうか。一瞬、背筋がぞくりとしたけれど、やっぱり真広に触れる鳥海の手は優しくて、その声が自分に向けられたものではないことだけがわかったのだ。

「そこまで、意地を張って言わないでいたいようなこと？　……もしかして、誰か庇っているのかな？」

すっと部屋の温度が下がった気がして、身体が竦む。内壁から、直にそれが伝わったのだろう。鳥海が軽く臀部（でんぶ）に口づけ、中の指を動かした。

「大丈夫。君に怒っているわけじゃないから」

そう優しく言われ、ずる、と指で強く内壁を擦られる。今まで当たっていなかった奥の方まで指が届き、びくっと腰が震えた。

「あああ……っ！」

「っと、達くと、後がきついから我慢して」

言いながら、鳥海が真広のものの根元を縛（いまし）める。まさか、と思った時には遅く、後ろの指がばらばらに動き始めた。

「あ、やだ、やああ……っ」

ぴんと背中が反り、腰が勝手に揺れてしまう。自分でもどうしようもなくなり、真広はぽろぽろと涙を零しながら懇願する。

「も、い、から……も、達きた……」

「……もう少し我慢、かな。答えたら、許してあげるよ」

あっさりとそう言った鳥海に、真広はううと唸りながら枕に顔を埋めた。言いたくないわけではない。だけど、それで鳥海や灯に心配をかけてしまうのが嫌だったのだ。

「もう、なにも隠す必要はない。身体も、心も、全部もらうから」

「……ふ、え?」

そっと囁かれた呟きに、真広は顔を上げる。鳥海の方を見たいけれど顔が見えず、探すように手を後ろに伸ばした。中心の縛めが解かれ、その手が握られた瞬間、どっと安堵して言葉を紡ぐ。

大丈夫。全部言っても、きっと……。

そう思いながら、途切れ途切れに続けた。

昔、清宮の家で、親戚に言われたのだと。清宮の当主である灯に拾われたからといって、清宮の一員になったなどと自惚れるな、と。

その言葉を聞き、一瞬だけ動きを止めた鳥海が「そうか」と呟いた。

「……そのことは、もう少しちゃんと話さないといけないようだ」

そう呟いた鳥海が、だけど、よく言えたと褒めるように握った手に力を込めてくれた。

「ああ、そろそろかな」

カチ、と。なにかの音が響いた瞬間、鳥海の指がゆっくりと引き抜かれていく。ずるり、と内側が擦れる感触にかすかな嬌声を上げると、その場に崩れ落ちそうになる。同時に、背後で衣擦れの音がして、真広の身体に鳥海が背後から覆い被さるように重なってきた。

背中に触れる素肌にほっとする。溜息を零すと、鳥海が小さく笑った気配がした。

「二十歳の誕生日、おめでとう」

耳元で囁かれたそれに目を見開いた瞬間、鳥海のものがずるりと後ろに入り込んでくる。

「……っ！」

指とは比べものにならない圧迫感。ぐ、と息を詰めると、背後から回された鳥海の手が緩く肌を撫でる。その感触を追っていると、少しずつ身体から力が抜けていった。

「そう、いい子だ」

上手くできたと褒めてくれる声に、ほっと息をつく。衝撃があったのは最初だけで、後は徐々にゆっくりと鳥海の熱が身体の奥へ進んでいく。最初は、慣れない感触に違和感の方が強かったが、指で弄られていた時のことを思い出すと、次第に内壁が疼き始めた。

「熱、い……」

次第に自分の身体を支えていられなくなり、上半身をシーツに沈ませながら呟く。は、は、と息を切らし、譫言のように呟いたそれに、鳥海が肩に口づけを落としてくれた。

「ほら、もう全部入ってる……」

耳元で囁かれた瞬間、ぐっと腰が押しつけられ先端が身体の奥に当たる。

「ひう……っ！」

臀部に当たる鳥海の肌の感触で、熱塊が全て自分の中に入ったのだと理解した。

（一つになってる……）

身体を繋げる、という行為は、本当に一つになることなのだと。熱に浮かされるようにそう思った瞬間、真広の中がざわりと蠢いた。

「……っ！」

「く……っ」

背後から聞こえてきた、かすかな鳥海の呻き声。ひどく艶めいたそれが耳に入った瞬間、全身に震えが走った気がした。

「も、っと……」

ゆらゆらと揺れ始めた真広の腰を、鳥海の大きな手が摑む。

「こら、悪戯をするんじゃないよ」

「やあ、あ……」

苦笑混じりのどこか苦しげな声に、どうして、と喘ぐ。ゆっくりとした抽挿が始まり、ぎりぎりまで引き抜かれた熱棒が、再び同じスピードで奥まで戻ってくる。それを繰り返しているうちに、真広の内部はいつの間にか鳥海を包み込むように蠢いていた。

「とりかい、さ……」

背後にいる存在が鳥海だと、それは気配だけでわかるけれど、自分が鳥海に触れられないのが寂しい。切れ切れにそう訴えると、ずり上がらないようにシーツを握っていた真広の手の上から、鳥海の手が重ねられた。ぎゅっと強く握られ、やっぱりそれだけで安心して、真広の身体はその瞬間、どろりと形を失った気がした。

「もっと、奥……、……っ」

誰も触れることない自分の一番奥を、鳥海に明け渡したい。徐々に速まっていく抽挿に身体をのけぞらせながら、真広の身体は自然と鳥海を捕らえるように締めつけていった。全てを掻き回して欲しくて、もどかしくなり、自ら腰を揺らし始める。

「あ、あ、あ……っ」

「……、真広……っ」

名を呼ばれた瞬間、身体が否応なく反応する。きゅうう、と後ろが引き絞られ、同時に身体の奥にある鳥海がどくりと膨らんだ。

「あ、ああ、や、あああ……っ！」

「……っ」

放埓を迎え、びくびくと身体が跳ねる。同時に、背後から鳥海が声を噛む音がかすかに聞こえてきた気がした。

自ら放ったもので身体を濡らした真広は、そのままベッドの上に崩れ落ちてしまいそうになる。だが、それを許さないように鳥海の腕が腹に回された。

「……ふ、え？」

朦朧（もうろう）とした意識の中、強い力で身体が引き起こされる。なにが、と思った時には、ベッドの上に座った鳥海の上に背中から抱えられていた。

「……あ、やあっ」

ずる、と。達したばかりで鋭敏になった内壁が、いまだ熱を保ったままの鳥海に擦られる。自重で一気に奥まで貫かれ、喉がひくりと音を立てた。

「あ、な……、で……」

「残念だけど、私はまだ達ってなくてね。悪いけど、もう少し付き合ってくれるかな」

ぴちゃりと音を立て、耳朶（じだ）を噛みながら耳元で囁く声は、ひどく楽しげで。それだけでぞくりと身体に震えが走る。

「あ、や……」

一度達した身体には力が入らず、鳥海の掌が肌を探る度に、そこから教えられたばかりの快感が湧き上がってくる。

首筋に唇が落とされ、強く吸われる。ちくりとした痛みに、小さく声を上げると、労るように濡れた舌で舐められる。

「……ここに、いつか印を刻むよ」

「……しる、し?」

一体、なんの印を刻むのか。それは、直後、胸元を弄り始めた指に思考を阻まれ聞くことはできなかった。

そしてその後、自分がいつ意識を手放してしまったのか、真広は全く覚えていなかったのだ。


「真広君?」

ベッドの上に作った白く丸い塊の中で、真広は必死に身体を縮める。

外から聞こえるのは、鳥海の声。ひどく優しげな——けれど楽しげなそれに、ふらふらと出ていきそうになるのを必死で堪えた。

(絶対、絶対、出たくない……っ)

確実に、今の自分の顔は真っ赤になっている。いや、顔だけでなく身体中赤い気がする。

十分ほど前に目が覚めた真広は、一瞬、自分がどこにいるのかわからなかった。広々としたキングサイズのベッドは、いつも使っている自分のシングルサイズのベッドとは全く違っていて。

ここは、どこだっけ。

そう思った瞬間、脳裏にほんの数時間前までのことが一気に蘇ったのだ。

「……ううううう」

時間を巻き戻してしまいたい、と、今ほど切実に思ったことはない。今、自分が着ているぶかぶかのパジャマは、多分鳥海のものだろう。全くサイズが合っておらず、しかも上しか身につけていない。そして身体も、風呂上がりのようにさっぱりしている。

けれどそれら全て、真広の記憶には微塵もないものだった。いつ風呂に入って、いつパジャマを着せられたのか。多分、その記憶はどう頑張っても出てこないはずだ。

『や、もう、やだぁぁぁ……』

『ほら、もう少し。……頑張って。今日は、一回だけで止めてあげるから』

泣きじゃくりながら、何度も何度も鳥海に貫かれ、身体の奥を掻き回された。そのくせ、真広ばかりを達かせて、自分は全く達ってくれないのだ。うっすらと……本当にうっすらと身体の奥に鳥海の熱が放たれた時の感覚はあるけれど、その後のことで覚えているのは、目覚めた時のことだった。

鳥海に触れられる度に身体が反応してしまい、終わりのないそれに怖くなってしまった。発情は、何度か達したら収まるから大丈夫だよ。そう言い聞かされ、結果、真広ばかり弄られ続けたのだ。

「真広君、朝ご飯できたよ。起きてるのはわかってるから、出ておいで」

仕方がなさそうな声に、真広は小さく身動ぐ。だけど、絶対に出ていきたくない。

今出ていったら、心臓が止まってしまう。

そう思いながら、くるまったシーツを必死に握りしめる。

「……いや、です」

けれど、やっぱり無視し続けることはできなくて、暗闇の中で小さく呟いた。その呟きにくすくすと笑う気配がすると、「仕方がないな」という声が続いた。

諦めてくれるかな。そう思いほっとし、身体から力を抜いた瞬間、くるまったシーツごと身体が浮き上がる。

「……――っ！」

思わず暴れると、見つけた、という声とともに真広の身体に腕が回る。そのまま器用にシーツを剝ぎ取られ、結局、鳥海に抱き上げられてしまっていた。

「……ううううう」

あまりの恥ずかしさに鳥海の顔が見られず、胸元に顔を埋める。スーツを着ているのは、仕事に行くからだろう。皺をつけてしまってはいけないと握ろうとした手を離すと、そのまま鳥海に台所へ運ばれてしまった。

「鳥海さんは、意地悪、です」

真っ赤になった顔で俯いたまま、真広は若干恨めしげに呟く。

「おや、今頃気がついたのか？」

あはは、と笑う鳥海に、むうと唇を引き結ぶと、軽く顎を掴まれ上向かされる。そのまま逃げる隙もなく唇を重ねられ、優しく舌が口腔に差し込まれた。

「ん……」

柔らかく繰り返されるキスに、やがて瞼がとろりと落ちる。

唇が離れ、はふ、と息を継いだ頃には、頬に当てられた鳥海の手に自分から顔を擦り寄せていた。

「このまま、ずっとこうして可愛がっていたいんだけどねえ」

残念そうな鳥海の声に、はっと我に返る。鳥海の手から顔を離すと、ふに、と頬が指で摘まれた。

「今日は、朝ご飯を食べたら一日寝ていなさい。清宮さんが数日中に戻って来ることがあれば、一度屋敷に行こうか」

「……はい」

正気に返ればやはり恥ずかしく、鳥海の顔を見ることができない。そんな真広に、鳥海があっさりと驚くことを告げた。

「君を、清宮さんのところから正式にもらわないといけないからね」

「……え？」

驚きに、一瞬羞恥を忘れた真広が、顔を上げて鳥海を見つめる。すると、楽しげに目を細めた鳥海が、真広の頬を優しく撫でた。

「言っただろう？　二度と、ここから帰したくないって。私は、基本的に有言実行だよ」

「……え、え？」

なにか、さらりと物凄いことを言われた気がする。理解が追いつかず茫然としていると、ダイニングの椅子に下ろされ、ほら、とテーブルの上の朝食を示された。

並んでいるのは、フレンチトーストとサラダ、そしてヨーグルトと果物。美味しそう、と思った瞬間、それを誰が作ったのかに思い至り隣に立つ鳥海を見上げた。

「これ、作ってくださったんですか……？」

「久し振りに作ったから、まあ、柊也君のところのご飯みたいにはいかないけどね」

ふっと微笑んだ鳥海が、ぽんぽんと真広の兎耳を撫でてくれる。優しいばかりのその感触に、じわりと胸が温かくなり、目の前に置かれたフォークを手に取った。

「いただきます」

きちんと手を合わせ、フレンチトーストにフォークを刺す。四つ切りにされたうちの一つを口に運ぶと、ふわりとバターの香りが口腔に広がった。ほどよい甘さに、頬が緩む。

「美味しいです」

きっと、幸せを食べたらこんな味だ。そう思いながら、真広はゆっくりとその甘さを噛みしめる。

「ねえ、真広君」

静かな声が、隣からかけられる。見ると、深く柔らかな瞳で鳥海がこちらを見つめていた。

「今、君の手の中にあるものは、全部、ちゃんと、君のものだよ」

「……っ」

一言、一言。真広に言い聞かせるように告げられたそれに、ぐ、と唇を噛みしめる。けれど、どうしても堪えきれず、一筋だけ涙が頬を流れていった。

「私は君のものだし、清宮さんも、屋敷の人達も、ちゃんと君の家族だ。他の誰かが違うと言っても、君だけはそれを認めてあげないと駄目だ」

「……ふ、ぐ……」

泣きたくはないのに、涙が止まらない。ぐす、と鼻を啜ると、優しい笑い声とともにティッシュが差し出された。

「みんな、誰かに迷惑をかけながら生きてる。大切なのは、それに感謝することだ。なにも返せないと思うなら、いつか自分ができることで誰かを助けてあげればいい。だからもう、自分を卑下するのはやめなさい」

「……っい。ご、めな……さ……」

「ごめんなさいも、しばらく禁止しようか」

くすくすと笑いながら、鳥海が涙を流す真広の頭をそっと抱き寄せてくれる。宥めるように髪を撫でてくれるその手に、ずっと、自分でも触れることができなかった傷まで癒してもらっているようで。

「少なくとも私には、なにがあっても君が必要だ。……真広が、真広である限り」

「鳥海、さん……」

そのままでいいのだと。それは、きっとみんな自分に伝えてくれていたのだろうけれど、真広自身がきちんと受け取ろうとしていなかった。

幸せになることが、怖かったのかもしれない。

いつか、なくすことばかり考えていたから。

「私と一緒に、幸せになりなさい」

そうして、それに答えるように伸ばした手を、温かな——そして大きな手が、強く握ってくれたのだった。

箱庭うさぎは愛の罠に溺れたい

見慣れた広い部屋で、鈴白真広は垂れ込める暗雲に無意識のうちに身を縮めた。

真広にとっては実家ともいえる清宮の屋敷。そのリビングで、三人がけのソファに真広と並んで座る男――鳥海彰孝と、正面に座る養い親である人――清宮灯を窺うように交互に見遣る。


すっきりと上品に整えられたリビングは、ゆったりと座れるソファの他、壁際に書棚や飾り棚、テレビやオーディオ類が置かれているが、さほど物も多くなく広々としている。

飾り棚には灯の好みで揃えられた皿や茶器などが飾られているのだが、その一画に折り紙や似顔絵、工作物といった、子供の手作り感溢れたものが並べられているのはご愛敬だ。

最初、真広が作ったものを自慢したいと応接室に飾ろうとしていたのを、それは恥ずかしいからと全力で止めた。置くにしても人目につかないところにして欲しかったのだが、真広が作った物はいつでも見られるようにしておきたいという灯の主張もあり、結果、基本的に灯や真広、屋敷の人間しか立ち入らないリビングに飾ることになったのだ。

そして、いつもは落ち着いた空気が流れているこの部屋の温度は、今現在、氷点下になっていた。

原因は、目の前でにっこりと笑っている灯の機嫌が、最高潮に悪くなっているためだ。

「あ、あの……」

「なんだか寝言が聞こえた気がするんだけど。疲れてるならさっさと帰って寝るといい」

思わず口を挟もうとした真広の声を遮り、灯が平坦な声で告げる。寝言は寝て言え。そんな副音声が聞こえた気がして、ぴっと耳が反応する。肩にかかる耳の先を摑(つか)んで肩を窄(すぼ)めていると、そんな真広の肩にするりと腕が回された。軽く引き寄せるようにされ、突然のそれに体勢を保つことができず、隣に座る鳥海の身体(からだ)にぽすんと寄りかかった。

「……――」

その瞬間、灯の顔が引きつる。慌てて離れようとしたが、鳥海の手はびくともせず、どうすればいいのか困ったまま見上げてしまう。こちらを見下ろした鳥海がにこりと笑い、私に任せておきなさい、と言われているのがわかって口を噤(つぐ)んだ。

「真広」

「……はい！」

「こっちにおいで」

「あ、でも……」

真広に向けられる灯の笑みはいつものもので、ただ、声だけが有無を言わさない雰囲気を醸し出している。鳥海の隣に座ったのは、話の内容上その方がいいだろうと思ったためだったが、どうしようかと迷う。

「私と真広君の話ですから。こちらにいてもらうのが筋というものでしょう？」

さらりと灯の言葉を拒否した鳥海が、ぽんぽんと真広の肩を叩(たた)いて腕を外す。再びきちんと座り直すと、鳥海が先ほど灯に告げた言葉をもう一度繰り返した。

「真広君と、番の契約をさせていただきたい。もちろん、番となるからには住む場所も私のところへ移させてもらいます」

きっぱりと言ったそれに、じわりと顔が赤くなる。膝の上で手を握り、俯きそうになる顔を上げたまま灯を見ると、先ほどまで貼り付けていた笑みを消して半眼で鳥海を見ていた。

「それを、私が承諾するとでも？」

「真広君が望んでいたとしても、ですか？」

二人の間で火花が散っている気がして、真広はそれでなくとも縮こまらせていた身体を、さらに縮める。だが、やはり見ているだけでは駄目だろうと思い直し、口を開いた。

「灯さん。……駄目、ですか？」

やはり、いきなりすぎただろうか。そう思い耳を伏せながら問うと、こちらを見た灯が困ったように眉を下げた。

「番の契約は、真広には早いと思うよ。そもそも、この男のことをきちんと知っているわけではないだろう？　契約は互いの合意があれば解除できるとはいえ、かなり密接な繋がりができるんだ」

「……それは、はい」

番の契約というものがどういうものか。すでに鳥海から教えてもらっていた。

互いの獣人としての能力にまで影響を与え合うその契約を交わせば、人間同士の書類上の繋がりである結婚よりも、さらに深い繋がりを持つことになる。感覚や記憶などを共有するわけではないが、種族の相性や状況によっては、それに近いことが起こる場合もあるそうだ。

「そもそも、緊急措置で君の家に預けたとはいえ、付き合いまで許した覚えはない。状況が落ち着いたらすぐにでも真広は屋敷に戻してもらう」

鳥海を睨んでそう言った灯に、鳥海はやれやれと言いたげに肩を竦める。

「……——」

真広とて、清宮の屋敷が嫌で出たいと思っているわけではない。ここは自分を育ててくれた人達がいる、最も居心地のいい安心できる場所なのだ。

ただ、もう一つ、真広にとって大切な場所が増えた。

鳥海は、本来とても忙しい人だ。これまでは、施設での仕事と清宮に関わる不穏な動きがあったため、かなり無理をして真広に会いに来てくれていたのだと、鳥海の家で過ごした一週間ほどでしみじみと思った。

あの騒動の後、真広はずっと鳥海の家に滞在していた。そしてその間、鳥海の生活を傍で見ていた真広は、なによりも鳥海の身体が心配になってしまった。

最初の二日ほどは、騒動と——その後の諸々の疲れがあるだろうからと、家で休むようにと言われていた。だが、一人で鳥海の家にいてもできることはなく、そんな様子を見た鳥海が、本当に自分の会社でアルバイトをしてみるかと声をかけてくれたのだ。

一も二もなく頷いた真広は、そこで鳥海の忙しさを目の当たりにした。

真広がやっていたのは、鳥海の秘書である百瀬の手伝いと、開発部門の手伝いだ。作業自体は、真広の身の安全を確保するためにと百瀬か鳥海直属の獣人の部下の傍でやっており、立ち入るフロアも限られていたため、人と顔を合わせることはほとんどなかった。

仕事は、とても楽しかった。けれど、それ以上に休みなく働いている鳥海の姿に驚いたのだ。真広に対してはこまめに休憩を指示してくるのに、自分は昼食すらまともにとる様子がなかった。日によっては一日外に出ていることもあり、改めて、鳥海が相当に時間を捻出して真広に付き合ってくれていたことを知ったのだ。

そしてそれを知ったからこそ、これ以上鳥海に無理はさせたくなかった。

鳥海が、いずれ番契約をして真広と一緒に暮らしたいと言ってくれた時、嬉しかったのと同時に迷ったのは事実だ。たとえ解除できる契約だとしても、鳥海をそこまで縛り付けてしまっていいのかと思ったのが一つ。そして、今まで清宮の屋敷を離れることを考えていなかったため、戸惑ったのが一つ。

けれど、これまでの状況から考えても、騒動が収まり真広が清宮の屋敷に戻った場合、鳥海は今まで通り時間を作って会いに来てくれるのだろうと容易に想像ができた。

ようやく耳が隠せるようになってきた今、守られているばかりではなく、鳥海のために少しでも自分にできることをやっていきたいと思ったのだ。鳥海の家に移るのも、鳥海に会いたいばかりではなく、屋敷で守られていた真広が違う環境で暮らしていくことが、自立のための経験に繋がるのではないかと鳥海に言ってもらえたからだった。

「あの、灯さん。鳥海さんが、いきなり生活環境が変わると僕が気疲れするだろうし、事務所のアルバイトもあるから、当面、平日はお屋敷で過ごさせてもらって週末だけ鳥海さんのところに行くっていう形でもいいよって言ってくださったんです。……僕も、いきなりここを離れるのは寂しいので」

「真広……」

ただ、これからは一人で外に出る練習もしたい。そうすれば、みんなの手を煩わせずに行動できるようになるから、と。そう続けた真広に、眉間に皺を刻んだ灯が考え込むように押し黙った。

「番契約の件も、様子を見てからで構いません。ただ、真広君が自分の意志で拒否しない限り、私の気持ちは変わりませんので」

ゆったりとそう告げた鳥海を、灯が睨みつける。

「……正式な番契約には、双方、第三者の承認が必要って知ってる？」

「もちろん。鳥海の家には話を通しますし、真広君は清宮さんがしてくださるでしょう？」

「私が認めると思ってるのかな」

「ええ。真広君にとって清宮さんは、唯一の家族ですから」

「……——」

「子供は、いつか親元を離れるものですよ。……だからといって、その繋がりが切れるわけでもない。そうでしょう？」

そう言った鳥海が、ちらりと真広に視線を投げてくる。その視線を受け、真広はずっと灯に言いたかった言葉を告げようと口を開く。言ったら喜ぶと思うよ。鳥海には、そう背中を押してもらっていたが、やはり不安は残る。

「……灯さん。あの、お願いがあるんです」

「なに？」

いつも通りの優しい表情にほっとし、幾らかの恥ずかしさもあり俯きながら続けた。

「灯さんのこと、もう一人のお父さんって……家族だって、思っても、いいですか」

「……——真広」

「ずっと家族みたいに育ててもらって、これ以上お世話になるのは申し訳ないと思っていたんです。だから、早く自立しなきゃって思って……。でも、鳥海さんから、ちゃんと灯さんと家族になってると思うって言ってもらって。だから、あの……」

たとえば、いつかこの屋敷を出たとして。ここを『お世話になった人の家』ではなく『もう一つの帰る家』にしてもいいだろうか。そう思いながら膝の上で拳を握ると、鳥海が指で軽く肩を叩いてきた。

「え？」

顔を上げると、正面に座っていた灯が珍しくぽかんとした顔をしている。滅多にない驚いたようなそれに、やっぱり図々しくて呆れられてしまったのだろうかと不安が過る。

「……おとうさん」

「え？」

ぽつりと呟いた灯が、無言で真広を手招いてくる。隣に座る鳥海を見ると、笑いを噛み殺したような表情の頷きが返された。

「行っておいで」

「は、はい」

促され、ソファテーブルを回り込み、灯の隣に座る。すると、灯の腕が身体に回りぎゅっと抱き締められた。

「あ、灯さん？」

「……もう一回言って」

耳元でぼそりと呟かれたそれに、一瞬目を見開く。そうして、自分を抱き締めている灯の身体にそっと触れると、多分これだろうという言葉を、もう一度繰り返した。

「え、えっと……。お父さん？」

「ううう……」

さらに抱き締める腕に力が籠もり、どうすればいいのか戸惑っていると、灯の背後から小さな溜息(ためいき)が聞こえてきた。

「灯様。真広様が困っていらっしゃいますよ」

「だって、真広にお父さんって言ってもらった……。夢かな……」

ぼそぼそと、聞こえるか聞こえないかくらいのその声に、目を瞬かせる。

「あの、灯さん。嫌じゃない、ですか？」

恐る恐る問うと、ばっと顔を上げて少しだけ身体を離した灯が「なんで」と聞いてくる。

「嬉しいに決まってる。真広の両親から預かったとはいえ、真広はもう私の家族だよ。真広の父親には文句を言われそうだけど、次のお参りの時にでも自慢してやる」

そう言った灯に、ほっと肩の力を抜く。よかったと笑うと、灯がきっと鳥海を睨んだ。

「やっぱり、真広は外には出さないよ」

「え!?」

「過保護にしすぎて嫌われるのと、懐の深さを見せて慕われるのと、どっちが良いですか」

「……――」

にこりと笑った鳥海と、再び貼り付けたような笑みを浮かべた灯の額に、青筋が見えたような気がしたのは、多分、気のせいではないと思う。


「ただいま帰りました」

鳥海の部屋に戻り二人揃って玄関に入るなり、真広は鳥海に向けてそう告げた。

「はい、おかえり」

笑って答えてくれる鳥海とのこのやりとりは、鳥海の会社に手伝いに行き始めた頃から始まった。なにも言わずに家に入るのは落ち着かず、お邪魔します、と言っていた真広に、どうせなら「ただいま」の方がいいと言ったのは鳥海だ。

ここを、真広の帰る場所にしてもいい。そう言ってくれているようで、真広は照れながらも毎回ただいまと言うようになったのだ。

実のところ、今日、あのまま屋敷にいることになるかもしれないと——またしばらく鳥海に会えなくなるかもと思っていたため、明日からまたあちらの世界に戻るという灯には申し訳ないが、もう少しだけ一緒にいられることにほっとしていた。

「お疲れ様。今日は疲れただろう？」

風呂に入った後、パジャマ姿でリビングのソファに腰を下ろし、今日のことをぼんやりと思い出していると、風呂上がりの鳥海が隣に座りねぎらいの言葉をかけてくれる。

「大丈夫です。今日は、ありがとうございました」

座ったまま丁寧に頭を下げると、礼を言うことじゃないよ、と鳥海が笑う。

「無事に許可はもらえたから、これで晴れて真広君は私の婚約者ということになるかな」

「……っ！」

鳥海の楽しげな声に、思わず言葉に詰まってしまう。くくっと押し殺した笑い声が耳に届き、熱くなる頬をそのままに鳥海の方をちらりと見遣った。

「……こ、んやく、しゃ」

「番契約を前提に恋人になることを許してもらったんだから、そうだろう？」

横目でこちらを見る鳥海の、その視線に見覚えのある艶を見つけ、鼓動が跳ねる。

灯からは、番契約も引っ越しも、先日の騒動に関わる諸々が落ち着くまでは保留だと言われた。そして鳥海の提案通り、平日は清宮の屋敷で、そして週末は鳥海の家で過ごす時期を設け、一定期間後に番契約をするか改めて確認するというところで話が落ち着いた。

元々、灯に会いに行く前に鳥海と話した時、そこに持って行ければ上出来だと言われていたため、最初に鳥海が番契約を許して欲しいと灯に言った時は内心驚いたのだ。

「あの。あちらの世界で、灯さんは大丈夫なんでしょうか？」

そして、ふと今日聞いた騒動に関する説明を思い出し、わずかに眉を下げた。

真広を攫ったのは、あちらの世界で元々清宮に良くない感情を抱いていた家の人間だということだった。『長門（ながと）』と『フィツェリア』という家は、あちらで『名家』と呼ばれる家柄であり、その『名家』の幾つかが政治の中核的立場にいるらしい。驚いたことに、葛（かずら）と鳥海の実家は、その中核に入っているそうだ。

真広を使って清宮を脅し、こちらの世界での権力を自分のものにしようとしていたそうだが、結果、鳥海達により真広が助け出され計画は頓挫したようだ。

実は、幼い頃に攫われそうになったのもこの家が首謀だったという。今度こそ許さないと灯が言っていたのだが、どうやら今回計画を立てた『長門』という家は名家から外され財産の半分を国に没収されることになったそうだ。鳥海と灯が証拠を押さえていたため言い逃れはできなかった。もう一つの『フィツェリア』という家は、巧妙に人を動かし自らの家と『長門』との関与の証拠を消していたそうだが、こちらの世界で鳥海が集めた獣人による証言や灯が独自に集めていた証拠により、同じく名家から外されたそうだ。

この二つの家は、こちら側に住む獣人だけでなく人間にも協力者を作っていたようで、真広のことを探っていたのは人間の協力者だったらしい。理由は、獣人同士よりも気配を悟られにくいから、だそうだ。

どうして真広だけが視線を感じたのかわからないが、兎（うさぎ）の獣人の能力として、自分に向けられる害意などに反応しやすいのだろうと言われた。

ちなみに、協力していた人間についても灯が笑って『きちんと処理しておくから心配しなくていいよ』と言っていたが、その辺りはあまり深く考えないことにした。

『まあ、向こうのいざこざなんか、真広は知らなくてもいいよ』

そうにっこりと笑った灯が、その後鳥海と話していた内容の中に『今度こそ、刃向かおうとも思わないくらい釘を差しておいた』という言葉があったのも、聞かなかったことにする。

清宮、という家の意味。実際のところ、真広は正しくそれを知っているわけではない。

ただ一つだけ。灯が獣人の中でも特殊で、とても——とても、長生きなのだということだけは知らされていた。

『いつか、真広も私を置いていくだろうね。寂しいけど、それも仕方がない』

そう悲しげに笑っていた灯の表情だけは、絶対に忘れられないだろうと思う。

「大丈夫だよ、あの人は。今は、真広君もいる。たとえ一時でも、大切な人がいた時の記憶はその人の力になる」

ぽんと頭の上に掌が乗せられ、耳ごと撫(な)でられる。優しいそれに、真広の胸はじんわりと温かくなり、泣きたくなるのを堪(こら)えて「はい」と俯いた。

なんとなく、鳥海は灯のことを知っているのだと思う。それを言葉に出して聞くことはないけれど、ふとした時に、真広の気持ちを正しく理解して慮(おもんぱか)ってくれていると感じることが度々あった。

「……はい。家族だって、言ってもらったので」

にこりと笑った真広に、鳥海もまた微笑む。そうして頭を撫でていた手が後頭部に回り、軽く引き寄せられた。

「……ん」

柔らかな唇が重なり、一瞬身構えるもののすぐに身体から力を抜く。そして幾度か触れるだけのキスが繰り返された後、そっと唇が離れていった。鳥海の家に来てから、度々されるようになったため、頭が真っ白になるようなことはなくなってきたが、それでも羞恥は消えない。うっすらと染まった真広の頬を、鳥海が微笑ましそうに目を細めながら、頭に回していた手でそっと撫でた。

「まあ、あの人は素直じゃないからね。真広君がこちらに来たら拗ねるかもしれないけど、帰った時にでも甘えてあげなさい。あれも、喜んでただろう？」

「はい。灯さん綺麗だから、お父さんって呼ぶのはなんだか申し訳ないっていうのもあったんですけど。言ってみてよかったです」

頷きながらはにかんだ真広に、鳥海が「まあ、確かにイメージではないかな」と面白そうに笑う。話しながら、頬を撫でていた鳥海の手にさらりと髪の毛を梳かれ、肩にかかる兎耳の先が持ち上げられた。

「そういえば、頑張ってくれているみたいだけど、家の中だったら耳は出していてもいいからね。ここに来るのは百瀬くらいだし」

「あ……」

今日は、朝起きた時に、灯に会いに行くだけだから耳は隠さなくていいよと言われていたため出しているが、鳥海の家に来てからは、なるべく家の中でも隠すようにしていた。鳥海はもちろん、隼斗や葛も普段からそうしていると聞いたため、万が一のことを考えたらそうするべきなのだろうと思っていたのだ。

夜眠っている時や、鳥海に触れられている時にはどうしても気が抜けたり動揺したりして出てしまうことはあったが、最近ではだいぶ意識せずに隠せるようになってきたのだ。

ただ、隠さずにいる方が落ち着くのも確かで、掌で持ち上げた耳の先に軽く口づけをする鳥海に、赤くなりながら首を傾げた。

「でも、いいんですか?」

普段から隠していた方が、早く慣れるのではないだろうか。そう思っての問いに、鳥海がふっと唇を寄せたまま微笑んだ。

「いいよ。焦らなくても、今の調子ならすぐに一人で出歩けるくらいにはなる。それに、私はこちらの姿も可愛くて好きだからね」

「……っ」

唇を離し、柔らかな手触りを楽しむように耳に触れている鳥海に、真広は嬉しいのと恥ずかしいのとで息が継げなくなる。ううう、と赤くなった頬に両手を当てていると、くすりと笑う気配がして、兎耳から手が離された。顔を近づけてきた鳥海が、耳元で囁(ささや)いてくる。

「さて。そろそろ、私の可愛い兎を堪能させて欲しいんだけど」

——ここと寝室、どっちがいい？

楽しげな、それでいてこれ以上ないほど艶めいたその低い声に、真広は全身が赤くなるのを感じながら、ぎゅっと目を閉じるのだった。


ゆっくりと時間をかけて高められていく度、真広はいつも、自分の身体を自分で制御できなくなってしまう感覚に襲われる。

ベッドの上に仰向(あおむ)けに横たえた一糸纏(まと)わぬ身体は、すでに、鳥海の手によってぐずぐずに蕩(とろ)かされてしまっていた。自身の全てを目の前の存在に預けてしまうことは、怖くもあり——けれど、幸せなことでもある。

この人ならば、大丈夫。

そんな、鳥海に対する絶対的信頼が真広の中にはある。全てを預けても、絶対に、本質的なところで傷つけられることはない。時々意地悪なこともされてしまうけれど、それら全てが真広を甘やかすための手段だと、本能的に感じ取っているのかもしれない。

「……っ、あ！」

ぐちゅりという音とともに、後ろに差し入れられた指が少し強く動かされる。潤滑用のジェルをたっぷりと纏ったそれは、真広の身体が鳥海自身を受け入れられるように、ゆっくりと内壁を拡げていっていた。

「考えごと？　まだ、余裕があるかな」

ほんのわずか、意識が逸れたことを感じ取ったのだろう。真広に覆い被さるようにして顔を寄せてきた鳥海が、咎めるように軽く鼻先に歯を立てる。それに、涙の滲む瞳で違うと緩くかぶりを振った。

「と、りかいさん……のこと、考えて……」

「本当に？」

問う声は低いものの、その瞳は優しく細められている。こくりと頷くと、たった今自身が歯を立てたそこに小さな音を立ててキスを落としてくる。

腰の下にクッションを置き、胸につくほどに脚を折り曲げた状態は、苦しいはずなのに与えられる快感の方が上回っていた。前からだと苦しいと思うよ。そんな気遣いとともに、いつも真広がきつくないようにと後ろから弄られることが多かったのだが、今日は真広の方からこちらがいいと頼んだのだ。

鳥海の気遣いは嬉しいものだったし、実際、後ろからの方が身体的にも気持ち的にも楽な部分はあったのだが、やはり顔が見えないのは寂しかったのだ。

「ん……」

苦しさを紛らわすように、後ろで指を動かしながら鳥海が唇を重ねてくる。舌を絡め合い口腔を刺激されると、途端に真広の身体から力が抜けていく。

鳥海とのキスは、気持ちが良くて好きだった。優しく愛撫されるのも、余裕なく貪るようにされるのも。互いの気持ちが、なによりも素直に伝わるような気がするのだ。

「……気持ちよさそうだ。キスは、好き？」

ふふっと、笑い含みの声が耳に吹き込まれる。その声にぞくりと身体が反応するのと、告げられた内容に鼓動が跳ねたのは同時だった。

「……っ！」

心の中を見透かされたようで、がっと身体が熱くなる。羞恥で思わず身動ぐと、身体の奥に埋められた指が思わぬ場所を擦る。あらぬ声を上げそうになり咄嗟に嚙み殺した。

「……――」

ふるふると身体を震わせていると、喉奥で笑う声とともに兎耳の根元に口づけられる。感覚が鋭敏になっている状態でそこに触れられ、真広は、堪えきれずかすかな声を上げた。

「……駄目、です。そこは……」

「声、我慢しなくてもいいのに」

言いながら、鳥海の指が真広の肌を撫でる。温かく大きな掌が脇腹を伝い胸元に辿り着くと、指の腹で胸の先を押し潰すようにして弄られる。

「や、あ……っ」

わずかでも理性が残っている状態で、奔放に声を上げてしまうのは、恥ずかしさが上回りどうしてもできない。そんな真広の心情を正しく読み取り、引き結んだ唇を緩めるように再び唇が重ねられ、舌で開かれてしまう。

「ふ、あ、あ、それ、やだ……っ」

覆い被さるようにしていた鳥海がするりと身体を下げると、後ろからゆっくりと指が引き抜かれる。次いで、柔らかく濡れた感触がそこに差し入れられ、全身に震えが走った。

ぴちゃぴちゃという水音とともに、なにをされているのか一瞬で悟った真広は、思わず脚を閉じようとする。だが、鳥海の身体を挟んでしまっただけに終わり、舌で後ろを弄られる感覚に身を捩った。

「ああ、やあ、や……っ」

堪えていた嬌声が、喉奥から溢れる。浅い場所を指とは違う柔らかなものに弄られるその感触と、鳥海が自分のそんなところを舐めているという羞恥から、息が止まりそうになってしまう。

「ああ、もうそろそろ限界かな」

そんな声とともに、真広の中心を鳥海の掌が軽く撫でる。わずかな刺激にもびくりと身体が跳ねてしまい、真広は必死に声を抑えようと両手で唇を塞いでいた。

「んん……」

ベッドの上で愛撫され始めてから一度も触れられていない真広のものは、すでに限界まで勃ち上がり、蜜を零して震えていた。とろとろと零れるそれは、潤滑油と混じり合い、後ろを濡らしている。

息が止まりそうなほどに掌で唇を押さえている真広に、鳥海が苦笑を浮かべる。再び身体が重ねられ、鳥海のものと真広のものが擦り合わされたことで、鳥海もまた真広を欲していることがわかった。

「ほら、息が止まってしまうよ」

優しい声で促され、ゆっくりと唇から手が離される。そうして取られた手の指先に鳥海が軽くキスを落とすと、指を絡めるようにして握りしめられた。

「辛かったら、思い切り爪を立てて」

そう囁きながら、汗で額に張り付いた真広の前髪を避けてくれる。その瞬間、鳥海の頬に一筋汗が滑り落ち、どくりと心臓が跳ねた。

「あ……」

ぎゅっと握られた手に勇気を得ると、重ねられた鳥海の熱に、自分の熱を軽く擦りつける。恥ずかしくて言葉にできないそれを汲み取ってくれた鳥海が、ありがとう、と呟き眦に唇を寄せた。

直後、空いた方の手がするりと太股（ふともも）にかけられ、脚が抱え上げられる。羞恥に息を呑（の）む間もなく鳥海の熱棒がずるりと後ろに押し入れられ、一瞬だけ息が止まった。

「……っ！」

だが、すぐに身体から力を抜き、一気に入り込んでくる鳥海のものを受け入れる。幾度か身体を重ね、鳥海の熱を覚えた身体は、すぐにそれを迎え入れるために変化していった。

「そう……、上手（じょうず）だ」

若干息を詰めていた鳥海が、ふっと微笑む。その微笑みにつられるように、ふにゃりと力の抜けた笑みを浮かべると、鳥海の笑みがほんのわずか色を変えた気がした。

「……鳥海、さん……？」

「……小動物を苛（いじ）める趣味は、なかったはずなんだけどね」

「え？　……——っ‼」

その瞬間、鳥海が身体を起こし、同時に真広の身体が引き上げられる。え、と思った時には向かい合うように鳥海の膝の上に座らされており、自重で後ろに挿（い）れられた鳥海のものがずんとさらに奥まで進んでくる。

「……やあああ！　だめ、達っちゃ……」

身体の奥深くを突き上げられ、その衝撃に達しそうになってしまう。思わずぎゅうっと内壁を締めつけ身体を震わせる真広から繋いだ手を離すと、鳥海は、真広の腰を両手で摑んだ。

「幾らでも達っていいよ」

唆すようにそう囁いてくる鳥海に、真広はふるふるとかぶりを振った。いつもそうやって真広だけが何度も解放を促され、鳥海が達する頃には意識が朦朧としているのだ。

「今日、は……、一緒、が、いい……です……」

不安定な体勢が怖くて、鳥海の首に腕を回ししがみつきながらそう告げると、身体の奥で鳥海の熱がどくりと大きく膨れた気がした。

「あ……、熱、い、大き……、んんっ！」

息を切らしながら、突如増した圧迫感に喘ぐように呟きを漏らすと、噛みつくようなキスが与えられる。吐息ごと飲み込まれるようなそれに意識を攫われていると、下からゆっくりとした突き上げが始まる。

「ん、あ……」

キスを繰り返しながら、抽挿は徐々に激しくなっていく。身体に力が入らなくなり、完全に鳥海に身体を預けてしまうと、鳥海のものがさらに深くまで押し入ってくる。

「ん、あ、あ、奥、だめ……っ！」

「……ああ、ここかな」

身体を揺さぶられるうちに、奥のある一点を鳥海のものが擦る。わずかに息の切れた鳥海の声が耳に入ると同時に、そこを重点的に擦られ、声が止まらなくなった。

「あ、あああ、や、やああ……っ」

がくがくと腰が揺れ、鳥海の背に無意識のうちに爪を立てる。

「くっ……」

かすかに声を噛む音とともに、抽挿はさらに激しくなり、やがて真広は解放に向けて追い上げられていく。

「あ、や、ああああ……──っ！」

「……っ！」

腰を摑んだ手が一気に真広の身体を落とすと同時に、鳥海の腰が強く突き入れられ、その瞬間、真広はびくびくと身体を震わせ放埒を迎えた。直後、鳥海の身体もぶるりと震え、身体の最奥に熱が注がれる。

鳥海にしがみつきながら、自身の身体の奥で跳ねる鳥海の熱を感じ、真広はぞくぞくと身体に震えが走るのがわかった。ぎゅうっと腕に力を入れ、膝で鳥海の身体を挟むと、全身で鳥海に縋りつく。

「熱……、んん……っ」

やがて衝動が収まり始め、徐々に身体から力を抜いていく。そうして正面から抱き合っている鳥海と瞳を合わせると、そこにはいつもは見せない欲情を孕んだ色があり、背筋が震えた。どんな時でも冷静さを崩さない鳥海が、この時だけは、どこか獰猛な獣のような気配を漂わせる。それに、本能的な怯えと、そして貪られることへの喜びが同時に溢れ、どくどくと反射的に鼓動が速くなっていく。

そんな中で、不意に、数日前からこうして抱き合う度に唆かされていた言葉を思い出す。

（名前……）

まだ、一度も呼べていなかったそれが脳裏を過った瞬間、唇から零れ落ちていた。

「あ、彰、孝さん……、好き……」

ぎゅうっと胸が絞られるような感覚に、息が止まりそうになる。そして真広の呟きに、ほんのわずか目を見開いた鳥海が、獰猛さを隠さないまま、けれど優しく目を細めた。

まるで、狙った獲物を隅々まで味わおうとするような、その瞳。

「ああ。……好きだよ、真広」

どんどん、可愛くなっていくね。そんな囁き声とともに、兎耳の根元を舌で愛撫される。達したばかりで鋭敏になった感覚は、そこに与えられた刺激をいつも以上に感じさせ、真広は再び身体に力を入れてしがみついた。

「や、そこだめ……っ」

びりびりと触れられる度に身体を走る強い刺激と快感にやめてと訴えるが、鳥海はさらに強く舌先で耳の根元を擦る。

「も、ややあ……」

すでに理性は溶けており、過ぎた快感に耐えられず、甘えるように鳥海に身体を擦(す)り寄せる。二人の肌は真広が放ったもので濡れ、けれどそれにも気づかないまま、真広は鳥海の肌の温かさに助けを求めるように全身で縋りついた。

そんな真広に、達したにもかかわらず身体の奥でまだ熱を保っている鳥海のものが、徐々に大きさを増していくのは、当然のことで。

「や、大き……、身体、熱……」

ぼんやりとしながら、熱い息を吐く真広に、鳥海が嬉しそうに微笑む。

「ああ、上手く発情が来たみたいだね」

言いながら、するりと繋がった部分を指で撫でられると、ぎゅうっとそこを締め付けてしまう。けれど、内壁は鳥海のものを包み込むようにうねり始めた。

「あ、ふ……、彰孝、さん……、ごめ、なさ……」

発情というそれに、羞恥と後ろめたさが拭(ぬぐ)いきれず、唇を噛む。だが、そんな真広を甘やかすように抱き締めた鳥海が、謝らない、と耳朶(じだ)を噛んで告げた。

「私で、感じてくれているんだ。恥ずかしいことでも悪いことでもない。嬉しいだけだよ」

最初の頃から、鳥海は自分の身体を持て余していた真広に、根気よくそう言い続けてくれていた。おかげで、戸惑いや負の感情は徐々に薄れてきており、真広は大好きと心の中で呟きながら鳥海の背に回した腕に力を込めた。

幸せに、なりたい。この人と一緒に。

そう心の底から願いながら、真広はもう一度、今度は声に出して「大好き」と呟いた。

「……幸せにするよ」

誓いの言葉のようにそう答えた鳥海が、真広の身体を抱き締め返してくれる。

そしてその後、再び快楽の中に沈められていった真広が覚えているのは、身体の奥に鳥海の熱を感じ、身体だけではなく心ごと抱き締められている気がしたところまでだった。

あとがき

こんにちは、杉原朱紀です。この度は「敏腕社長は箱庭うさぎを溺愛したい」をお手にとってくださり、誠にありがとうございました。

まさかのスピンオフです。自分が一番びっくりしています（笑）。

書いていいよって言ってくださった担当様と、再びご一緒してくださった猫乃森先生には感謝しかありません。ちなみに、前作「年下オオカミ君に愛情ごはん」を読んでいなくても大丈夫な仕様にはなっているかと思いますので、初めて手に取ってくださった方にも楽しんで頂けると嬉しいです。もちろん、こちらを読んで興味を持っていただけたら、ぜひ前作の方もよろしくお願いします！　年下攻です！

ちなみに今回、波田と葛の話と、鳥海の話と、どちらにするか最後まで迷っていたのですが。両パターンでネタ出しした結果、諸々の理由により鳥海に軍配があがりました。とはいえ、波田が逃げる葛を追い詰めていく話も諦めきれなかったのと、立ち位置的にちょうど良かったので再び葛登場となったのですが。

一粒で二度美味しい……とまではいかなくても、葛達の方も、その後の二人を想像してにんまりしていただけるくらいになっているといいなと思います。

ちなみに、鳥海が主役候補に出張ってきた理由は、猫乃森先生が描いてくださった鳥海のキャララフが素敵だったのと、灯をもう少し書きたかった私が言った「灯が大事に大事に育ててきた子を、鳥海がかっさらって、ばっちばちに喧嘩するとか良くないですか」みたいな一言だった気がします。今回、二人のやりとりもたくさん書けて楽しかったです。

前作に引き続きイラストをくださった猫乃森先生、本当にありがとうございます。この本が出たのは、猫乃森先生が描いてくださったキャラ達がいてこそでした。それぞれの魅力を丁寧に拾い上げ、この世界をより素敵なものにしていただけて、とても幸せでした。今回いただいたキャラ一覧は宝物です！　本当にありがとうございました。

担当様。毎度のことですが、ご迷惑をおかけして申し訳ありません。的確なご指摘と、優しい励ましにいつも本当に助けていただいています。このお話を書けたのも、楽しんで書けばいいからと背中を押していただけたおかげです。ありがとうございます。今後ともどうぞよろしくお願いします。

最後になりましたが、この本を作るにあたりご尽力くださった皆様、そして読んでくださった方々に、心から御礼申し上げます。

もしよろしければ、編集部宛やTwitter等で感想聞かせていただけると嬉しいです。

また、お会いできることを祈りつつ。

二〇二一年　杉原朱紀

✦初出　敏腕社長は箱庭うさぎを溺愛したい……………書き下ろし
箱庭うさぎは愛の罠に溺れたい……………………書き下ろし

杉原朱紀先生、猫乃森シマ先生へのお便り、本作品に関するご意見、ご感想などは
〒151-0051 東京都渋谷区千駄ヶ谷 4-9-7
幻冬舎コミックス　ルチル文庫「敏腕社長は箱庭うさぎを溺愛したい」係まで。

幻冬舎ルチル文庫

敏腕社長は箱庭うさぎを溺愛したい

2021年7月20日　第1刷発行

✦著者	杉原朱紀　すぎはら あき
✦発行人	石原正康
✦発行元	株式会社 幻冬舎コミックス 〒151-0051 東京都渋谷区千駄ヶ谷 4-9-7 電話 03(5411)6431［編集］
✦発売元	株式会社 幻冬舎 〒151-0051 東京都渋谷区千駄ヶ谷 4-9-7 電話 03(5411)6222［営業］ 振替 00120-8-767643
✦印刷・製本所	中央精版印刷株式会社

✦検印廃止

ISBN978-4-344-84891-7　C0193　Printed in Japan